裁缝师的礼物

The

Dressmaker's

Gift

[英]菲奥娜·瓦尔皮 著

郑诗画 译

北京联合出版公司

图书在版编目（CIP）数据

裁缝师的礼物 /（英）菲奥娜·瓦尔皮著；郑诗画译 . -- 北京：北京联合出版公司, 2025. 2. -- ISBN 978-7-5596-4828-0

Ⅰ . I561.45

中国国家版本馆 CIP 数据核字第 2024XN9676 号

Copyright © 2019 FIONA VALPY LTD
Published by arrangement with Madeleine Milburn Literary, TV & Film Agency,through The Grayhawk Agency Ltd.
北京市版权局著作权合同登记　图字：01-2024-4079

裁缝师的礼物

著　　者：[英]菲奥娜·瓦尔皮
译　　者：郑诗画
出 品 人：赵红仕
选题策划：后浪出版公司
出版统筹：吴兴元
编辑统筹：尚　飞
特约编辑：郝晨宇　王亚伟
责任编辑：高霁月
营销推广：ONEBOOK
营销统筹：陈高蒙
营销编辑：汪　简
装帧设计：李　易
装帧制造：墨白空间

北京联合出版公司出版
（北京市西城区德外大街 83 号楼 9 层　100088）
北京盛通印刷股份有限公司印刷　新华书店经销
字数 196 千字　880 毫米 × 1092 毫米　1/32　9.125 印张
2025 年 2 月第 1 版　2025 年 2 月第 1 次印刷
ISBN 978-7-5596-4828-0
定价：78.00 元

后浪出版咨询（北京）有限责任公司　版权所有，侵权必究
投诉信箱：editor@hinabook.com　fawu@hinabook.com
未经书面许可，不得以任何方式转载、复制、翻印本书部分或全部内容
本书若有印、装质量问题，请与本公司联系调换，电话 010-64072833

谨以此献给在第二次世界大战期间与法国抵抗运动合作并于纳茨维勒-施特鲁霍夫、达豪和拉文斯布吕克集中营里牺牲的女性特工：

约兰德·比克曼、丹尼丝·布洛克、安德烈·博雷尔、玛德琳·达默门特、努尔·伊纳亚特·汗、塞西莉·勒福尔、薇拉·利、索尼娅·奥尔恰内斯基、埃利亚内·普莱维曼、莉莲·罗尔夫、戴安娜·罗登、伊冯娜·鲁德拉特和瓦奥莱特·绍博。

还有那些未能留下姓名的同袍姐妹，她们的命运至今不为人知。

2017

从远处看,那件深蓝色的连衣裙就像是从一整片丝绸上裁剪出来的。裙身垂挂着,线条优美且灵动,勾勒出衣料底下假人模特的体态。

但如果你凑近一点看,就会发现那是一种错觉。这条裙子其实是用碎布和边角料拼凑出来的,边与边缝合得非常巧妙,所以这些碎布料才能被转化成另一种存在。

这条礼服长裙在过往的年月里饱经风霜,变得极其脆弱。如果要让它在未来的岁月里继续讲述自己的故事,就必须加以保护,于是博物馆的工作人员将它放在一个玻璃柜中,以备展览之用。展示柜的一面由放大镜制成,为的是让前来观展的人得以仔细欣赏女裁缝的手艺。每一小块布料都是手工缝制的,走线隐没于衣料中,就像现代缝纫机器所能做到的那般细微和整齐。前来欣赏它的人会惊叹于其所体现的复杂技术,以及将它创造出来所需要的时间和耐心。

玻璃柜里展示的是一段历史。是我们所有人共同历史的一部分,也是我的私人历史。

博物馆馆长进来检查开幕准备是否就绪。他点了点头表示赞赏。为了庆祝,团队成员们准备去街角的酒吧喝几杯。

但我逗留了一会儿,在我终于要合上展示柜之前,我用指尖抚过裙子领口处那些精致的银色珠子。是它们将人们的目光吸引至此,这是一种巧妙的干扰,让众人忽略这些碎布是如何被拼凑成形的，它们就像午夜天空中的繁星。我可以想象，这些珠子会将光线完美地捕捉，而观者的视线会因此被吸引着上移，移至礼服主人的颈部地带、颧骨轮廓以及她的双眸上；那双眼睛里一定也会蕴藏着同样的光芒。

我关上展示柜，一切都已准备就绪。明天，画廊就会敞开大门，人们将会来这里看它，来看这条被印在地铁站墙上海报里的长裙。

从远处看，他们会觉得它是从一整片丝绸上裁剪出来的。只有当他们凑近观察时，才能看到真相。

哈丽特

当我拖着沉重的行李箱走上地铁站的台阶,置身在巴黎下午的阳光里时,一股浑浊闷热的空气从地下杂乱的隧道中喷涌而出,拍打我的双腿,吹乱了我的头发。人行道上挤满了游客,他们在慢吞吞地闲逛,一边查看地图和手机,一边决定下一步该往哪个方向去。本地人整个八月都在海边度假,前不久才回来,准备重新收回对自己城市的掌控权。他们打扮时髦,步伐更快也更有方向感,在人群中穿进穿出。

车流涌动不息,持续不断的色彩和噪声交织成一片,有那么一刻,我感到头晕目眩,一半是因为周遭所有的动静,另一半是因为身处这座城市的紧张与兴奋,接下来的十二个月,这里就是我的家。也许我现在看着仍像是个游客,但我希望,别人很快就会以为我是巴黎本地人。

为了让自己缓一会儿,我把箱子拉到圣日耳曼德佩地铁站入口旁的栏杆边,拿出手机里的邮件重新确认了细节。这其实是多此一举——里面的内容我早已烂熟于心……

尊敬的肖恩女士:

继上次通话之后,我很高兴地通知您,您已成功申请到在吉耶梅公关事务所为期一年的实习。祝贺您!

正如我们讨论过的,我们只为实习生提供最低工资,但同时,我们很乐意为您提供住宿,公寓房间就在办公室楼上。

等您定好行程，请和我们确认您到达的日期和具体时间。欢迎加入我们，期待您的到来。

您真诚的朋友，
弗洛伦斯·吉耶梅
吉耶梅公关事务所经理
巴黎红衣主教街12号，邮编75000

  我仍然不太能相信我竟然成功说服弗洛伦斯雇用我。她经营着一家公关公司，专攻时尚领域，专注服务一系列小型公司和初创企业，这些客户无力建立自己的宣传部门。她通常不招实习生，但我的信和简历很有说服力，迫使她最终给我打了电话（其实可以这么说，在我重发了两次邮件之后，她意识到，要是不给我一个答复，我就会一直烦她）。我愿意以最低工资工作一整年，再加上我法语流利，这才换来了一次更正式的视频面试。同时，我的大学导师在推荐信里对我大加赞赏，不断强调我对时尚行业的兴趣和我做事时的投入与勤奋，终于令她信服，决定雇用我。

  我本来已经做好心理准备，要在环境差一点的城郊租一间房子住，因为母亲遗嘱中留给我的那一小笔钱只够我勉强维持生计。因此，对我而言，公司能在办公室楼里给我提供一个房间住，已经是天大的意外收获。最初，正是那栋建筑引领我发现了吉耶梅事务所，而我之后竟然会住进去。

  我通常不相信命运，但我感觉似乎有一股力量在发挥作用，吸引我奔赴巴黎，引领我去圣日耳曼大道，带我抵达这里。

前往照片里的那栋建筑。

· · ·

照片是我在一个纸箱里找到的，里面装着母亲的遗物，箱子在我卧室衣柜顶层的最里侧，多半是被我父亲推进去的。也许他是故意想把箱子藏在那么高的地方，这样一来，等它被找到时，我已经长大到足够应对箱子里装着的东西。等到那时，流逝的岁月已经抚平所有尖锐的悲伤，箱子里的东西也就无法再深深刺痛我。又或许，是愧疚迫使他推走那个被胶带封住的纸箱，推到视野之外遥不可及的地方，这样他和他的新婚妻子就不用被这少得可怜的物品提醒，不用回想起他们对我母亲造成的那一份伤痛。毕竟，正是因为伤痛太多、难以负荷，母亲最终才选择结束自己的生命。

我是在一个潮湿的日子发现那个箱子的，那年我十几岁，从寄宿学校回家过复活节假期。尽管他们费尽心思——确保我有自己的房间，让我挑选墙壁的颜色，允许我随心所欲摆弄自己带去的书籍、装饰品和海报——但我父亲和继母的房子从未真正给过我"家"的感觉。那始终是他们的房子，从来不是我的。那是我不得不住进去的地方，因为我自己的家已经在一刹那间不复存在。

那是四月的一个雨天，我感到百无聊赖。我的两个继妹也觉得无聊，这意味着她们会不停找对方的碴，而找碴不可避免地升级成辱骂，先是争论达到顶峰，大量的高声尖叫和摔门声紧随其后。

我躲进自己的房间，把耳机塞进耳朵，用音乐屏蔽噪声。我盘腿坐在床上，开始翻看最新一期《VOGUE 服饰与美容》杂志。在我的要求下，继母订阅了这本杂志作为我的圣诞礼物。我一直很享受翻开这本杂志最新一期的时刻，我总是仔细阅读每一张精美光滑的纸页，它们有着新出的香水和乳液小样那昂贵的香气，这本杂志就是我进入高端时尚光鲜世界的传送门。那天，杂志上有一张照片，上面的模特穿着樱草黄色的 T 恤，呼应的专题名称是"初夏配色"。它让我想起，我衣柜的某个地方放着一件类似的夏装。去年秋天，我把夏装洗干净，仔细叠好后放到了衣柜顶层，把原本堆在那儿的更为保暖的上衣和毛衣换了下来。

我把杂志放到一边，又将书桌前的椅子拖到衣柜边。当我伸手去够那堆夏天穿的上衣时，我的指尖碰到了因年代久远而变软的纸板，那便是被推到顶层最里侧的箱子。

那天之前我从来没有注意过它——大概是因为我从没高到能看见箱子上的笔迹——但此刻，当我踮着脚尖将箱子拉向自己时，我看到封住箱子顶部的包裹专用胶带上，有人用黑色粗体记号笔写了我母亲的名字。

关于初夏配色的所有想法都暂时被抛之脑后，我将箱子拿了下来。在母亲的名字"费莉西蒂"旁边，是父亲潦草的笔迹，写着"留给哈丽特的文件和照片等"。

我用手指抚过那些文字，一看到她的名字，还有我的，一起写在那儿，泪水就打湿了我的眼眶。多年来，封口处的那条棕色宽胶带早已失去黏性，我一触碰，它就从纸板上自行脱落了，伴随着轻柔的声响。我用袖子擦干眼泪，打开了箱子。

里面那堆文件看起来好像是被匆忙地——有点儿随意地——没有特定顺序地扔进去的,凝聚母亲这一生的遗物,在被粗糙整理过后,一起放进了一个棕色的盒子里,而不是什么黑色的垃圾袋里。

我把它们铺在卧室的地板上,分门别类地整理好,有她过期的驾照和护照等官方证件,有我以前的成绩单,还有这些年来我送她的生日贺卡。那些贺卡是我亲手制作的,卡片上有我笨拙的、孩子气的画作,画的是我们俩手拉着手,单独在一起的样子,一看到那些画我就又哭了。但是,当我意识到自己在那么小的时候就懂得增添时尚的笔触,比如我俩裙子前面的大纽扣,以及搭配用的色彩鲜艳的手提包,我不禁破涕为笑。卡片上的字迹各不相同,从幼儿园阶段那艰难写出的字迹,到小学时期略显圆润的笔稿,都是发自内心的爱的表达。她是如此珍惜它们,一直小心地加以保管。也许是我的错觉,但我觉得即便过了这么多年,那些卡片依然散发着香味——极其微弱的香味——是她一直用的那款香水的味道。那是一种香甜的花朵香气,我清楚地回忆起她梳妆台上摆着的那个黑色瓶子,瓶盖是银色的,那是一种叫作"琶音"(Arpège)的法国香水。

即便如此,我的画作和心意还是不够。它们没能将她从孤独和悲伤的流沙中拽出来,那些暗影最终淹没了她。她是如此深陷其中,死亡成了唯一的解脱。她的名字是一种极大的讽刺,因为她这一生是如此不快乐。[①] 只有一次,她看

[①] 费莉西蒂(Felicity)在英语中象征着喜悦。——译者注(本书注释如无特殊说明,均为译者注。)

起来好像真的很快乐,那时她在弹钢琴,双手毫不费力地游走于琴键,整个人都沉浸在音乐里。我小心翼翼地把卡片整理成一堆,喉咙发紧,仿佛被一块石头般坚硬的悲伤给哽住了。这些卡片证明了,母亲曾深深爱过我,但那份爱最终并没能拯救她。

过了很久,我终于把剩下的文件整理好,擦干了眼泪,这时,盒子底部的一捆照片吸引了我的注意。

最上面的那张照片就让我愣住了。照片上,母亲把我抱在怀里,我当时还是婴儿,头顶只有一圈蓟草絮般的毛发。从窗外流淌进来的阳光照耀着我们,她看起来像文艺复兴时期的圣母玛利亚,我的婴儿面容也沐浴在金色之中,她凝视着我,我的脸仿佛是被她眼里闪烁的爱意所照亮。清晰可见,她手腕上的,正是我现在戴着的这条金手链。父亲在我十六岁生日时把手链送给了我,他解释说,手链最开始是我外祖母的,后来她给了我母亲。从那以后我每天都戴着它。在那张照片中,我可以辨认出如今挂在我手腕上的一些东西——小小的埃菲尔铁塔、线轴和顶针。

我意识到,照片一定是我父亲拍的。那是很久很久以前了,那时只有我们三个人,而且我们三个就足够了。那时,我们三个人就是整个世界。

我把这张照片放在一边。我会为它找一个相框,把它带回学校,这样我就能把它摆在我床边的窗台上,这样我就可以每天看到它,并且不用担心它会让我的父亲不高兴或者让继母生气。照片是一个提醒,提醒着他们宁愿忘记的过去。好像我出现在他们家还不够似的。

盒子里还有几张我在学校时拍的照片:我穿着白色衬衫

和藏青色的套头毛衣，僵硬地坐在摄影师的天蓝色背景布前，摆出我那拘谨的微笑。她把每一年的照片都珍藏了起来，我有一头泛红的金发，在一张照片里，我用深蓝色的发箍把头发别到了后面，在另一张里，我又把它们扎成了整齐的马尾辫，但无论是哪一年，我那充满戒备的表情都丝毫没变。

我把最后一张上学时拍的照片从盒子底部拿了出来。当我打开奶油色卡片封面时，另一张照片落到了我的膝盖上。那是一张陈旧的黑白照片，因为年代久远而卷曲发黄。它可能早就被忘记，一定是偶然夹在了这堆照片底下。

不知为何，我被这张照片吸引了注意力，可能是因为照片里三个女孩微笑的样子，也可能是因为她们身上那剪裁优雅的服装。她们身上散发着欧洲大陆的时髦气息。当我更仔细地观察时，我意识到自己是对的。她们站在一家商店的橱窗前，橱窗上面写着建筑物的编号——12，还有"德拉维涅，时装设计"。当我把照片拿到窗前，借着更充足的光线观察它时，我认出了建筑物上固定着的瓷漆标志牌上的文字，毫无疑问是法语，写着"红衣主教街 6e 区"。

我认出了左边的那个女孩。她有着精致的五官、金色的头发和温柔的微笑，和我母亲很像。我确信，她一定就是我的外祖母——克莱尔。我依稀记得曾在翻阅家庭相册时看到过她的脸（那些相册现在去哪儿了呢？），我母亲也曾告诉过我，她的母亲出生在法国。不过，母亲从来没有说过更多关于外祖母的事，直到现在我才感到奇怪，每当我问起这位法国外祖母的事时，她都会岔开话题。

果不其然，当我把照片翻过来，背面有三个以连笔写下的名字——"克莱尔、薇薇安、米蕾尔",以及"巴黎,1941年5月"。

· · ·

我知道自己是在病急乱投医,但不知何故,那张老照片——我母亲家族历史的碎片——变成了极其重要的一部分遗存物。我母亲家族所留下的东西已经所剩无几,能够和祖辈之一产生联系,即便牵强,对我来说仍旧意义重大。我把它放进了相框,和那张母亲抱着我的照片放在一起,它陪伴我度过了余下的中学时代,跟着我进入大学。我早在发现纸箱里那张被遗忘的照片之前,就已经对时尚行业产生了浓厚的兴趣。但是,这张四十多年前的照片中,三位优雅的年轻女性站在街角的样子,无疑进一步让我为之着迷。也许对时尚的热爱早已深入我的血液,但那张照片帮我找到了通往理想的道路。在一次学校组织的巴黎旅行中,我专程去找了照片背景中的地址——红衣主教街12号,我发现自己站在一扇平板玻璃窗前,上面写着"吉耶梅事务所,公关公司(专攻时尚行业)",这一切似乎是命运的安排。我未来的人生在那一瞬间成形。那个招牌开辟了一条我从未想过会存在的职业道路,于是,当我用法语取得商科学位之后,又找了一份时尚公关行业的实习工作。

在联系那家公关公司之前,我曾犹豫过。要平白无故和他们套近乎,我心里很没底,而且,父亲也并不鼓励我。实际上,爸爸总是试图打压我对时尚行业的兴趣,他似乎不赞成我所选择的职业路径。但是,我的笔记本电脑旁,那桌子上摆着的黑白照片却是另一幅光景,我的外祖母克莱尔和她的两个朋友不停地向我微笑,就像在怂恿我似的,她们仿佛在说:"终于到这一步了!你还在犹豫什么?快来找我们吧!"

于是,就这样,在九月的一个下午,我来到了巴黎。我整理好外套,理顺我的头发,然后推着行李箱走过繁忙的人行道,按下了办公室门口的门铃。百叶窗叶片半掩着平板玻璃橱窗,叶片上印着吉耶梅事务所的标志,为了挡住一部分午后炽热的阳光,百叶窗被拉了下来,橱窗因此成了一面镜子,清晰地映照出我的不安,而我意识到自己的心跳很快。

一声轻响,门锁被打开,我推开门,走进灯光柔和的接待区。

目之所及是浅灰色的墙面,上面挂着无数装裱起来的杂志封面图——*Vogue*、*Paris Match*、*Elle*——以及各种时尚摄影大片。即使只是匆匆扫一眼它们,我也能看出马里奥·特斯蒂诺、帕特里克·德马舍利耶和安妮·莱博维茨等摄影师的标志性风格。还有一对极简设计的沙发,沙发套是象牙色的亚麻布,极不实用,两个沙发面对面放着,中间隔着一张矮桌,桌子上放着不同语言版本的、新出的时尚杂志。有那么一瞬间,我幻想着将自己整个人陷进其中一个沙发里,踢掉鞋子,解放我因为旅途劳顿而肿胀的双脚。

但实际情况是,我走到前台,接待员从办公桌后面走过来跟我打招呼,我和她握了手。我首先注意到的,是她那一头浓密的黑色卷发,卷发修饰了她的脸型,翻滚着盖过她的肩。其次是她那看似不经意的时髦打扮。小黑裙勾勒出她的身材曲线,平底芭蕾舞鞋也几乎没有给她矮小的身材加分。对比之下,穿着高跟鞋的我立刻显得过于高大且笨拙,我身上定制的西装和紧身白衬衫也过于沉闷正式,由于舟车劳顿和天气炎热,它们已经满是皱褶。

不过,幸运的是,她身上第三个引人注意的地方是友好的微笑,当她跟我打招呼时,那双黑色的眼眸被笑意所点亮。她说:"你好,你一定是哈丽特·肖恩吧。我是西蒙娜·蒂博。很高兴见到你。我一直期待着有人做伴——我们会成为室友,我也住在楼上的公寓里。"说这话时,她朝天花板华丽的檐口扬了扬头,卷发随之起舞。我立刻对她有了好感,并暗暗松了一口气。在我的想象中,法国同事可能都是一些傲慢、瘦削又爱赶时髦的人,而她明显不是。

西蒙娜把我的行李箱藏在她的办公桌后面,然后带我穿过接待区靠后的一扇门。我立刻察觉到了繁忙的公关公司办公室常有的电话轻响和低声细语。这里总共差不多有六个员工,都是客户经理和经理助理,其中一个人站起来和我握了握手,剩下的人都沉浸在自己的工作中,只是在我们经过时抽空简短地点头示意。西蒙娜在房间尽头的镶板门前停了下来,敲了敲门。过了一会儿,一个声音喊道:"请进!"进门之后,我发现自己站在一张宽大的桃花心木桌前,桌子后面坐着整个公司的主管弗洛伦斯·吉耶梅。

她将视线从电脑屏幕上移开,摘下黑框眼镜。她穿着我迄今为止见过的最优雅的一套西装,打扮得无可挑剔。也许是香奈儿的?还是圣罗兰的?她一头挑染过的金发,还被精心修剪过,那发型既能凸显她颧骨的高度,又能衬托出刚开始随年龄增长而变得柔和的下颌轮廓。她的眼睛是温暖的琥珀色，它们似乎能看穿我。

"是哈丽特吗？"她开口问。

我点头，一时间呆住，这才反应过来自己做到了一件多么厉害的事。我会在这儿待一整年？在这个专业的、一流的公关公司？在世界时尚之都巴黎？我在这里能做什么？我才刚刚大学毕业，他们多久之后会发现我其实毫不够格？发现我无法对他们在这里的工作做出任何有价值的贡献？

随后她笑了："你让我想到多年前的自己，那时我才刚入行。今天你站在这里，就已经证明了你的勇气和决心。不过，刚开始你可能会对这一切感到有些无所适从？"

我又点了点头，不知道该说什么……

"没事，这很正常。你旅途劳顿，一定很累了。今天先这样，西蒙娜会带你去楼上的公寓，让你好好安顿下来。你有一个周末的时间来适应。周一正式开工。多一个帮手是件好事。我们最近在忙时装周的准备工作。"

听到她提起巴黎时装周——高级时装界日程表上最重要的活动之一——我更加焦虑起来，而且我的心情肯定写在了脸上，因为她补充道："别担心。你不会有问题的。"

我设法找回自己的声音，脱口而出："谢谢你，吉耶梅女士。"这时，她办公桌上的电话响了，她转过身去接电话时，又一次微笑着挥了挥手，把我们打发走了。

西蒙娜帮我把行李箱拖上又陡又窄的五层楼梯。她解释说，一楼是摄影棚，独立出租。我们把头探到门口看了看。房间很宽敞，墙壁洁白无瑕，空荡荡的，只有角落里放着一对屏风。这里有高耸的窗户，天花板也很高，非常适合拍摄时尚大片。

再往上的三层楼全是用来转租的办公室。门上的黄铜铭牌显示，这些房间目前是被租给了一家会计师事务所和一位摄影师。"弗洛伦斯想让整座建筑都物尽其用。"西蒙娜说，"在圣日耳曼，总是有人想租一间小办公室。不过，租约里写明了，顶楼的房间不能外租，所以它们才变成了在这儿工作的额外福利。你和我都很幸运！"

楼顶藏于屋檐下，整个公寓有很多小房间，其中两三个被用作储藏室，里面放满了文件柜、很多盒以前的办公材料、报废的电脑和成堆的杂志。西蒙娜带我参观了狭窄简陋的厨房，里面只能放得下冰箱、炊具和水槽。还有客厅，客厅里有一张小酒馆风格的圆桌，两把放在角落里的椅子，一个被挤到远处、靠墙而立的小沙发。客厅很小巧紧凑，但光线能随着倾斜的屋檐打到低矮的天花板上，阳光倾泻而进，照亮整个空间，这大大弥补了其尺寸缺陷。如果我踮起脚尖，稍稍伸长脖子，我就能看到巴黎的天际线，还能瞥见教堂的屋顶。圣日耳曼大道就是以那座教堂命名的。

"而这，就是你的房间。"西蒙娜说着，推开了另一扇门。它很小——只能放下一张单人铁架床、一个抽屉柜和一个实用的站立式挂衣杆，那挂衣杆看起来就像是从某个年代久远的仓库里营救出来的。

如果我在倾斜的天花板下面弯腰，透过窗户的小方格，我能看见一片石板屋顶构成的海洋，烟囱和电视天线构成的舰队漂浮其上，而九月的天空是如此清澈湛蓝。

我转身向西蒙娜微笑。

她抱歉地耸耸肩："它确实挺小的，但是……"

"它很完美。"我说道。我是认真的。房间虽然小，但它是属于我的。在接下来的十二个月里，它属于我一个人。不知为何，尽管我从来没有见过这个地方，但我在这儿找到了归属感：它给了我家的感觉。

一个装满褪色回忆的盒子，一次偶然的发现，一张被遗忘已久的老照片，它便是我与此处唯一的、微弱的联系。不过，我的生活中也没有其他可靠有力的联结，因此，这极其脆弱的线索，即便它就像陈旧的丝绸线一般纤细，也已经成为我唯一的生命线，将我和异国他乡一栋陌生建筑里的这个小卧室紧紧相连。是它指引我抵达这里，我感到一种强烈的冲动，想看看它会把我带去哪里，我想追随它，穿越岁月，穿越几代人，回到它的源头。

"好了，我得回去工作了。"西蒙娜瞥了一眼手表，"离周末正式开始还有一个小时。我就不打扰你整理行李了。回头见。"她转身离开，出去时关上了公寓的门，我听到她的脚步声逐渐消失于外面的楼梯。

我打开行李箱，在好几层仔细叠好的衣服下面翻找，直到我的指尖触碰到坚硬的相框边缘。为了安全起见，我把相框裹进了一件叠好的羊毛衫里。

当我不知道第几次看向这张照片，尝试找出照片里三位年轻女士生活的线索时，她们似乎也在盯着我的眼睛。我把照片放在狭窄的床头柜上，此刻，我比以往任何时候都更清楚，自己有多无根无依，以及，我必须去了解更多关于她们的事，这对我来说无比重要。

我不仅是在寻找她们的人生故事。我也在寻找自己是谁。

· · ·

又一周的工作结束了,准备回家的行人们步履匆匆,他们那充满目标感的脚步声从楼下的街道传上来,飘进了我的窗户。我正在把最后一件衣服挂到架子上,突然听到公寓门开了。西蒙娜大声喊道:"你好呀!"她出现在我的房间门口,手里拿着一个瓶子,玻璃瓶身上结着露珠,因为里面是冰过的白葡萄酒。"你想喝点什么吗?这是你在巴黎的第一个晚上,我觉得我们应该庆祝一下。"她拿起另一只手里的购物袋,说:"我这里还有一些小东西可以用来下酒,你肯定还没来得及去商店吧,我明天可以带你去逛逛,熟悉一下附近都有些什么。"

她环顾了一下房间,欣赏着我加进来的那些私人物品——床边放着几本书,旁边是我的那瓶香水和我母亲的彩绘瓷器小饰品盒,里面有我的几件首饰:几对耳环和一条珍珠项链。晚上,当我把手链摘下来时,会把它放在盒子里。

她注意到那张照片,于是放下购物袋,弯下腰来细看。

我指着三个人里最左边的金发女郎。"那是我的外祖母,克莱尔,站在这栋楼外面。她是我来这里的原因。"

西蒙娜抬头看了我一眼,一脸不可置信。"而那位,"她指着三人组最右边的那个人说,"是我的祖母,米蕾尔。和你的外祖母克莱尔一起站在这栋楼外面。"

看到我一脸惊讶、目瞪口呆,她笑了出来。

"你在开玩笑吧!"我叫道,"这也太巧、太不可思议了。"

西蒙娜点点头,然后又摇了摇头。"也许这根本不是巧合。我之所以来这里,是因为我被我祖母战时在巴黎的生活故事深深激励,也正是因为她在高级时装界的人脉,我才能在吉耶梅事务所工作。看来你和我都是被同一段历史引到了这里。"

我缓缓点了点头,思考着这个问题,然后拿起相框,把照片拿近一些,好仔细观察米蕾尔的脸。她那双笑眯眯的眼睛,以及她额前那几绺拒绝被发带控制着往后去的卷发,我想我可以认出她和西蒙娜的相似之处。

我指着第三个人,那个站在队伍中间的年轻女人。"我在想她是谁?照片背面写了她的名字:薇薇安。"

西蒙娜突然变得严肃起来,我瞥见了一些情绪,但又无法确定是什么。一丝悲伤、恐惧?抑或是痛苦?她眼中闪现出戒备。但随后她重新调整了自己的神情,仔细斟酌了一番,漫不经心地说:"我猜那位薇薇安是她们的朋友,也和她们一起在这里生活和工作过。想象一下她们三个在这里为德拉维涅工作,也太震撼了吧?"

是我的错觉吗?还是她想把话题从薇薇安身上扯开?

西蒙娜继续说:"我的祖母米蕾尔告诉我,在那些战争年月,她们当年就睡在这些小房间里,睡在工作室楼上。"

我想象着克莱尔、米蕾尔和薇薇安在这里的样子,有那么一瞬间,我仿佛听到了她们的笑声,在这间狭窄的公寓墙内回荡。

"你能再告诉我一些你祖母二十世纪四十年代在这里的经历吗?"我迫不及待地问道,"那段生活可能会给我一些线索,解答我对自己家族过往历史的疑问。"

西蒙娜瞥了一眼照片,表情若有所思,然后她抬起眼睛和我对视,说:"我可以把我知道的米蕾尔那一部分的故事告诉你。那与克莱尔和薇薇安的故事有着千丝万缕的联系。但是哈丽特,如果你不是完全确信自己想要那些答案,最好就不要追问下去了。"

我毫不闪躲地迎上她的凝视。我是不是应该拒绝这个机会?放弃了解那唯一让我觉得亲近的家庭成员?想到这里,一阵失望掠过我的身体,强烈到让我不禁屏住呼吸。

我想起那根脆弱的丝线,想到它在岁月中穿梭,把我和我的母亲费莉西蒂连在一起,把她和她的母亲克莱尔连在一起。

然后我点了点头。不管是什么故事,不管我究竟来自何处,我都要知道。

1940

当时的巴黎是一座非常不同的城市。

当然,有些东西看起来还是老样子:酷似惊叹号的埃菲尔铁塔依然点缀着地平线;圣心大教堂依然坐落在蒙马特区的山顶上,俯瞰着这座城市的居民忙碌各自的事情;银色丝带一般的塞纳河依然在蜿蜒流淌,它穿过宫殿、教堂和公共花园,绕过西堤岛上巴黎圣母院加固后的侧翼,在连接河流左右两岸的桥梁下不停翻腾。

但有些事情确实不同。不仅是那些显眼的区别,比如沿着林荫大道行进的一群群德国士兵,还有从建筑物正面伸展出来的旗帜,它们在风中慵懒地施以威胁——当米蕾尔走在这些旗帜下面时,她觉得这些印着黑白相间纳粹十字标记的血红色织物一直在低语,在她听来,那声音似乎和轰炸一样响亮。不,不仅如此,在她从蒙帕纳斯车站回圣日耳曼的路上,她能感觉到还有一些东西和以往不同了,一些不那么易于察觉的东西。它存在于行色匆匆的路人们那低垂的眼中,是他们眼里写满的挫败感;它存在于咖啡馆和酒吧外面,是那不断传来的、一成不变的、刺耳的德语;而且,当更多带有纳粹标志的军用车辆在街上疾驰而过时——那些可怕的标志如今似乎已经无处不在了——那些不易察觉的东西,就会被驱赶回家。

信息很明确。她的首都不再属于法国。它已经被政府抛弃,被法国政客们双手奉上,就像一次仓促的包办婚姻里被当作货物交易的新娘。

几个月前，当德军大举进攻时，许多人都和米蕾尔一样逃了出去，尽管他们如今正在陆续返回，但曾经的家已经不复往日模样。这座城市和它的市民一样，似乎都对无处不在的残酷提醒感到羞愧：巴黎现在是德国人的囊中物了。

· · ·

午后的阳光开始将窗框投下的阴影拉伸至宽阔的裁剪台上，克莱尔弓起身子，往面前的短裙靠近了一些，她正在给它缝制装饰用的穗带。她迅速缝了几针，完成了锁边，最后，她用被缎带系着、挂在脖子上的剪刀剪断了线头。她忍不住打了个哈欠，伸了个懒腰，揉了揉因为工作一整天而酸痛不止的后颈。

这些天在工作室里太无聊了，很多女孩都走了，休息时间没人再和她一起闲聊和说笑。随着工作量的增加，主管万尼尔小姐的心情甚至比平时还要差，她极尽花言巧语哄劝女裁缝们加快缝纫速度，但只要她们的工作稍有纰漏，她就会揪着犯错的人加以批评，在克莱尔看来，那些所谓的质量偏差通常都是万尼尔小姐自己臆想的。

她希望其他女孩很快就能回来，因为新政府正在组织运营特别列车，把工人们送回巴黎工作，这样的话，她晚上睡在屋檐下的卧室时就不会那么孤单了。在克莱尔看来，窗外似乎再也没有了属于城市的声响，十点钟的宵禁一到，整座城市立刻就会陷入诡异的寂静。但是在无声的黑暗之中，建筑物吱吱作响，自言自语，有时，克莱尔觉得夜里有脚步声，她想象着可能是德国士兵闯进来了，准备逮捕更多人，于是，她把毯子拉过头顶。

克莱尔或许是最年轻的女裁缝之一，但她并没有像其他许多人一样在六月法国沦陷的那一天逃走。她完全没办法夹着尾巴逃回布列塔尼，毕竟她才刚从梅洪港的小渔村逃出来，那里没有一个人了解什么是时髦，而且如今还留在村里的男人要么是老古董，要么散发着沙丁鱼的恶臭，要么两者都有。因为年轻，可以不计后果，她决定冒险一试，尝试留在巴黎生活。事实证明这是一个很好的选择，因为政府已经投降，德国人没有大肆破坏这座城市，它依然完好无损。几位更资深的同事都走了，她开始有机会参与制作一些更有趣的订单，这些订单都是从一楼的高级时装店来的。以目前的进展速度，也许她很快就能引起德拉维涅先生的注意，实现她的梦想，先是在时装店当助理，然后晋升为店员，直接省去在缝纫室苦熬多年。

她可以想象自己穿着剪裁精美的工作套装，头发梳成优雅的发髻，为德拉维涅最重要的客户提供最新时尚资讯和建议的样子。她会有自己的办公桌，里面会有一把镀金的小椅子，她还会有一群助手，他们会叫她梅纳迪尔女士，听从她的每一个指令。

主管打开电灯，房间亮了起来，几个女孩开始收拾整理她们今天用过的东西。她们将剪刀、针和顶针放进包里，把白大褂挂在门边的一排挂钩上。与克莱尔不同，她们大部分人在这座城市有家可回，此刻，她们正急于回到家人身边，回去享用晚餐。

万尼尔小姐从克莱尔的椅子后面走过时，停顿了一下，她伸出手去拿克莱尔缝的那条短裙。她把衣服举到头顶光秃秃的灯泡底下，这样她就可以借着刺眼的光线仔细检查这件衣服。她的双唇有很深的褶子和纹路——这既是年龄使然，也是因为她每天都要抽二十支烟，影响难以避免——她全神贯注，不自觉地噘起嘴，双唇的皱纹显得更深了。终于，她突兀地点了点头，把裙子递给克莱尔。"把它熨一下，挂好，然后你也可以收拾整理了。"

万尼尔小姐在这方面的态度一直都很明确：那些享受了特殊待遇、能住在高级时装店楼上公寓里的人，在她决定让她们结束一天的工作之前，必须一直听她差遣，随叫随到，即使有时这意味着要为重要的委托加班到深夜。像往常一样，克莱尔又必须比其他女裁缝待到更晚，她很烦躁。恼怒的情绪突如其来，她一时疏忽，手腕内侧柔软的皮肤碰到了滚烫的熨斗边。她咬住嘴唇，不让自己因为灼烧的疼痛而大叫起来。任何小题大做都只会再次引起万尼尔小姐的注意，而她只会责备克莱尔工作疏忽大意，并进一步推迟她的下班时间。

她把短裙挂在衣架上过夜，然后一边抚摸着黄褐色丝绸衬里，感受粗花呢那柔和的纹理，一边欣赏着对比强烈的辫型穗带是如何修饰出腰身的。这种设计既精美又经典，是德拉维涅的代表作，而她那精细、整洁的针脚也几乎隐形，很适合这件服装的典雅感。裁缝正在缝制配套的上装夹克，崭新的套装很快就能被交到它的主人手里了。

楼梯间传来脚步声，有人把门打开了，克莱尔心想一定是其他裁缝忘了什么东西回来拿，她转过头去看是谁。

但站在门口的那个身影不是女裁缝。那是另一个女孩，她的脸被深色卷发包围着,变得如此瘦削与苍白,克莱尔过了一会儿才认出那是谁。

万尼尔小姐先开了口。"米蕾尔!"她叫道,"你回来了!"她朝门口的那个人走了一步,但随后又停了下来,恢复了她一贯的庄重举止。"所以你还是决定回来了,是吗?很好,我们很高兴能多一个人帮忙。你楼上的房间还空着。克莱尔可以帮你一起铺床。对了,艾丝特也和你一起回来了吗?"

米蕾尔摇了摇头,她用一只手扶住门框,仿佛需要某种支撑。然后她开口了,她的声音因悲伤而沙哑:"艾丝特死了。"

她微微晃了下,缝纫室里刺眼的灯光让她的黑眼圈看起来像是轻微的瘀伤。

克莱尔和主管惊讶得说不出话,她们缓缓消化着米蕾尔的话语,一阵沉默过后,万尼尔小姐重新振作起来。

"好吧,米蕾尔,你长途跋涉,肯定很累了。现在不是说话的时候。赶紧地,跟着克莱尔上楼去,好好睡一觉,明天你就可以重新开始和我们一起工作了。"她接下来的语气稍微柔和了一些,"很高兴你能回来。"

直到这时,被自己朋友的样貌变化和惊人话语所震慑、一直呆在原地的克莱尔才迅速走到米蕾尔身边,用一只胳膊短暂抱了她一下。"走吧。"她一边说,一边接过米蕾尔手里的行李袋,"厨房里有些面包和奶酪。你一定饿了。"她迈着轻快的步子在前面带路,米蕾尔跟着她慢慢地上了楼。

克莱尔察觉到,米蕾尔需要一点时间来重新适应回到公寓的感觉,于是便自顾自地忙着为她整理床铺,然后着手为她们两人准备了一顿少得可怜的晚餐。克莱尔每周的口粮都是定量分配的，此刻正在被分享，她不知道她们明天要去哪儿找吃的，但她选择暂时不去担忧这些。更重要的是让米蕾尔今晚好好吃上一餐。也许她能找到一些蔬菜来做汤。米蕾尔回来了，她们应该能拿到双倍的口粮，那样或许能减轻一些压力，让生活得以继续维持下去。

"有一桌子吃的！"她喊道。但是米蕾尔并没有立刻出现，她只能去找她。

艾丝特在巴黎时住的房间门开着，是米蕾尔打开的。艾丝特是从波兰来的难民，她怀着孕，一心只想保护她未出生的孩子。几个月后，她的孩子在这间小小的阁楼房间里出生了，取名为布兰琪。克莱尔还记得看到艾丝特靠在枕头上，抱着刚出生的女儿时，自己心里油然而生的敬畏。她永远都不会忘记当艾丝特凝视着自己孩子那双深蓝色的眼睛时，她那张精疲力竭的脸上所浮现出的喜悦，母爱的力量似乎就迸发于一瞬间，而且完全发自肺腑。

米蕾尔站在艾丝特旧房间的门口，克莱尔伸出一只胳膊搂住她的肩膀。"艾丝特是怎么走的？"克莱尔小声地问道。

米蕾尔盯着没有床垫、裸露的铁床架，她开始低声诉说，脸上看不出表情。她告诉克莱尔，当德国军队突破马奇诺防线向首都进军时，她们被卷入了逃离巴黎的难民潮。当飞机一次又一次地俯冲向人群扫射时，往南的道路被无数的平民给堵住了。"艾丝特出去给布兰琪找吃的了。我找到她时，她的脸看上去是那么平静，但她身上到处都是血，克莱尔。到处都是。"

克莱尔先是瞪大双眼，一脸惊恐，随后，恐惧消失了，她的脸上只剩下眼泪在流淌。"布兰琪呢？"她轻声问，"她也死了吗？"

米蕾尔摇了摇头。然后她转过头来看着克莱尔，最后，她将视线对上克莱尔的，眼中有一闪而过的蔑视。"不。他们没伤到布兰琪。她和我的家人在一起，在西南部，很安全。我妈妈和妹妹在照顾她。但是，为了她的安全，只要纳粹还在野蛮迫害犹太人，她的出身就必须保密。你明白吗，克莱尔？如果有人问起，就说艾丝特和布兰琪都死了。"

克莱尔点点头，她试图用袖子止住眼泪，但没用。

米蕾尔伸出手，一把抓住克莱尔的肩膀，她的握力如此坚定，让人必须集中注意力。"别哭了，克莱尔。当这一切都结束的时候，我们会有时间来悲伤的，但不是现在。现在我们必须竭尽全力反击，反抗这个活生生的噩梦。"

"但是米蕾尔，我们要如何反抗呢？到处都是德国人。我们自己的政府都已经放弃了法国，我们什么也做不了了。"

"总会有事情可做的，不管我们的努力看起来是多么渺小，多么微不足道。我们必须反抗。"她又重复了一遍这个词，她那强调的语气让克莱尔不禁害怕得瞪大双眼。

"你的意思是？你会加入……"

米蕾尔点了点头，她的黑色卷发被某种以往惯有的决心所感染，舞蹈了起来，她脸上写满决意反抗的神色。然后她问："你呢，克莱尔？你要怎么做？"

克莱尔摇了摇头。"我不确定……我不知道，米蕾尔。像你我这样的普通人，肯定是无力改变什么的。"

"但如果连'普通人'都选择无动于衷，还会有谁站出来反对纳粹呢？维希的政客不会，他们只是新政权的傀儡，法国军队也不会，士兵们都在东部前线的浅坑坟墓中缓慢腐烂。只剩下我们了，克莱尔。像你我这样的普通人。"

克莱尔停顿了一下，问道："但是你不害怕吗，米蕾尔？在德军眼皮底下，以如此危险的方式介入？巴黎现在是他们的了。他们无处不在。"

"我曾经害怕过。但我目睹了他们是怎样对待艾丝特的，还有那天路上的无数平民。那无数的'普通人'。现在我很愤怒。而愤怒比恐惧更有力量。"

克莱尔耸了耸肩，使得米蕾尔放开了紧紧抓住她肩膀的手。"已经太迟了，米蕾尔。我们必须接受事情已经改变了。法国不是唯一一个被德国占领的国家。战斗的事，还是交给盟国吧。现在这种时日，活下去就已经是一场苦战，别再自找麻烦了。"

米蕾尔后退到狭窄的走廊里，她伸手去够艾丝特房间的门把手，把它牢牢地关上。

克莱尔紧张地拉了拉衬衫的下摆，不知道接下来该说什么。"我做了一点儿晚餐……"她开口说道。

"不用了。"米蕾尔回答，脸上的笑容无法抹去她眼中的悲伤，"我今晚不饿。我觉得我还是整理一下行李，睡一会儿吧。"

她转身走向自己的卧室，但随后停了下来，没有回头。她的声音镇定而低沉，她说："但是你错了，克莱尔。永远都不会太迟。"

哈丽特

置身于新卧室陌生的黑暗中，我一边聆听楼下街道传来的种种属于巴黎夜晚的声音，一边思索目前从西蒙娜口中听来的我外祖母的故事。记住她的话似乎很重要，所以我开始把它们写进我带来的日记本里。我本打算用它来记录我在巴黎工作这一年的生活，但克莱尔和米蕾尔的故事似乎与我息息相关，很大程度上定义了我是谁，所以我想记住每一个细节。

当我回头看前几页时，我不得不承认有点儿失望，是米蕾尔想加入抵抗组织，而不是克莱尔，坦率地说，相比之下，克莱尔似乎有点儿懦弱。但我提醒自己，她当时很年轻，也没有像米蕾尔那样亲身经历过战争的恐怖。

几条街外的圣日耳曼大道上，车辆来往的交通背景声被警笛的紧急鸣叫打断。这突如其来的声音让我心跳加速。就在我听着它们逐渐消失时，城市的灯光透过我的阁楼窗户投射出暗淡的橙色光芒，我伸出一只手想让自己镇定下来，正好触碰到床头部分的横杆。尽管夜晚的城市很闷热，但那金属摸上去很凉。我身下的床垫显然是最近新添置的，而且足够舒服，但这床架会不会多年前就在这间公寓里了呢？克莱尔曾在这里睡过吗？或者是艾丝特和她的孩子布兰琪？

我侧过身躺着，等待睡意袭来。在昏暗的灯光下，抽屉柜上的照片在相框中闪烁着微光。在一片黑暗之中，我看不清她们的脸，但还是能看见三个人的轮廓。

我想起西蒙娜早些时候的警告：在提问之前，我应该完全确定自己想要知道答案。我不禁想，哪种情况更糟：是像米蕾尔那样亲历战争的恐怖，还是像克莱尔那般尽可能无视一切？

西蒙娜一定预判到我会觉得失望，因为我的外祖母很消极被动，不愿意加入反抗占领的斗争中。也许这就是她不想告诉我这些事的原因。但我们这些现代人，无论是谁，又怎会明白自己的国家被侵略是什么感觉呢？生活在掠夺和恐惧之中，活在外国势力的掌控之下，随时随地都有可能遭遇平白无故的暴行，我们怎么会知道那是什么感觉？我们怎么知道自己会作何反应？

很久之后，我终于入睡。我梦见一排排穿着白大褂的女孩，她们埋头工作，在缝制一条如同无尽河流般的血色丝绸。

1940

米蕾尔在布冯街的烟草店外等待，假装在等公交车来。她打了个寒战，天气冷得刺骨，她的脚已经完全冻僵了。她知道，当她晚些时候回到公寓，用一盆热水洗脚时，她的脚趾会因为冻疮回温而发痒、刺痛。

为了转移注意力，不去想现在有多冷，她又回忆了一遍指示，确保自己没有漏掉什么。在这里等着，直到一个头戴灰色圆顶礼帽，帽子上还有绿色绑带的男人走进店里，他会带着一本《时代》杂志出来。然后走进商店，买一份报纸，再询问店员是否还有昨天的。他会从柜台下面拿一份折好的报纸给你，把报纸放进你的包里，小心保管。走到奥斯特里茨地铁站，坐地铁回圣日耳曼德佩。在花神咖啡馆靠后的区域找一张桌子坐下，然后你会看见一个沙黄色头发的男人，他系着一条佩斯利花纹的丝质领带。走过去加入他，要像偶遇朋友那样，然后他会为你点一杯咖啡。在你喝咖啡的中途，把那份折好的报纸放在桌子上。离开的时候，把它留在那儿。

这不是她第一次为组织传递信息了。回到巴黎后不久，当她把一些要做成晚礼服衬里的丝绸送到染布店时，她和那里的一个联系人谈了谈，她猜测那个人在从事抵抗活动。他把她介绍给了一位负责传递信息的组织成员，她很快就被分配了和这次类似的任务。她知道他们一开始是在考验她，确保她言行一致，确保她是一个可靠的信使。她甚至无法确定自己目前为止所传递的信息都是真的。但她猜测，今天的任务和往常有点儿不同。接头地点离奥斯特里茨车站很近，这一点具有重要意义，因为从东部和南部开来巴黎的火车都会从这个车站入境，并且，它还是前往劳改营的车辆始发地之一。所以，即便冷气已经穿透她那因为长期走路而磨损变薄的鞋底，她还是尽力无视着寒冷，假装研究起公交车时刻表，就在这时，她眼角余光瞥见那个戴着圆顶礼帽的顾客走进了烟草店。

・・・

当米蕾尔推开花神咖啡馆的门，迈过咖啡馆的门槛时，一股混合着温暖、喧闹和香烟的云雾吞没了她。她按照指示，绕过柱子，朝房间靠后角落的木制吧台走去。靠近门口的一个长椅上，一群穿着纳粹制服的士兵在哈哈大笑，其中一个士兵在空中打了下响指，叫来服务员，又点了一瓶酒。当米蕾尔经过时，一个士兵跳起来挡住她的路。一想到他可能会要求检查她包里装了什么并且发现报纸上隐藏着什么信息，她的心就怦怦直跳。但是他做作地鞠了一躬，假装给她让座，他的同伴们发出一阵刺耳的起哄声。

米蕾尔的第一个本能反应是往他脸上吐口水，第二个则是转身逃跑，但她克制住这两种冲动，尽力展露出一个礼貌的微笑，她力求圆滑地摇了摇头，同时趁此机会越过士兵，走向后面角落里的桌子，有一个系着佩斯利花纹丝质领带、沙黄色头发的男人坐在那里喝着咖啡，读着自己带来的《时代》杂志。

当她走近时,男人放下手中的报纸,站了起来,他们拥抱彼此,仿佛很熟悉对方。有那么一瞬间,她闻到他身上昂贵的古龙水香味——像是混合着雪松木和酸橙的气味——然后,她在他对面的椅子上坐了下来。

一个服务员出现,男人给她点了杯咖啡,她漫不经心地从包里拿出折好的报纸,放在桌面那份报纸之上。男人完全不理会,把两份报纸都推到一旁,这样他就可以像情人一样靠近她。

"我是勒鲁先生。"他说,"而你,我想,一定就是米蕾尔吧?很高兴见到投身我们事业的新朋友。"

她点了点头,有点儿尴尬和不自在,不知道该对面前这位毫不相识的男人说些什么,尽管他显然对她有所了解。

她已经完成了自己的任务,现在她只想推开咖啡馆的门,赶快回到她那平静安全的阁楼房间。但是她强迫自己坐在座位上,微笑,点头,演好这一场戏。

当服务员出现时,两人陷入短暂的沉默。服务员把一杯咖啡放在米蕾尔面前,往桌子中间的烟灰缸底下塞了一张字迹潦草的账单。勒鲁先生利用咖啡上来的空当,把两份报纸拿开,随意地塞进了自己的大衣口袋,大衣就挂他身后的椅背上。

他看着她拿起厚厚的瓷杯,小心翼翼地吹着里面的东西,让它们冷却下来,这样她才能喝上一小口。咖啡味道还行——有点儿淡,但所幸菊苣根[①]的苦味并不明显。

"所以,你是德拉维涅的女裁缝之一?时装界最近生意

---

① 菊苣根的风味类似咖啡,在咖啡短缺或经济困难时期常被用作其替代品。

如何？我听说所有大型时装店都获得了特别许可证，这样他们就能继续经营。看来我们的德国朋友挺喜欢给自己的妻子和情妇穿上最好的法国服装。"

他平静地说着话，用的是愉快的社交口吻，但她从他的话语中察觉到对占领军敌人的轻蔑之意。

"我们比以往任何时候都忙。"她表示同意，"即使有两班裁缝全力工作，我们仍然难以满足需求。每个讲究穿着的巴黎女人依然想要属于自己的应季新西装套裙和晚礼服。而且，政府虽然定量配给我们食物和家庭供暖的燃料，但并不定量配给纽扣和穗带。有时候很难拿到足够多的原材料，服装的价格自然就高得离谱。"

勒鲁先生点点头。"巴黎变成了一个多么奇怪的、供德国人玩乐的地方啊。它的市民们在挨饿受冻，但它的新居民们却身穿衣料质量最为上乘、款式设计世界一流的服装，喝着葡萄酒，在红磨坊里奢靡享乐。"

米蕾尔又一次被他说话时的气定神闲所震撼，只有他话语中的苦涩透露出他们此刻愉快的谈话氛围并不是真的。

她一边啜饮逐渐冷掉的咖啡，一边回答勒鲁先生抛出的一系列关于工作室的问题。她的工作内容是什么？工作室有多少个女裁缝？有多少人住在店铺楼上？

当她把空杯子放回茶碟时，他伸出手去盖住她的手。对于漫不经心的旁观者来说，他的举动只有浪漫亲密的意味。"谢谢你帮忙，米蕾尔。"他说，"我想知道，你是否有兴趣再为我们出更多的力？尽管我必须警告你，这些任务极其危险，一旦暴露，后果不堪设想。"

她朝他微微一笑，把手抽了出来，这画面显得她很腼腆。"先生，我愿竭尽全力提供帮助。"

"那么，你未来很可能会扮演一个新的角色。我们共同的朋友，染匠，会通知你的。谢谢你今天来，米蕾尔。保重。"

她站起身，把椅子往后一推，收起外套和包。"你也是，勒鲁先生。"

当她离开咖啡馆时，她回头瞥了一眼，看见留在原地的那个沙黄色头发、系着佩斯利花纹领带的男人正在付钱给服务员。

然后他站了起来，穿上大衣。她只能勉强辨认出折好的报纸一角，以几乎无法被察觉的方式，微微伸出他的大衣口袋。

・・・

在缝纫室高高的窗户外面，十二月的天空呈现出与纳粹占领者制服一样暗淡的青铜灰色，仿佛也放弃了所有的希望，屈服于新的秩序。在克莱尔看来，头顶灯泡发出的耀眼光芒，就像在黑暗中搜索盟军飞机的探照灯一样明亮。只要从一片漆黑的阁楼窗户探出头，就能看到远处探照灯的光束。她正在缝制一件深红色绉纱晚礼服的胸衣，因为连续几个小时专心致志地工作，用眼过度，针脚变得有些模糊不清，她不得不将手上的衣服拿得离脸更近一些。她的位子靠窗，有些漏风，但她不想和其他任何一个女裁缝换位置，换一个远处墙上铸铁散热器旁边的座位。她需要充足的光线才能工作，而且那些散热器如今也没那么热了，因为地下室炉子的供煤是严格限量配给的，于是经常好几天无煤可烧，不过高级时装店里的壁炉倒是从没缺过燃料，一直火光熊熊，这样客户进来试装时从来都不会觉得冷。

克莱尔和其他女裁缝一样，都瘦了不少，因为大家如今都只能靠周末排队领取的、微不足道的口粮生活。但是，当她环顾桌子四周，她发现只有她们的脸透露了这种改变，灯光在她们凹陷的颧骨和眼底投下黑色的阴影。她们的身体看上去臃肿不堪，白大褂被填得很满，有些女孩的扣子甚至还被绷开了，之所以会有这种错觉，是因为她们都穿得很厚，只有穿多一点，大家才能抵御在工作室上班时的寒冷。

德拉维涅时装店比以往任何时候都更加忙碌，真要说今年圣诞节的准备工作有什么不同的话，那就是比战前几年都更加繁忙。在饱受战争蹂躏的欧洲，巴黎已经成为一个奢侈避世的绿洲，德国人蜂拥而至，一心要把他们的工资花在黑市食品、葡萄酒还有为妻子和情妇所准备的设计师定制晚礼服上。由于德国马克兑换法郎的汇率已经飙升到将近1∶20，他们的钱在这里的含金量会高很多。

就连那些被指派到巴黎协助管理新政府的德国妇女，也能负担得起量身定制的高级时装。店里的女售货员背地里尖刻地称她们为"灰老鼠"，因为她们进来试衣服时，穿着制服的样子看起来很土气。

有那么几分钟，万尼尔小姐离开了房间，她去拿另一卷轻薄的、未漂白的平纹细布，那是拿来给更精细复杂的服装打版用的。要先把衣物的不同部分裁剪出来，并缝合到一起，一旦最终敲定板型，这些衣料就会再次被拆开，用作模板，以确保成品服装要用的更昂贵的面料能被精确地裁剪，并且尽可能不产生浪费。

趁着万尼尔小姐不在,克莱尔也加入了桌旁其他女裁缝的闲聊:听说店里有个模特和德国士兵好上了,女孩子们各持己见。一些人感到震惊和厌恶,但其他人问:作为一个女孩,还能怎么办?现在法国男人已经所剩无几,所有健全的、满工作年龄的男性都被送到德国的工厂和营地劳动去了,年轻的法国女性面临着选择,要么变成老姑婆,要么被富有的德国情人宠着。

克莱尔没有抬眼,瞥了一下坐在旁边的米蕾尔。她最近看起来是那么遥远。她不再参与闲聊,始终专注于自己的工作。她如今总是心事重重,与大占领发生之前那个活泼风趣的朋友相去甚远,而且她大部分时间似乎都沉浸在自己的思绪中。在晚上和周末,她也更加独来独往,经常一出门就没了踪影,从不邀请克莱尔同行。克莱尔已经知道,询问是没有意义的,因为米蕾尔只会眼神悲伤地笑笑,摇头,拒绝给出答案。也许她当真在玩她的"抵抗运动"游戏,就像她第一次回到巴黎时宣称要做的那样,但克莱尔看不出这种事情能够带来什么切实的好处。然而,如果米蕾尔铁了心要这么神秘兮兮地独来独往,那就随她吧。

但克莱尔的确很怀念她们曾经的友谊。此刻只有另外两个女孩睡在商店楼上的房间里,她们属于另一班女裁缝,所以她们倾向于把克莱尔排除在两人的周末出游计划之外,她们可能以为她会和米蕾尔在一起。

克莱尔剪掉一根线,把猩红色的布料弄平整,享受着这份间接拥有的奢华触感。她的手指因为寒冷和长时间工作而变僵,有点儿被纹路皱起的面料所刺痛。

克莱尔用拇指按摩指尖干裂的皮肤，这种感觉让她回想起在梅洪港长大的岁月。她的母亲死于肺炎，是潮湿寒冷的天气和常年操劳导致的，母亲留给唯一女儿的遗物是一个银顶针和一个塞满咖啡渣的针垫，从此，负责给父亲和四个哥哥补袜子和衣服的人就成了克莱尔。别针和缝衣针在海边的空气中很快就会生锈，她不得不经常停下来用金刚砂纸擦拭它们，防止它们变钝，提防它们在她父亲和哥哥们的衬衫上染上很小的棕色印记，那样子就像干掉的血滴。当她坐在曾经的家里，坐在那间小屋厨房的炉灶旁缝纫时，她干裂的手指上全是疼痛难忍的细小裂缝，当时她就暗暗下定决心：母亲教会她的针线活将会成为她离开那里的通行证。那是她仅有的一切。她会用它来改变自己的人生，绝不步母亲的后尘。时间流逝，失去母亲的悲痛并没有减轻，相反，一想到山上教堂墓区里的坟墓，克莱尔就难以承受。她更愿意思索在其他某个地方过上优雅和体面生活的可能性。于是，她集中精力把针脚缝得更小更整齐，动作又快又仔细。

克莱尔的成长环境很粗糙，只重视效率，无比务实，对于漂亮东西的渴求，其实是一种渴望逃离的欲望。她在一个全是男人的小屋里长大，他们整天都在和冰冷的大西洋海水争夺捕鱼的笼子。当她的父亲和哥哥们都上船出海时，她主动提出帮村里的邻居们修补衣物，每次收他们一点儿微不足道的劳务费。她把硬币存在一只旧袜子里，就塞在放缝纫工具的篮子底部。慢慢地，袜子变重了，脚趾部分随着硬币的堆积而垂了下来。有一天，她数了数，发现那些钱已经够她坐火车去巴黎了。

当她告诉父亲自己要离开时，他几乎没有反应。她怀疑他为此松了好大一口气——少了一个吃饭的人。克莱尔也感觉到，自己越来越多地让他想起死去的妻子，她的母亲，每当他看向她时，他的心可能都会因内疚而刺痛。他一定知道这里不适合她居住，所以，她对自己说，他不能因为她想离开而心生责怪。他开车送她到坎佩尔火车站，在火车进站时粗鲁地拍了拍她的肩膀，在她爬上车厢的台阶时，他拿起她的包递了过去，整个道别已经很接近她想象中的祝福了。

她把红色晚礼服的紧身胸衣搁在一边，叹了口气。她已经到了巴黎，却因为战争而无法过上更好的生活。她仍然在每天弓着身子做精细的针线活，大部分时间她仍然冻得发抖，而且她比在家里时更常挨饿。

一想到自己留在梅洪港的家人，她一时难以自抑，满腔自怜和思乡情绪。她想象着自己的哥哥们回到码头边小屋时的快乐笑容：西奥揉着她的头发，让-保罗掀开晚餐的锅盖，偷偷品尝她做的美味炖鱼，而卢克和马克那时会在前门忙着脱自己的靴子。如今她不在那儿，他们的衬衫和袜子是不是都没人补了？她想念他们的笑声和他们温柔的戏弄，也想念父亲坐在扶手椅里，手上忙着剪断或解开渔网绳子时那种安静的慰藉。她想，多奇怪啊，当他们都在小屋里时，房间总是感觉太挤，而当他们都离开后，那里又会显得过于宽敞、空洞。

她甩掉这些思绪，告诉自己，沉溺于自怜是毫无用处的。当她小心翼翼地把针插回母亲的针垫时，她提醒自己，尽管困难重重，她还是走了这么远。与布列塔尼的渔村相比，这座城市仍然有着无限的机会。她只需要多努力，多出去走走，这样那些机会才能找上门。

哈 丽 特

又发生了一起恐怖袭击。整座城市都处在震惊之中，世界各地的新闻报道争相呐喊着苦痛。今年一月，《查理周刊》办公室的员工遭遇了残忍袭击，巴黎人民仍惊魂未定。如今，持枪者在巴塔克兰剧院杀害了近百名参加音乐会的观众，还将一群幸存者劫为人质，挟持了好几个小时，直到法国警方最终结束了围攻。这些报道充斥着被夺走的生命、被无情改变的人生和令人作呕的残酷暴行。虽然让人不忍卒读，但却无法忽视。

父亲打电话来。"你确定你是安全的吗？为什么不回家呢？"他问。

我试图让他放心，让他相信我在这里肯定和在别处一样安全，即便我每次走在街上都很焦虑不安。当受害者的故事被公之于世时，我的心为他们而悲痛。他们大部分人都很年轻，跟我和西蒙娜差不多大。但我们努力专注在工作上，持续不断的工作需求迫使我们所有人继续前进。

从早上九点到下午五点，办公室里充斥着谈话的低语声以及很快就被接起的电话铃声。我和西蒙娜轮流负责前台接待，作为吉耶梅事务所客户们第一个会见到的人，我感到自己责任重大。这家公司或许规模相对较小，但它的影响力远超出其团队体量。公司客户包括几位刚刚崭露头角的设计师、一个奢侈品配饰品牌和一家主打纯天然环保的新化妆品公司。当然，大型时装公司都有自己的内部公关团队，但弗洛伦斯已经在令人生畏的巴黎时装界为自己开辟了一个小天地。她善于发现有前途的新人才，并找到有创意的方法来推广时尚界的新人。这些年来，她赢得了同龄人的尊重，并建立了惹人羡慕的社交关系网。所以，随着日子一天天过去，我常常会突然意识到自己在和一些厉害的人物闲聊，比如某个正在开发自有泳装系列的前超模，或某个精美杂志的时尚编辑，又或者是某个前卫又年轻的鞋履设计师以及他的缪斯女神，女神穿着紧身连体衣，搭配一双高到让人头晕的厚底鞋，上面还点缀着金色的菠萝。

弗洛伦斯也给了我机会和客户经理一起工作，我对自己帮忙编写的第一份媒体发布稿感到非常自豪。发布稿是为那位鞋履设计师最新的作品而写的，新的设计将在两星期后的巴黎时装周上展出，客户经理给了我收件人名单，让我把发布稿发出去。我刚准备照做，却突然灵光一现。

"这位设计师在英国的知名度怎么样？"我问道。

"还没什么人知道。英国市场很难打入，所以我们现在只主攻巴黎。"

"如果我把发布稿翻译一下，再寄给伦敦一些相对前卫的商店的买手们，没关系吧？"

客户经理耸了耸肩："随你。我们也不会有什么损失，而且说不定这会是一个很好的方式，可以试试英吉利海峡那边的市场反应。"

于是我起草了一封电子邮件，说明用意，并附上翻译之后的发布稿。我查了一些资料，打了几个电话，找到了几个伦敦买手的邮箱地址，然后，在征得弗洛伦斯和客户经理的同意后，我按下了发送键。

西蒙娜很是钦佩:"这可是你的第一篇发布稿!我们今晚必须庆祝。我知道一个很棒的酒吧,我们可以一块儿去。今晚有现场音乐会,我的一些朋友也会去。"我已经知道她有多么喜欢听音乐;她在公寓时总是会放歌,外出时通常也都戴着耳机。

于是,那晚我们就这样出了门,过了河,前往有着无数狭窄街道和隐蔽广场的玛黑区。警察的存在感比以往更强。全副武装的警员在繁忙的路口来回巡逻。这景象能让人稍许放心一些,虽然同时也让我的心跳因恐惧而加速,因为在城市灯光和车流尾气烟雾所构成的表象之下,的确有某种危险潜伏于此。西蒙娜领着我绕过毕加索博物馆,然后我们溜进了一家酒吧。那里空间很拥挤,角落里有一个很小的舞台,有两个人在进行不插电的演出,背景音是一片热闹的欢声笑语。

西蒙娜的朋友们招手示意我们过去,他们把两张桌子拼到了一起,还给我们找来了椅子,这样我们就能挤着坐下,点好饮料,和大家一起干杯。台上的音乐家很棒——其实是非常棒。我逐渐放松下来,开始享受周遭的一切和身边人的陪伴。西蒙娜的朋友们都从事创意类的工作,在场的有一位画廊老板、一位设计师、一位演员、一位音响师,以及至少两位音乐家。我想,是西蒙娜对音乐的热爱促成并巩固了其中一些友谊。我很惊讶,自己如此轻易就融入了这群年轻的巴黎人。无论是在高中还是大学,我从来没有交到过任何亲近的朋友,如今我意识到,我从来没在任何一个地方找到过真正的归属感。那种格格不入的感觉也许来源于家里,源于长期和我父亲以及继母相处,也许那种感觉削弱了我在面对世界时的自信心。在我生命的大部分时间里，我仿佛一直活在一个与世隔绝的岛屿上，在那里，适应孤独比试图融入要更加容易。我总觉得自己和同龄人之间隔着一段距离，他们没有体会过，在自己母亲的葬礼后不久，就要去参加亲生父亲婚礼的感觉。而在这里，在这群陌生人的陪伴下，我没有那种必须解释些什么的感觉，解释自己曾是母亲唯一的牵挂，只是那份牵挂并不足以让她想要留在这世上。

那位音响师又给大家拿了一轮喝的，他开始自我介绍，说自己的名字是蒂埃里，并用胳膊肘轻轻推了推西蒙娜，让她挪一下，这样他就能把自己的椅子搬过来坐在我俩中间。

他问我觉得工作怎么样，以及在巴黎生活的感受如何，我问了问他的工作内容，他说工作能让他去全市不同的场地参加各种音乐演出。我一直在和他聊天，其间，我对用法语交谈越发得心应手起来，并且我还意识到自己很放松，很享受和他待在一起。

起初，朋友们的聊天话题轻松愉快，大家微微笑着，充满欢声笑语，但后来，谈话不可避免地转到巴塔克兰恐怖袭击上。桌上的氛围立刻变得凝重，我看到西蒙娜和她的朋友们脸上满是伤痛，恐怖主义给这座城市造成的痛苦仍然历历在目，吞噬了我们所有人。巴塔克兰离我们所在的地方并不远，蒂埃里告诉我，他认识那天晚上在现场负责音响的工作人员。霎时间，恐怖袭击变得和我切身相关。我一边聆听着他的话语，一边看着他脸上隐忍的痛苦，言谈间，他那随和的表情变成了用以隐藏悲伤的面具。他的朋友们逃了出来，还帮助乐队成员和一些观众逃到了安全的地方，但是，残忍的暴行无法被改写，有那么多年轻的生命被杀害，还有那么多人的生活再也回不到从前，余生都会被肉体或精神上的可怕创伤所支配。这些事实已经改变了人们对这座城市的看法，在看似平静的表象下，恐惧和怀疑似乎无处不在。

"当你工作时，有没有担心过这样的事情会发生在你身上？"我问他。

蒂埃里耸了耸肩："当然会。但难道就不活了吗？我们不能让恐惧得逞。越是恐惧的时候，越不应该被恐惧压倒。"

我一边小口喝酒，一边思考他的话。我从他的话语里听到了米蕾尔那番反抗宣言的回声，以及她的信念：普通人有权利定义，生活要以何种方式继续。

"这些日子，即使是在周五晚上来酒吧听音乐，对我们来说也有了新的意义。"他微笑着，那双黑色眼眸里的悲伤被一丝反叛所取代，"我们来这里不仅是为了享受生活。我们来这里是为了确保我们生活的自由没有被夺走。我们来这里是为了那晚死去的每一个人。"

蒂埃里想听听我的想法，他问我这次袭击对英吉利海峡对岸的英国有什么影响，以及英国是如何应对自己国家的恐怖主义暴行的。

"我父亲已经开始担心我在巴黎的安危了，"我坦言道，"并不是说伦敦就毫无危险。"在《查理周刊》袭击事件之后，爸爸一直努力劝我不要接受这份工作，直到最后一刻也没有放弃。当时，我对他的干涉感到愤怒，并把它当作又一个例子，觉得那只能证明我们之间有多疏远——难道他看不出这个机会对我有多么重要？难道他不明白我内心有多么渴望离开？但现在我明白了，他当时肯定很焦虑不安。从这个角度来看，我开始理解，他之所以不想让我离开，更多是出于爱，而非缺乏理解。有那么一瞬间，我很想念他。我在心里提醒自己明天要记得给他打电话，尽管他可能会像往常一样忙得没时间和我聊天，忙着陪我继母出去购物，或者开车送女儿们去上周末的舞蹈课，送她们去朋友家过夜。

蒂埃里和我不停地聊天，一直聊到深夜，那时台上的音乐家们早已结束演出，加入了我们的谈话。临到结束时，我觉得自己与西蒙娜和她的朋友们更加亲近了，这对我来说是一种全新的感受。我发觉自己逐渐放下了防备，慢慢褪去了一贯的沉默寡言，因为——一点儿一点地——我开始允许自己表露想法和感受。

看起来，在一种新的语言环境中，在一个我天生就是局外人的城市里，我更容易做我自己。也许，在巴黎，我可以逐渐成为理想的自己，享受崭新的开始所带来的自由。

然后，我又有了一个念头：也许这正是克莱尔多年前的感受。

1940

这天是平安夜，店里只剩下零星的几位顾客，他们正等着拿最后时刻才委托定制的、节日期间各种晚宴和活动所需要的服装。一旦接待完他们，楼上的裁缝们就可以提早收工了。

万尼尔小姐在给女裁缝们分发包好的工资时，甚至挤出了微笑。"德拉维涅先生让我转达，他对你们的工作很满意。这是我们迄今为止最成功的季度之一，所以他非常慷慨地请我给你们每个人额外加了一些补贴，以嘉奖你们的努力和忠心。"

女孩们迅速偷偷交换了眼色。大家都知道，一周前，一位女店员离开了德拉维涅时装店，她不仅带走了手下的助理团队，还带走了一个黑色的小本子，里面是她所有客户的服装尺码和联系方式。有传言说，她是被另外一家时装店给挖走了。一位女裁缝大着胆子低声说，是被某个叫"可可"的人，那位"可可"和德国占领者建立了特殊的交情，所以她家店的生意特别好，最近急需用人。

女裁缝们一边挂起白大褂工作服，戴上围巾和手套，一边兴奋地叽叽喳喳。克莱尔羡慕地瞥了她们一眼，随即把工资塞进裙子口袋里；她们中的大多数人有家可以回，无论今年的餐食多么简朴，她们也有家人可以一起分享今晚的平安夜大餐，有人做伴迎接圣诞节的到来。而她能期待的，只有同住在楼上公寓里的三位伙伴，一顿令人倒胃口的蔬菜汤——尝起来主要是萝卜的味道，以及一些干面包。

楼上的房间很冷，她从信封里取出钱，仔细计算并留出下周所需的生活费，再把剩下的钱妥善地存放于她放在床垫下的锡罐里。罐子里的那沓钞票——她毕生的积蓄、帮她实现梦中生活的通行证——正在缓慢但稳步地增长。

接着，她从床旁边的抽屉里拿出一个用棕色纸包着的小包裹，再沿着走廊去敲米蕾尔卧室的门。然而，没有人应答。当她再次更用力地敲门时，门自己开了，露出一张整齐铺好的床，床上有一小堆米蕾尔的缝纫用品，能看出来它们的主人走得很匆忙。

克莱尔环顾四周。米蕾尔通常都把外出时穿的外套挂在门背后，此时外套不在那儿。她一定又直接出门了，去见她平时见的人，做她平时做的事。平安夜也不例外。这么说，对她而言，外出见人显然比花时间和朋友相处更重要。克莱尔叹了口气，她稍作犹豫，把棕色的包裹放在米蕾尔的枕头上，转身离开，小心地带上门。

这时，她的另外两个室友出现了，两人有说有笑。她们注意到克莱尔，于是停了下来。"为什么这么一副沮丧的样子？米蕾尔抛下你了吗？可别跟我们说你要一个人过平安夜？"两人交换了眼神，对彼此点了点头，"来吧，克莱尔，我们不能丢你一个人在这里。和我们一起玩吧。我们准备出门找点儿乐子。快去换上你的舞鞋，跟我们一起出门吧！要是一直枯坐在这阁楼里，你永远也遇不到有意思的人啊。"

于是，克莱尔犹豫了片刻，又从床垫下面拿出锡罐，撬开盖子，取出了一些她努力攒下的工资，投身于狂欢的人潮，被推搡着走过里沃利街的人行道。寒风在宽阔的大道上呼啸而过，几乎无人去注意那些红、白、黑相间的旗帜，无人发觉它们正在繁星点缀的天空中肆意飘扬。

* * *

米蕾尔匆匆穿过玛黑区的狭窄街道，在一家商店的橱窗前停了下来，她训练有素，一路上都很注意，确保自己没有被人跟踪。商店门上贴着的白色标志在低垂的遮光帘上显得格外醒目。"根据命令，"标志宣告着，"此处属于新政府管理。"越来越多的商店大门和橱窗都被贴上了这种告示，尤其是在这个区。这些地方原本的店主都是犹太人，如今他们都消失了，数不清的家庭被赶离自己的家园，先是分配到郊区的驱逐营，然后再被送到天知道什么鬼地方。这些商店被当局侵占，并"重新分配"，通常都是分给听话合作的人，或是那些果断告发邻居、背弃曾经的老板——也就是类似这家店昔日的店主——从而得到当局青睐的人。

北风迎面吹来，米蕾尔不得不低下头，她转进一条小路，轻轻敲响了安全屋的门。先连续快速轻敲三下，然后停一会儿，再轻敲两下。门开了，仅仅开了几英寸，她侧身闪了进去。

阿诺德先生和阿诺德夫人——她不知道这是不是他们的真名——是染布店联络人帮她搭桥加入的地下组织的初始成员，这并不是她第一次被派到他们家了，通常她都是来接送那些需要一个安全住处过渡一两晚的"朋友"，或是护送这些"朋友"穿越城市，将他们安全地交给组织里的下一个护送人。她发现，这座城市里还有其他组织此类行动的团体，专门帮助有需要的人，在占领军的眼皮底下神不知鬼不觉地逃到安全地带。有一次，计划临时变更，她被要求护送一名年轻人去圣拉扎尔车站乘火车，所以她知道一定有人是通过布列塔尼逃离的。但更多的时候，她的会合点都是在伊西或比扬古，或者远至凡尔赛，每当这时，下游护送人都会用独特的西南口音让她放心，她的新"朋友"会被转移到安全的地方，由专人照顾并协助穿越比利牛斯山，完成长途跋涉，重获自由。她常常想，他们的路途终点是否会在她的家乡附近。

尤其是在今晚，她格外想念家人，她和他们位于同一片繁星点缀的夜空下，她想象他们在河边磨坊屋里的样子。她的母亲会在厨房里，忙着用她不知从哪儿努力收集来的食材捣腾出一顿特别的平安夜晚餐。也许她的妹妹伊莉安也会在厨房里坐着，置身于那台老式铁炉的温暖之中，轻轻晃着她膝盖上的婴儿布兰琪。至于她的父亲和哥哥，在把最后几袋面粉送到当地的商店和面包店之后，会从门外走进屋里。父亲会将布兰琪一把抱起，在空中转上几圈，把她逗得咯咯笑，不停地拍自己那两只胖乎乎的小手。

想到那画面，米蕾尔咽下如鲠在喉的思乡情绪。她是多么想念他们所有人，如果可以回到那间厨房，和家人一起分享那满是爱意的简陋餐食，她愿意付出一切。吃完饭，躺在她和伊莉安共用的卧室床上，用耳语交换彼此的秘密。她多么渴望能有一个可以倾诉的人。

那些时刻是如此奢侈，她无福享受。她强迫自己暂时放下思家之情，专注于今晚的任务指令。

阿诺德夫人解释道，今天是平安夜，有很多人都在狂欢，希望这些人潮正好能让那些不幸得在节日期间守卫秩序的士兵转移注意力，让米蕾尔顺利护送一名男子前往塞弗尔桥，她之前合作过的一名护送人，克里丝蒂，会在塞弗尔桥和两人接头，克里丝蒂会负责把他送到计划好的下一个安全屋。

"但你今晚的行动必须迅速，米蕾尔，"阿诺德夫人提醒道，"地铁站里的人会很多，而运行的线路很少，你必须及时与克里丝蒂会合，以便在宵禁前回家。即使是在圣诞节，被德国人带走也不是什么好事。"

米蕾尔点了点头。她深知其中的风险。有人警告过她，如果她被抓住并审问，前二十四小时内尽量不要透露任何消息，以便给网络中的其他人争取时间掩盖行踪并撤离。但她同时也知道，纳粹会采用怎样的酷刑来拷问任何疑似抵抗组织的人，一种无法言喻的恐惧深深扎根在她的内心。假设事情发展到那种地步，她能够扛住那样的拷问吗？

不过，现在不容考虑那些，她需要全神贯注于手头的任务。即使是最轻微的恐惧或分心也可能会让他们暴露身份，或是让她在关键时刻失去警惕。一个人永远都不知道在把"朋友"安全送到目的地的路上会有怎样的遭遇。

"法语水平如何？"她向阿诺德夫人问道，指的是她即将冒险用生命去护送的陌生人。

阿诺德夫人摇了摇头："几乎完全不会，而且他口音很重，一开口就会暴露他的身份。还有另外一件麻烦事，他的脚受了伤。如果你们必须走远路的话，你需要扶着他。"

也许是跳伞着陆时摔伤的，米蕾尔想。她曾协助送走过别的外国空军。或许这个男人的脚伤是因为他刚刚经历了一段漫长而可怕的逃命之旅，因为他有着不同的信仰，或是不同的政治倾向，又或者单单只是因为与邻居之间发生过微不足道的争执，就被怀恨在心从而被告发。谁知道呢？她没问，因为要是真的被抓住，她知道得越少越好。

那个男人穿着一件厚大衣，从屋子靠后的一个房间里走了出来。他一瘸一拐，跟在他后面的阿诺德先生伸出援手，扶着那人的胳膊肘迈下两级台阶，从门厅走到门口，也就是米蕾尔站着等候的地方。男人的皮肤发灰，尽管他试图掩饰，但她发现，当他那只有伤的脚受力时，他疼得打战。阿诺德先生递给他一顶霍姆堡帽。米蕾尔不禁注意到帽子是灰色的，上面有一条绿色的带子，而那天送报纸到商店的人也戴着一样的帽子，在她觉得自己第一次收到正式任务的那天，也是她第一次见到勒鲁先生的那天。

"走吧，"她用英语小声说，"我们得出发了。"

男人点了点头，然后转向阿诺德夫人，紧紧握住她的双手。"谢谢你，夫人，感激不尽，你真是一位温柔善良的女士……"他磕磕绊绊地说完了，而他讲英语时扁平的元音让在场的两位女士都皱起了眉。

有一件事是肯定的：如果他们被人拦下索要身份文件，负责开口应对的人必须是她。他们已经向她简要介绍了他的假身份信息，她还知道，他把不知从哪里弄来的身份证件放在了外套口袋里，以佐证她的说法。

当他们手挽手走在玛黑区时，两人看起来就像一对出门喝几杯酒庆祝平安夜的年轻夫妇，她努力让自己看起来自然些，让人觉得是他在扶着她，而不是反过来。她计划了路线。她需要尽量利用地铁，尽可能避免让他走路。同时，她知道自己需要避开人多繁忙的地铁站。比如巴士底广场，那里水泄不通，卫兵更有可能正在那儿值班检查来往人群的身份信息。

她领着男人走过街道，偶尔对他说些鼓励的话，尽管她不知道他能听懂多少。当他们快要走到圣保罗地铁站时，她大惊失色，因为入口处站着两名德国卫兵。他们拦住了一名男子，不停大喊要他出示身份证件，而他则手忙脚乱地在公文包里翻找。

米蕾尔很快想出对策，她领着自己的"朋友"走上里沃利街。最好混入寻欢作乐的人群，转去另一个地铁站。他们置身于狂欢的人潮中，不停地被推来挤去，当男人意外被一个陌生人撞到时，他疼得倒抽一口冷气，差一点儿就摔倒了。

"抓紧我。"米蕾尔一边伸出胳膊搂住他的腰，一边对他耳语道。幸运的话，他看起来只会像是又一个喝了太多里卡尔酒的派对常客，女友正试图让他回家睡觉。他们维持着那副模样摇摇晃晃地走了一段路，经过了巴黎市政厅地铁站，那里有更多的纳粹分子在查路人的身份。到了这会儿，男人已经因为脚痛而汗流浃背，米蕾尔要费尽全力才能让他保持直立。他们只能在夏特雷地铁站赌一把了，尽管它是这条线上最繁忙的地铁站之一。巴黎中央市场就在这个地铁站附近，有很多黑市活动都在那儿进行，这通常也表示，德国人更有可能忙着购物，而不是查身份。她默默向可能保佑他们的人祈祷，祈求在这样一个平安夜，士兵们会更热衷于多搜刮一点儿牛排或是几只牡蛎，而不是阻止一对明显喝醉了的疲惫夫妇赶路回家。

他们悄悄绕过一群吵闹的士兵，他们正忙着吹口哨，对着一群精心打扮后来城里狂欢的女孩起哄怪叫，根本注意不到别的东西。当人群中传来喊叫声，尖锐的口哨声响起时，米蕾尔几乎被吓得愣在原地，但她强迫自己继续往前，把身边人带到了通往月台的楼梯上。她向后迅速瞥了一眼，谢天谢地，警方的目标是一个扒手。在一片混乱之中，她觉得听到有人在喊她的名字，但这里人那么多，很有可能是在叫别人，所以她没有停下，继续往下走去，很明显，男人每走一步都会痛苦地喘息。

站台上的灯光很昏暗，他的脸看起来比之前任何时候都要更苍白，她担心他可能会昏过去。如果真是如此，他们会变成人群注意的焦点，而他们最不需要的就是关注。她焦急地抬头看了他一眼，他对她微笑。她放下心，回了个笑容。他们可以做到的。她能看出眼前的这个男人是一名战士，他决心坚持下去，他会不惜一切代价逃出生天。最糟糕的部分已经结束。她默默算好接下来的行程……他们只需搭上下一班地铁，然后换乘九号线，只要香榭丽舍环岛站的车站今晚开着，他们就能一路坐到塞弗尔桥站……

终于，地铁嘎吱嘎吱地驶进车站，一群乘客蜂拥而出。米蕾尔将男人护在身后，怀着坚定的决心挤过人群，然后把男人推到了一个双人软座上。当车门关闭，地铁驶离站台时，她旁边的男子闭上眼睛，靠在她身上，静静地舒了一口气。

• • •

  地面上，在聚集于中央市场各个酒吧和餐厅的人潮中，有那么一会儿，克莱尔站在原地纹丝未动。她刚刚看到的被一个男人紧紧环抱着走下地铁站阶梯的人，真的是米蕾尔吗？她是如此着迷于自己的秘密情人，以至于丝毫没注意到克莱尔的呼喊，即便两人刚刚就在克莱尔面前几英尺的地方摇摇晃晃地走了过去。所以那就是她的游戏，对吗？亏得她们还是朋友，她都没想过要告诉自己。更别说带她一起出去社交，或者让他介绍一个朋友给她……好吧，你确实能恍然大悟哪些人才是真正的朋友，她想。

  想到这里，她转身走开，跟着另外那两个女孩走进酒吧。酒吧里，身穿灰色制服的士兵们围坐在小桌子旁，他们打量寻觅着漂亮的法国女孩，想把自己的钱花在她们身上，想通过她们来忘记，在这样一个平安夜，他们离家有多远。

哈丽特

从我抵达巴黎以来，最想做的事情之一就是去参观加列拉宫，也就是巴黎自己的时尚博物馆。我看过它的照片，但仍被实物的美震撼得目瞪口呆。这是一座瑰宝般的宫殿，白色石柱和栏杆呈现出意大利风格，是一座完美的多层次建筑。我走在巴黎最为优雅的街区之一，穿过一条绿树成荫的街道，进入雕饰华丽的门楼，感觉自己仿佛远离了城市，走入了田园牧歌般的风景之中。树木环绕着修剪整齐的公园绿地，在那些染满秋色的枝丫之上，埃菲尔铁塔指向蓝天。雕像零星分布于地面，宫殿前的喷泉中央是一个女孩的铜绿雕像，四周环绕着丝带状的花坛，花的颜色和排列被精心设计过，构成了一幅黄色和金色相间的百变图。

当我爬上宽阔的白色台阶，来到有柱廊的入口时，我满腔期待，心狂跳不已。

更令我兴奋的是，这里正在举办一场二十世纪五十年代的时装展览，我觉得自己仿佛被带回了战争年代，几乎伸手就能触摸克莱尔和米蕾尔的作品，这提醒了我，她们所缝制的衣裙、西装和外套都直接影响了我现在正在欣赏的时装。

我漫步于主画廊，细细感受着黄金时代高级女装的典雅与高贵。克里斯汀·迪奥开创的"新风貌"主导了整个时代——收束的腰身和飘逸的裙摆是时尚界对战争年代种种限制做出的回应——但同时也有经典的香奈儿套装和看似简单实则迷人的巴黎世家礼服，上面镶嵌着水晶，满是刺绣。这些单品代表了一个时代的开始和结束——战争落幕后法国时装最后一次短暂的绽放，很快，一些公司推行的新潮流——"高级成衣"时尚——终结了这昙花一现的繁荣。

我在博物馆的画廊里流连忘返，深深沉迷于各种展品。除了二十世纪五十年代时装展，还有专门讲述时尚发展史的房间，从玛丽·安托瓦内特和约瑟芬皇后的服装，到奥黛丽·赫本在电影《蒂凡尼的早餐》里穿过的黑色礼服，简而言之，所有的一切都令人惊叹。

过了很久，我终于结束参观，室外秋高气爽，我决定放弃憋闷的地铁，沿着河走回去。河岸边的树叶正在变成金色，塞纳河的水流闪烁着同样的金色光芒，直到游船经过，金色被搅弄成锡色，仿佛一种逆向的炼金术。

加列拉宫里那些美丽的衣服将我带回了过去，我一边走，一边思索自己迄今为止了解到的我外祖母在巴黎战争期间的生活。

我的心情很复杂。如今，我知晓了一部分信息，于是更加迫不及待想知道发生的一切。但是，与此同时，从西蒙娜目前告诉我的来看，我越来越怀疑，假设我有机会认识外祖母克莱尔，我是否真的会喜欢她。与米蕾尔相比，她似乎有点儿软弱，而且一门心思都放在巴黎浮华的物质世界上。

当然，她很年轻，但米蕾尔也很年轻，所以这理由无法成立。不过，她的童年的确艰苦，早年丧母，在一个全是男人的贫困家庭中长大，从小就得肩负起持家的责任。

我能理解她对奢华与优雅生活的渴望。这么说来，在这一方面，我和她其实很像。

然后我突然想到，也许这种对时尚界的迷恋是刻在我基因里的东西。它是我从克莱尔那里继承来的吗？或者那只是一种利用充满幻想和诱惑的世界来逃避自身现实处境的渴望？无论如何，想到这里，我的心中充满一种奇怪又复杂的感情。因为我一直觉得，我是在走自己的路，我父亲有时以轻蔑的口吻所说的"对时尚的热爱"，是专属于我的东西。其实，它已经成为我身份的重要构成，是我在一个几乎没人在意我的家里，深深依赖的身份标识。然而，现在我意识到，它多半不是专属于我的，它也许是贯穿几代人的特征之一，这让我有种奇特的不安。

这种领悟不可避免地让我有了另外两种想法，它们相互纠缠，在我的胃里打结翻滚。第一种是令人安心的，是一种联结感和延续感，一种我以未知的方式与自己的祖先联系在一起的感觉；第二种是令人不安的，一种我被困在了某种家庭历史中的感觉，而我并不确定自己是否想成为其中的一部分。发掘我与祖先之间的联系究竟是好是坏？我身上还有哪些东西是从她们那儿继承来的？从我外祖母那里？从我母亲那里？

我的母亲。是不是因为类似的影响让她陷入抑郁的阴影，最终走向轻生？她的生命根基是否一开始就注定有着某种不稳定性，于是才导致她崩溃？在我的记忆中，她身上总是有一种易碎感。我记得她是如何用心爱的钢琴为我弹奏歌曲的，她会连续好几个小时用儿歌逗我，还会在圣诞节时教我颂歌的歌词。那些都是快乐的时光，阳光透过通往花园的法式大门照进来，点亮了那些时光。但有时，我会在半夜醒来，听到某种别的曲调，听到悲伤的夜曲音符，或者低沉的奏鸣曲那凄凉的旋律,她在一片黑暗中弹奏,消磨着时间,让自己撑过又一个孤独的夜晚。

想到她和我住过的家,一个画面霎时出现在我的脑海中,当我试图往前跑进一扇微微半开的门时,画面闪现着蓝光,有一双手不停地拉着我向后。在我的想象中,我紧紧关上了那道门,再也不想迈入其中。我太害怕了。还没准备好。我需要转移注意力,先专心弄清楚克莱尔的故事,然后才能开始重温不那么久远的过去。

迄今为止,我的家族历史一直都是一个谜,像一张布满窟窿的破旧挂毯。我妈妈似乎一直都很不愿意提到它,背后的原因会不会和某种羞耻感有关?

突然间,弄清事实似乎变得极其重要。西蒙娜对我复述她祖母的回忆,这帮我慢慢地拼凑出自己家族的一部分故事。但我最近的感觉是,她有点儿沉默回避,不愿继续把故事讲下去——要么是太忙,要么就有事要和其他朋友出去。这也许是我的错觉,但我总觉得,自从那天晚上我在酒吧里和蒂埃里聊了好几个小时之后,她和我之间就多了一丝冷淡。我试着摆脱这个念头,毕竟,她介绍的时候,只说他是自己朋友圈子里的一员,并未提到两人之间有什么特殊的亲密关系。我告诉自己,她可能是不想每次出门时都觉得自己必须邀请我一起,而且,我们在办公室时压力一直都很大。话虽如此,我仍然忍不住担忧,因为我们之间的距离似乎越来越远,当我们都在公寓共处时,会有些许尴尬。

但我还想继续将故事听下去,那是她的故事,同时也是我的。我觉得有必要更多地了解我的母亲和外祖母到底是谁。她们留给我的家族历史究竟是什么?我还需要弄清楚自己是谁。

电视上似乎有个节目，我从没认真看过，但我的继母有时会看，讲的是一些人寻根认祖的经历。我依稀记得，他们会上网查阅人口普查的记录、婚姻记录和死亡证明，以追溯几代人的家族历史。

在回到公寓之后，我犹豫片刻，打开笔记本电脑，开始了我的搜索……

步骤很简单。我只需要在登记总署的网站上注册，填写我要找的人的详细信息，几周后他们就会把相关证明寄给我。我犹豫了一会儿，想回忆起母亲婚前的姓氏，然后我在搜索表中输入"克莱尔·雷德曼"，在标有"婚前姓名"的地方输入"梅纳迪尔"。然后，我选中标有"结婚证明"和"死亡证明"的复选框，按下了"提交请求"。

1940

克莱尔穿着一条深蓝色的裙子,她捋了捋头发,照了照走廊里的镜子,然后披上了外套。"你看上去很漂亮。"米蕾尔站在自己的卧室门口,将一切尽收眼底,"你要去什么特别的地方吗?"

这天是元旦前日,尽管有战争,但巴黎仍是一片节庆气氛。克莱尔耸耸肩,拿走了自己那把公寓钥匙。

"等等!"米蕾尔伸出一只手牵住克莱尔外套的袖子,羊毛布料有些显旧,袖口已经轻微磨损。"我很抱歉。忘记给你准备圣诞礼物了。我最近事情很多。但我给你准备了新年礼物,给,拿着。"她把一个小包裹塞到克莱尔手里,"它和你的衣服很搭。"

"没关系的,米蕾尔,你不是非要给我准备礼物的。"克莱尔回应道。

她的朋友朝她笑了笑。"我知道我不是非要得给你准备礼物,克莱尔,但这是我想给你的。我喜欢你为我做的那条项链——看,我今晚就戴着它。"米蕾尔轻抚着脖子上那条细细的丝绒带子,上面绣着一些黑色的珠子,针脚细不可见,前面有一个固定用的银丝细工纽扣。

克莱尔撕开礼物包装,难以置信地盯着手里的银制盒式吊坠项链。

"你不喜欢吗?"米蕾尔问。

"不是的。"克莱尔摇了摇头,"但我没办法收。不是你项链的问题，米蕾尔。是它实在太贵重了。"

她试着把它递回去，但米蕾尔用手合上了克莱尔的手指。"它是你的了。这是给好朋友的礼物。我希望你收下。还有，我很抱歉，我最近没能当一个称职的伙伴。来，我帮你戴上。"

克莱尔仍想拒绝，但也只能把脖子后面的头发撩起来，米蕾尔帮她戴上项链，把链子扣好。接着，她心一软，拥抱了米蕾尔，说："好吧，谢谢你。这是我收到过最漂亮的礼物。这样吧，就让它成为我们共有的。作为我们友谊的象征。它同时属于我们两个人。"

"那好吧，如果这表示你至少会接受一半的它。"米蕾尔笑得很开心，有一瞬间，她几乎又变成从前那个活泼的自己了。

克莱尔突然有了一个念头，她一把抓住米蕾尔的手。"跟我一起吧！我们一起出去跳舞。我知道一个地方，那里的音乐和人都很好。甚至有传言说因为是新年前夜，今晚还会有香槟。换上你那条红裙子，跟我一起出去吧，会很有意思的！"

米蕾尔把手收了回去，摇了摇头。"对不起，克莱尔，我没办法去。我有约在身。"

"好吧，随你的便吧。"她耸耸肩，"不管你在交往的那人是谁，我打赌我等会儿要见的人肯定比他要好得多。谢谢你送我吊坠。明天见。"

米蕾尔伤心地看着她的朋友走出公寓，下了楼梯。几分钟后，她穿上自己的外套，悄悄溜了出去，沉默得像个影子，消失于楼下大街上熙熙攘攘的人群中。

· · ·

克莱尔把外套寄存在俱乐部门口的衣帽存放处，尽管这意味着她必须在前台的盘子里放几个铜币给那个满脸怨气的女人。当她把那件磨损显旧的衣服拿走挂在栏杆上时，她轻蔑地抖了抖它。

"我的外套确实很旧，小姐，"克莱尔转身走向化妆间时想，"但至少新年前夜我不用阴沉着脸被困在柜台后面。"她从晚宴包里拿出一个廉价的镀金小盒子，俯身靠近镜子，用粉扑盖住鼻子和脸颊上的油光。旁边的女人嫉妒地瞥了一眼她身上飘逸的深蓝色礼裙。裙子是克莱尔精心缝制的，布料来自德拉维涅先生其中一件设计用剩的中国绉纱。她花了很长时间才把这些长短不一的布料给组装到一起，用了好几个晚上仔细缝合这些边角料，才让接缝处平整合一，平整到几乎看不出来。她在领口缝了一些银珠，这样人们的注意力就会转移到珠子上，从而忽略这件礼服是拼接出来的。她还专门斜着缝合布料，这样贴着她纤细臀部的裙摆就有了一种流动感。她的晚宴包是用一条旧裙子的衬里缝制的，鞋子是她从一位室友那儿借来的。

她看着镜子里的自己，微微调整了项链上挂着的吊坠，让它平放在珠饰领口之上，刚好位于她柔美的锁骨延伸线底下。

她用一只手短暂地按住胃部，那里面似乎有蝴蝶在飞舞，她想让它们平静下来。他会来吗？他记得他们在平安夜约好今天来这里见面吗？他当时是认真的吗？

那天晚上，在里沃利街的那间酒吧里，他让服务员送了酒到她们的座位，服务员把杯子放在她和她的两个朋友面前，然后指了指坐在吧台边的金发德国军官，表示送酒的人是他。其他女孩窃笑了一下，然后冲着他点点头，男人把这动作当成一种默许，于是侧身穿过为平安夜而狂欢的人群，拉过一把椅子在她们那桌坐了下来。他介绍了两位同行的军人，然后转过身专心和克莱尔交流，用那双淡蓝色的眼睛注视着她，称赞她的裙子很好看。他法语流利，虽然他偶尔也会用她听不懂的德语和朋友们开玩笑。他是他们之中级别比较高的那个人，看上去似乎很受欢迎，善于社交，风趣活泼。他又点了很多酒，还坚持要替所有人付钱。夜晚临近尾声，当他帮她穿上外套时，他开口邀请她今晚再来这里，和他一起迎接新年的到来。

"你尝过香槟的味道吗？"他问道，"没有吗？像你这样一位见多识广的法国女士竟然没有？我很惊讶。那我们一定得看看能不能找机会让你试试。"让她受宠若惊的是，在三个女裁缝中，他竟然选中了她。当她们赶在宵禁前匆忙回到公寓时，另外两个女孩也调侃了她。那个平安夜，在睡意来袭之前，她忍不住默念他在道别时说的话：一位见多识广的法国女士。他英俊而富有，但最吸引她的一点，其实是他看待她的方式。从他眼里，她看到了一个全新的自己，一个成熟而见多识广的自己，一个她渴望成为的女人。

她紧张不安，又调整了一下喉部的吊坠，抚平下半身的裙摆。有很多狂欢的人聚集在楼梯顶上，当他们见到各自约好的朋友，纷纷发出一阵阵大笑和惊呼。她费力地穿过这些人，开始往楼下的舞厅走去。她扫视了一下人群，当他出现在视野中从吧台边朝她挥手时，她露出一抹羞涩的微笑，整张脸顿时明媚起来。她继续下楼梯，一只手拎着裙摆，没有注意到许多男人向她投来的欣赏目光。

"你来了！"他激动地开口，把她拉到身旁，"还有，我能补充一点吗？今晚能和整个房间里最美丽的女孩在一起，我真的很骄傲。"

"谢谢你，恩斯特。"克莱尔脸红了，不习惯别人赞美她，"你看起来也很不错。我好一会儿才认出没穿制服的你。"她用指尖轻挽住他那件晚宴西装的衣袖。

他整个上半身微微鞠了一躬，故意格外正式地俯身亲吻她的手，蓝色的眼睛里闪烁着笑意："是的，一个难得不用工作的夜晚。好不容易才找到一个机会把我最好的衣服穿出来。"

他转身对着酒吧男招待眨眨眼睛、点点头，那人叫住一位路过的服务员，说："好好服务这位先生。拿香槟来。再找张离乐队近点儿的桌子。"

"好的，先生。请跟我来。"

恩斯特和克莱尔小心地绕过舞池旁拥挤的桌子，他们的座位在一个用红色天鹅绒绳围起来的区域内，服务员走过去为他们拉开椅子，他们坐了下来。过了一会儿，服务员回来了，他先弄平了亚麻桌布，再放下冰桶和玻璃杯。他夸张地挥了挥白色的锦缎餐布，然后打开一瓶库克香槟倒了起来。倒酒时，他熟练地停下来等泡沫消失，再将杯子加满，最后，他将瓶子放进银色的冰桶，并将锦缎布搭在了酒瓶颈口处。

那天晚上，克莱尔就像金色玻璃杯里的泡泡一样轻盈，她一直处在一种飘飘然的愉悦之中。终于！这就是她一直所梦想的生活，她被一个英俊的年轻人抱在怀里，在镀了金的天花板下翩翩起舞，呼吸着满是香水味和香烟迷雾的醉人空气，有那么几个小时，她终于能将那间寒冷漏风的工作室、那些头痛与饥饿感抛之脑后。他们又喝了很多香槟，点了更多牡蛎。后来，有其他一些德国人在红丝绒绳子外面的桌子入座，当恩斯特和他们聊天说笑的时候，她就坐在自己的位子上微笑，将其他女人投来的嫉妒目光尽收眼底。

"来吧。"恩斯特最后看了看手表说道，"再跳一支舞，然后我就得护送你回家，不然赶不上宵禁。"

离开的时候，他从衣帽间那个女人手里为她取回了外套，又随手往盘子里扔了几个法郎，女人挤出一个微笑表示感谢，并祝他们俩新年快乐。

他们走回河岸，她觉得脚上借来的鞋子几乎没有碰到地面，因为身旁尽是匆忙回家的狂欢者人潮，即便现在离午夜和新年还有几个小时。当他们走到巴黎圣母院高耸的扶壁下时，他握住了她的手，然后，在他们即将走上道布勒桥抵达巴黎左岸时，他把她拉到一边，沿着台阶来到河边的码头。在那里，黑暗的河水不停拍打着两人脚下的石头，他把她抱在怀里，吻了她。

当她向他微笑时，她的眼睛闪闪发光，仿佛他们头顶的星光都落进了她的双眸。他抚摸着她的金发，将一缕头发别在她的耳后，再次亲吻了她。

那一刻，在塞纳河畔那个漆黑的夜晚，她想象着如果爱上他，自己会是什么感觉。突然，她意识到，她过往以为自己想要的一切——漂亮的衣服、香槟、别人的艳羡——其实都无关紧要。唯一重要的是被爱，并且能回报以爱。那才是她真正想要的，比其他任何东西都重要。

抵达红衣主教街后，他同她告别，并再次吻了她，还低声说："新年快乐，克莱尔。我想今天晚上对我们俩来说都会是美好的回忆，你觉得呢？"

她紧紧抓住"我们俩"这个词，抓住他们可能会有一份未来的希望，然后跑上台阶回到公寓。

她轻轻哼着舞曲，从晚宴包里摸出钥匙，打开了门。她悄悄地关上门，脱下鞋子——这才意识到自己脚后跟上的水泡——她踮起脚尖回到自己的房间，还不想和其他任何一位室友分享这个晚上的种种细节，生怕心里的喜悦因此而消散。

那天晚上，克莱尔心中涌出一种欲念——某种完全陌生的感觉，她躺在屋檐下窄小的床上，梦见自己被恩斯特抱在怀里，和他一起在镀了金的天花板下翩翩起舞。梦境之外，巴黎的时钟敲了十二声，旧年就这样逝去了。

哈丽特

当西蒙娜去会议室送完咖啡回到前台时,我从手上正在翻译的新闻稿中抬起头来。

"你的手机刚刚响了。"我一边说,一边向她示意桌子那头的电话。

她拿起手机,听了听那条新的语音留言,脸上不露声色。"是蒂埃里打来的。"她的语气很平淡,"他问我能不能把你的电话号码给他。他说下周六晚上要去一个演唱会现场工作,他觉得你应该会喜欢。"

我耸耸肩,点了点头:"可以啊。听起来不错。"

她一边发短信回复,一边头也不抬地说:"其实,他喜欢你。"

"我也挺喜欢他的,"我回应道,手上在翻那本巨大的《拉鲁斯词典》,每当我被某个词难倒时都会用到它,"感觉他人不错。"

"是的,他很不错。"她表示同意。

"西蒙娜。"我开口道。然后又停了下来,我不知道该怎么表达我想问她的话。

她瞥了我一眼,脸上没有笑容。

"听着,"我说,"我不知道你和蒂埃里之间是否有过什么,如果有,我不想做任何会惹你心烦的事。"

她耸耸肩,说:"不,什么都没有。他只是我的一个朋友。"

她转向电脑屏幕，看起来像在查邮件，但我们之间的沉默酝酿着一些别的东西。我默不作声，给她时间思考措辞。

她有些勉强地抬起眼，终于愿意对上我的视线。"我认识他很多年了，"她说，"也许过于多了。从我刚来巴黎，我们就一直是朋友。不过你是对的。我确实想过，我和他可以不只是朋友。但我就像他的一个妹妹，这是他亲口说的。所以，我的念想是不可能成真的。我想，看到他和你在一起的样子——看到他和你说话时有多开心——迫使我不得不面对现实。"

"我很抱歉。"我说。

她耸耸肩说："你为什么要道歉？他喜欢你又不是你的错。"

然后她笑了笑，态度缓和了些："他真的很喜欢你。那天晚上我就看出来了，你们俩很来电。"

我摇摇头，我知道她想让氛围轻松一点，所以我笑了起来。我不擅长应对人际关系。上大学时，我总感觉同人交往过于复杂，让人疲累，于是我得出结论，还是自己一个人比较轻松。我一直觉得，如果我放任自己陷入爱情，可能会得不偿失。我很确信，我再也承受不住更多的失去了。

但我承认，那晚和蒂埃里聊天时我的确乐在其中。能够用法语表达真实的自己，那种新奇的感觉让我觉得很自由。去看演唱会不失为度过一个愉快夜晚的好办法，尤其是他到时候也会忙着工作，无暇管我。那就没什么大不了的。一分钟后，我的手机嗡嗡作响，他在电话里提议说，他下周六会在演唱会门口留一张给我的票，等表演结束后我们或许可以一起去吃点儿什么。西蒙娜微笑鼓励、点头赞同,我回答说:"好的,我很乐意。"然后我果断将手机放在一旁,继续忙着手头的工作。

作为实习生,我的工作之一是负责整理分发每天早上送到公司的信件。今天,当我瞥到一个看着像从官方机构寄来的印着英国邮政编码、写有我名字的信封时,我不禁停下了手上的工作。基本上不会有人寄东西给我,所以我知道这肯定是我之前在人口记录网站申请寄送的证明文件,有了它们,我就能进一步了解克莱尔的人生。还有她的死。我把密封着的信封放到一边,压到我的手机底下,这样我就能暂时继续专注地工作。我决定今晚再打开它,等我回到楼上的房间自己一个人待着的时候,那样我才能认真阅读里面的内容。

我很快把剩下的邮件分好类,然后把它们送到办公室进行分发。当我轻敲弗洛伦斯办公室的门时,一位客户经理正在和她谈话。她招手示意我进去,两位女士都朝着我微笑。"好消息,哈丽特,"弗洛伦斯说道,"还记得你发的那篇公关稿吗?伦敦那边有人回复了我们。一位夏菲尼高百货的买家很感兴趣,想看看这个系列的其他产品。真是一次大成功。"

客户经理让我帮忙起草回复的信息,那天剩下的时间里,我一直在忙着将鞋子设计和制作的技术细节从法语翻译成英语。

办公室终于关门了,我攥着白色信封跑上楼梯,回到我的阁楼卧室。我的外祖母和外祖父在我出生之前就已经去世了。我的手有些颤抖。因为除了那张克莱尔、米蕾尔和薇薇安的照片之外,这是第一个我能够实际触摸的线索,能让我了解那一代的家人。

我根本不确定自己会不会喜欢信封里装着的东西。克莱尔和恩斯特的关系已经让我觉得很羞耻。说不定,我可能是纳粹分子的后代?那份羞耻和内疚难道就流淌在我的血液里吗?当我撕开信封时,我急得双手颤抖,抑或只是一阵焦虑。

我读到的第一张证明的登记日期是1946年9月1日,字迹是飘逸的铜版体,那是一张结婚证,上面写着克莱尔·梅纳迪尔,1920年5月18日出生于布列塔尼梅洪港;劳伦斯·欧内斯特·雷德曼,1916年6月24日出生于英国赫特福德郡。欧内斯特这个名字让我一时愣住神。这会是"恩斯特"吗?他们战后搬到英国是为了重新开始吗?但他出生在伦敦附近,回英国开始新生活不太现实。所以,或许我可以推测,自己终究不是纳粹士兵的后代。这个想法让我如释重负,少了一个活下去要承受的阴霾。

我把这张纸放在一边,开始读下一张,克莱尔·雷德曼的死亡证明。日期为1989年11月6日,死因是心力衰竭。所以,克莱尔去世时才69岁,她的女儿费莉西蒂在29岁时,开始独自一人在世上生活。我多么希望克莱尔能活得更久一些。她也许就能改变我母亲的生活轨迹。她也许就不会是一个那么遥不可及的谜团。而且,如果她还活着,她也许就能帮我,让我知道自己究竟是谁。

我多么希望能认识我的外祖母克莱尔。

1941年3月

"米蕾尔，店里有人找你。"万尼尔小姐不满地抿着嘴，唇周的纹路皱成了衣褶。楼下是女店员和她们的客户的地盘，大家几乎从来没听过有哪个女裁缝会被叫下楼。

米蕾尔感觉到桌子周围其他女孩投来的目光，她们纷纷从工作中抬起头，默默看着她把针扎进正在缝合的衬里布料，标记自己的工作进度，然后站起身，把椅子推到内侧。

当她走下楼梯时，一种恐惧感在她的胃里蔓延。她是不是不小心缝错了什么？这些天她经常心烦意乱的，总是惦记着组织交代的下一个任务，并且因为要隐藏自己的秘密行为，不让其他女孩发现，她疲惫不堪。也许她是被叫去挨骂的。

她努力克制自己别往更坏的地方想，比如某人举报了她，店里可能挤满了纳粹分子，准备把她带走盘问。

她站在通往店里的门背后犹豫了片刻，然后理了理白色的工作服外套，昂着头敲门走了进去。

让米蕾尔意外的是，那位名声在外的女售货员笑容满面地迎了过来，她素来只接待德拉维涅先生最富有的客户。在她身后，一名助手拿着卷尺在一个人体模特旁边徘徊。米蕾尔认出了模特身上穿着的西装外套，她前几天才刚缝好那件衣服的衬里。

"可算来了，我们的大明星裁缝。"女店员语气夸张地说，"这位先生想见你，米蕾尔，他想亲自感谢你为他的订单付出的心血。"

幸运的是,房间里的其他人都在忙着服务这位客户,像火焰旁的飞蛾般围着他转个不停,他们都没注意到米蕾尔脸上流露出的震惊。为了抵挡三月的潮湿寒气,壁炉里火光明亮,炉火旁放着几把为客人准备的镀金靠椅,而勒鲁先生此刻正坐在其中一把椅子上,他跷着二郎腿,双手插在口袋里,只有极其富有之人才会有如此自在的姿态。

她很快就镇定下来,强迫自己将目光移向沙龙地板上奥布松地毯的图案,这样别人就看不见她的表情,不会发现她其实早已见过这个男人。她同样不想暴露的是,她今晚恰恰就有任务在身,要为这个男人管理的地下组织办事。这一任务是她昨天刚从染匠那边接到的。

"小姐,"他开口,"我很抱歉打扰了你的工作。但我想谢谢你,谢谢你如此一丝不苟地完成了我委托制作的衣服。有时候亲自表达这种谢意是很重要的,不是吗?"

是她的错觉吗?还是他的确稍微强调了"重要"这个词?

他向聚在身旁的人微笑,那些人回之以灿烂的笑容,因为他们都已经收过他的慷慨小费。

他招呼她走近一些,然后把一张对折的五法郎钞票塞进她白色工作服的口袋里。"这是我的一点心意,小姐。再次感谢大家。"

"谢谢你,先生。你太客气了。"米蕾尔回答。她极其短暂地对上他的视线,表示她明白他的用意。

于是他站起身,其中一个助手赶忙拿着他的大衣迎了上去。他转向女店员:"做那套西装需要的全部尺码你们都有了吧?"他指了指一面墙边放着的人体模特,它身上穿着一件当季新时装。

"都有了，先生。我们保证会让您满意的。您的眼光非常好——不瞒您说，这件衣服的设计恰恰也是德拉维涅先生最爱的风格之一。"

"谢谢。对了，把做好的外套送到老地方就行。"他往模特所在的方向抬了抬下巴，"不过，我想现在就付钱，可以吗？"

"当然，先生。"

女店员迅速朝米蕾尔挥了一下手，表示她应该回缝纫室了，同时，一名助理赶忙跑去拿账本，上面详细记录了所有客户的订单。

在回缝纫室之前，米蕾尔悄悄溜进一楼的洗手间。她从口袋里掏出那张五法郎的钞票，打开了它。如她猜想的一样，钱里藏着一张字条。纸上只写了一个词，词底下画了很粗的线表示强调："**取消**"。

她意识到一定发生了什么可怕的事情，所以勒鲁先生才会冒险来这里给她传话。她双手颤抖着将字条撕成碎片，再扔进马桶里冲走，等到确认它们已经完全消失，才洗了手。当她用挂在门背上的毛巾擦手时，双手仍然在颤抖——如果那天晚上她去了指定的会面地点，等待她的不知会是什么后果、什么人。德国人在试图缩小抵抗活动背后的组织规模，巴黎街头的人们都知道，那些被带到福煦大街党卫军总部接受审问的人通常都不会再出现。她还亲眼看到过，武装卫兵将一列列的人押送到巴黎的车站，那些人被迫登上往东去的火车。而且，在她看来，离开的人数远远超出归来的。

当她回到缝纫桌旁的座位时，克莱尔用肘轻推了她一下，问她被派到楼下是因为什么。她从口袋里掏出那张五法郎的钞票，还给其他女孩看了看，她们连连惊呼，满是羡慕。

"如果肉店老板还有存货的话，我们这周末可以买点香肠或者一罐熟肉酱吃。"米蕾尔趁着大家都在闲聊，悄悄对克莱尔说道。

"不用算我的份啦，周六晚上我要出去吃饭。"克莱尔一边回答，一边将身体从米蕾尔身边移到灯光底下，这样才能更专心地缝好手里那件雪纺紧身胸衣上的复杂珠饰。

"但这些天我们除了一起工作，都没怎么见过面了。"米蕾尔伤心地说。

克莱尔无奈地耸耸肩："我知道。我在家的时候你又似乎总有事外出。"

"好吧，我们总有一天能一起度过一个晚上的，到时你就可以把你这位新男士的事一五一十地告诉我。"最近，公寓里有女孩看见克莱尔穿着一双丝袜在某天傍晚偷偷溜出去，那双丝袜任她们谁都无法靠工资负担，大家这才知道克莱尔有了一位"约会对象"。经过众人的仔细盘问，克莱尔终于承认那是一位仰慕者送她的礼物。她从跨年那天晚上开始就一直在和他见面。

万尼尔小姐拍了拍手以平息姑娘们的窃窃私语。"差不多了，各位。别闹腾了。不要指望你们都会被请到楼下拿客户的小费。这种事极其罕见。请安静下来！专心工作，等到休息时间再闲聊。"

米蕾尔把她留在桌上的衬里拿了起来，继续往上缝针，动作细致又迅速。她一边缝，一边想，她之前根本不知道自己缝制的一些衣服是勒鲁先生预订的,但那个模特身上穿的是一件女式外套,他指的那件也是女式西装。莫非他有妻子?或是情人?抑或是两者都有?多奇怪啊,她通过组织认识了这么多人,却又对他们一无所知,即便他们手里紧握着彼此的命运。

直到第二天,当她再去染布店取丝绸时,米蕾尔才听说昨晚的行动为什么必须取消。原来,从安全屋出来的阿诺德夫人,在面包店外被人带走了,他们说她篮子里的面包超过了口粮限度。幸运的是,这种黑市买卖行为并不足以将她驱逐出境,她逃过一劫,只是被严厉谴责了一顿就放出来了。不过,这也让她意识到,他们在派人监视自己的房子,于是她设法给勒鲁先生传去口信,取消了前一天晚上的行动。在德国人打消疑虑之前,阿诺德一家需要保持低调。染匠还说,因此,在他们找到可以用来隐藏组织货物的房子之前,行动将暂停一段时间。等到能重新开始时,他会告知她的。

． ． ．

克莱尔像往常一样度过了这个星期六的早晨,她在商店外面排了很久的队,希望能够领到那个星期的食物配给。那两个排在她前面的女人原本在说三道四,看到她加入队列,注意到她身上的丝巾和精美的长袜,就给了她一个轻蔑的眼神。她毫不畏惧地迎上她们的目光,昂首挺胸:她就是有一个喜欢宠着她的德国男朋友,那又怎么样呢?就因为她不是她们那种骨瘦如柴、血管突起的老女人,她们就有理由拿那种看脏东西的眼神瞥她吗?队伍一寸一寸地向前挪动,两人的厌恶眼神却没有停过。

回家路上，她转进红衣主教街，将购物袋甩到肩上，心里计划着午餐要做炖豆子，用她好不容易在肉铺买到的那一小块珍贵的五花肉来调味。

然后，她注意到有个年轻人坐在德拉维涅时装店门口，他也看到了她，连忙站了起来。一开始，她并没有认出自己的哥哥。上次见面时，他的头发又长又乱，穿着他那件厚厚的渔夫毛衣，重重的毛线上混合着发动机的污垢和鱼油。他看起来不一样了——不知怎么的，老了一些。他穿着一件工人的棉袄，看起来很不自在，一反常态地脆弱，他平时蓬乱的头发此刻修剪得很短，梳得很整齐。因为剪了头发，他脖子背后有一块嫩白的皮肤露在外面。

"让-保罗！你怎么来了？"她惊呼。

他向她走了一步，然后犹豫了片刻。妹妹已然蜕变为一位优雅的年轻女士，他似乎不知道该如何同她打招呼，但她先伸出手越过两人之间的距离，张开双臂将他抱紧，她呼吸着他身上属于木烟和海盐的味道，当他也抱住她时，她心中泛起一阵突如其来的思乡之痛。

"你看起来不错，克莱尔。"他后退着打量她，那张经过风吹日晒的黝黑面庞上露出了笑容，灰色的双眼也跟着眯了起来，"真像一位在巴黎长大的淑女。城市生活显然很适合你。不过，我不知道你是怎么忍受在这里生活的，对我来说，这里人太多太挤了，渔船却没几艘。"他指了指地上那个磨损的帆布行李袋，它此刻正靠着德拉维涅时装店的玻璃橱窗，"他们命令我去德国的一家工厂报到。但距离火车出发还有差不多一个小时，所以我就想着顺道来巴黎看看你。"

她拉住他的手："那就到楼上我的公寓里待会儿吧。"她从包里拿出钥匙，推开门，带他上楼，"哦，让-保罗，我无法形容见到你有多高兴。爸爸还好吗？其他人呢？"

"爸爸挺好的。他让我来确认一下你有没有好好照顾自己，有没有吃饱。这些是他让我带给你的。"

让-保罗咧嘴一笑，他从自己行李袋的顶部抽出一个用报纸包好、用麻绳扎着的小包裹，把它放在桌上。她打开包裹，里面有三条鲭鱼，它们的皮肤闪闪发光，就像布列塔尼海岸线外的海水一样银白，它们就是在那片海域被打捞起来的。

"那其他人呢？马克、西奥和卢克怎么样？"

这时，她哥哥的脸色变得严肃起来，眼里满是悲伤。"战争一打响，西奥和卢克就参战了。我很抱歉，要以这样的方式告诉你：卢克被杀了，克莱尔，就在德国人突破马其诺防线的时候。"

克莱尔惊呼一口气，跌坐在椅子上，脸色越来越苍白。她的大哥已经死了将近两年，她却一无所知。"西奥呢？"她低声问道。

"我们之前听说，他被抓之后在战俘营关了一段时间。法国投降后，他被释放了，但条件是他必须去一家德国工厂劳动。那是我们最后一次听到关于他的消息。我希望能找到他在哪儿，然后申请去他在的工厂做事，这样我们就能在一起了。不过我不确定德国人会不会允许我那么做。"

克莱尔双手捂着脸抽泣。"谢天谢地，西奥没事。但是卢克死了……我简直不敢相信。你们当时为什么不通知我？"

"爸爸确实给你写过信。他寄了一封出去，但那会儿德国人刚刚占领了我们的土地，时局混乱，那封信可能寄丢了。后来，他试过给你寄一张官方事务专用的明信片，但是明信片被退了回来，上面写着'不予受理'，因为他写的内容超过了规定：最多13行。失去卢克让他很受打击，克莱尔。你想象不到他苍老了多少。这些日子，他只要醒了就会出海，一直待在船上，几乎总是一言不发。马克和我一直在努力让他撑下去。但有时候不管什么天气，他都会自己出海，甚至不等我们。就好像他不在乎自己冒着多大的险，好像他根本不在乎自己是死是活。"

他伸出胳膊搂住克莱尔，她靠在他的肩膀上啜泣。她能感受到他手臂肌肉的轮廓，藏在那粗糙棉布夹克底下，就像扭紧的麻绳。

"别担心，"不知过了多久，他开口安慰克莱尔，同时稍稍挪开身体，从口袋里掏出一块皱巴巴的手帕，让她擤鼻涕、擦干眼泪，"马克还在那儿，他会帮我们照顾爸爸的。而我马上就会离西奥更近了。你在巴黎过得这么好，他们知道了会很开心的。如果你有时间的话，可以偶尔给爸爸和马克寄张明信片吗？哪怕是只言片语，也会让他们好受些。爸爸很珍惜你在圣诞节时寄给我们的明信片——他把它们放在厨房的架子上，这样每天都能看到。"

她点点头。她很羞愧，所以一直垂着头。她过于沉浸在自己的日常生活里，只有偶尔才会想起她远在布列塔尼的家人。她从来都不知道父亲曾试过给她写信，她一直以为他们并不在乎她，她以为他们在那儿成日忙着自己的生活，白天忙着捕鱼，晚上忙着修理鱼篓。但现在她意识到自己大错特错。使他们疏远的是战争，而不是他们对她缺乏关心。法国投降后时局混乱动荡，还有新政府那不容反对的严苛管控，使她与家人失去了联系。当她再次用哥哥的手帕擦眼泪时，又一阵悲伤和思乡的情绪淹没了她。

她逐渐振作起来，将一只手放在让-保罗的手上。"但你去德国会没事的。我在这里有个朋友，是一个叫恩斯特的男人。他来自一个叫汉堡的城市。他说，去那儿为战争出力的法国工人都被照顾得很好。"

让-保罗把手从她手里抽出来，沉默地打量了她好一会儿。然后他缓缓地扬起头："克莱尔，你的这个德国'朋友'……给你买漂亮衣服的人是他吗？那项链也是他给你的吗？"他指了指她脖子上戴的纪念盒吊坠。

虽然他尽力保持着平静的语气，但在她听来却像是在指责她，这使她心里一阵愧疚。

她用一种不服气的眼神和他对视："不，让-保罗，这个吊坠是我朋友米蕾尔送的礼物。不过，恩斯特有时候的确喜欢给我买漂亮的东西。如果他自己愿意，我为什么不能收他的礼物呢？"

"但他是敌人，克莱尔，"她的哥哥回答道，他压抑着自己的愤怒，声音几乎无法保持镇定，"他是杀死卢克的凶手之一。是把西奥关进监狱的人。不仅是拆散我们家庭的人，更是割裂我们祖国的人。"他悲伤地摇摇头，"你就从没想过我们吗？你把你的家人都忘得一干二净了吗，克莱尔？"

她心中的负罪感变得更加强烈，有那么一瞬间，一股极度矛盾的情绪席卷全身，她感到头晕目眩。她摇了摇头："不是那样的。你不明白。恩斯特和我，我们相爱了。他关心我，让-保罗，在这个世界上没有其他人关心我。"

"你错了,克莱尔,你还有我们,你的家人,我们一直都很关心你。"

"但你们不在这里,不是吗?"她眼中闪过一丝愤怒的挑衅,"自从妈妈离开我们,我就只能依靠自己活下去。而且,你可能没注意到,世界已经变了。"

他眼中的悲伤远比他口头上的指责更刺痛她。"也许你的世界已经改变了。但我们当中还有一部分人不会轻易屈服。对于去德国工作,我别无选择——要么是我,要么就是马克,所以我主动申请了,这样他就能逃过一劫。但是你可以拿你那条漂亮的丝巾打赌,我一定会找到西奥,而且,一有机会,我们就会离开那里。你知道吗?这场战争还没有结束。"

他站起身,将行李袋甩过肩膀。"我该走了。我不想误车。"

"我送你下楼。"她说。但他又摇了摇头。

"不用了,克莱尔,我自己走就行了。"

她想把那条皱巴巴的手帕还给他,但他轻轻地推开了她的手。"留着吧。就当是一个关心你的哥哥给的。"

"让-保罗,对不起……"她又开始哭了起来,泣不成声。

他再次拥抱了她一下,但只是短短一瞬,然后就转身走了。她听着他的脚步声在楼梯上渐渐远去,那几条银鱼底下垫着的报纸很潮湿,银鱼双眼无神,面无表情地注视着她。她推开它们,把头埋进自己的胳膊,手里还紧紧攥着那张手帕,她呼吸着那股属于家里的味道,混合着木烟和盐的气味,眼泪怎么也止不住。

哈丽特

听着克莱尔和米蕾尔在战争年代的种种故事，有一点让我很难接受，高级时装行业本身是如此光鲜奢华，但女裁缝们却只能和当时绝大多数法国公民一样，忍受艰苦贫困的生活。这种并存让人难以理解，荒唐可怖。

西蒙娜告诉我，她已经请祖母再多写一些自己记得的事，但是，米蕾尔已经上了年纪，自然进展缓慢。所以，我努力克制住自己的急躁。

为了分散注意力，在等待米蕾尔寄信来的期间，我在网上读了很多关于那段历史的书籍和文章，这样就能补上那对伙伴在阁楼公寓里生活的时代背景。我一边一点点地了解整体环境，一边继续记录克莱尔和米蕾尔的故事，需要的时候就补上相关历史信息。不知何故，这样的记录似乎很重要，即使只是为了我自己。这样我就可以时常翻看、重新阅读这一部分家族历史，更好地消化每一个新的章节。我是如此沉浸其中，当我偶尔盘着腿蜷缩在这间狭小公寓客厅的沙发上，暂停写作抬起头来时，我会觉得很恍惚，因为，在我的脑海中，她们就在隔壁的房间里，和我一墙之隔，我几乎能听见她们的声音，看见她们坐在缝纫机前面的样子：也许是在修补自己的衣服，也许是在给自己翻新加工一顶帽子或一条裙子。

我一有机会就又去了加列拉宫的"时尚展馆"，流连于展厅之中。第一次来时，吸引我注意力的是几个世纪以来的时尚变迁，那华丽的服饰、名贵的珠宝以及这行业有多耀眼。但这次我观察得更仔细了，我发现在一众摆满抢眼精美展品的房间中，有一个朴素得多的展厅。这个房间里的展品包含一条园丁用的帆布围裙、一件白色的理发师外套、一条牛仔裤和一件无名工人穿过的衬衫。牛仔布虽然打过补丁，褪了色，但它诉说着一个简单的事实：这些衣服各自体现了不同的故事，让它们主人的过往生命悉数复活。当我站在这些衣服面前时，我想，这些破旧的牛仔裤竟会在当下变成高端时尚，多么讽刺。事实证明，这些简单、破损和陈旧的服装一直是现代设计师的灵感来源。

参观博物馆还让我明白了一件事：即使在最黑暗的时期，女性也能通过自己的外表寻得一种自豪感。巴黎女人找到了折中的方法，战争年代的服装风格也反映了这一点：她们用优雅的头巾掩盖肮脏的头发或灰白的发根；当高跟鞋的鞋跟磨损断掉时，她们就把软木楔子粘上去加以替代；劣质的咖啡渣成了腿部润肤霜，腿部后侧用木炭画出的线条是伪造的长筒袜痕迹。面对无处不在的纳粹宣传，巴黎的妇女们以自己的方式向占领者传递着这样的讯息：即便是穿着自制的时装，她们也要昂首挺胸，她们没有被打败。

对比战争年代，现代时装业的铺张与奢侈简直天差地别。我最近才加入公司，且毫无工作经验，所以无法为九月的巴黎时装周提供任何实质性的帮助。办公室里的大家越来越忙，而我只能在一旁看着（更确切地说是从前台的桌子后面看着），独自一人负责接听那些根本不会响的电话，而每一位同事都在外面参加时装周活动，从早忙到晚。西蒙娜会不定时地出现，告诉我最新的时装系列有哪些，或者她那天晚上在接待会上见到了谁。

西蒙娜比我多几年工作经验，对于有机会和时尚编辑与名人一起坐在观众席里看展、欣赏T台上那些会在几个月后引领时尚潮流的最新一季高级定制时装，她比我要放松得多。

整个秋天，吉耶梅公关事务所的所有人都在为时装周之后的一系列活动忙碌，如今，办公室里的气氛已经平静下来，我决定犒劳自己，去花神咖啡馆吃一顿午餐。我知道它是游客必去的地点之一，因此价格肯定会超出我平时的预算。我平时基本只会买一杯咖啡，最多在周六早上再去圣日耳曼大道边上一条安静小巷里的面包店买一个可颂。但自从西蒙娜告诉我，米蕾尔在花神咖啡馆和勒鲁先生见面的经过之后，我就暗暗发誓某天一定要去一趟。我问西蒙娜是否愿意和我一起去，她摇摇头，卷发随之雀跃，她说自己要去帮一位经理为新客户准备投标。

我穿上大衣，离开办公室，走上通往圣日耳曼大道的街道。短暂犹豫之后，我给蒂埃里发了条短信问他愿不愿意和我一起吃午饭。

我很喜欢那天晚上他邀请我去的音乐会，并且，他工作的样子给我留下了全新的印象，很打动我。他当时坐在一堆令人眼花缭乱的高科技操作台前，在表演过程中不停用指尖小心地平衡着各种音量，显得冷静又专业。演出结束之后，他的一群朋友加入了我们，大家一起去吃了汉堡。那是一个让人放松的夜晚，虽然我们又谈了很多关于巴塔克兰受害者的事，他们永远都无法忘记自己的痛苦经历。在那之后，我们又见过几次面，都是和同一群人。不过，我注意到西蒙娜总是找借口不来。自从我和蒂埃里第一次见面之后，我和她的关系里就多了一丝疏离，我觉得那份疏离依然存在，但她很明显在努力不让这件事影响她和我的友谊，还有和蒂埃里的友谊。在我们稍加鼓励之后，她同意下周五和大家一起去酒吧玩，这让我松了一口气。

当我们一起出去时，蒂埃里总是把他的椅子拉到我的旁边，我们会不停地聊上好几个小时，多数时候是聊工作，但有时也会聊到警察突袭和抓人的新闻，潜伏在城市日常之下的恐怖主义活动正在逐渐消失。我还跟他讲过那张指引我来到巴黎的照片，也跟他复述过一些克莱尔和米蕾尔的故事，所以我觉得他也许会乐意陪我去花神咖啡馆，拐过红衣主教街就能到，米蕾尔和勒鲁先生的初次见面就发生在那儿。但我的手机传来振动了，他回复说抱歉，他正在城市的另一头为一场新的演出安装音响设备，没办法赶过来，下次吧，他保证道。

在繁忙的圣日耳曼大道一角的咖啡馆里，我找到一张挤在两张较大桌子中间的双人桌，点了餐。服务员匆忙走开去拿面包和水壶，我开始仔细观察起四周。从战争年代到现在，这家咖啡馆应该没有改变多少。深色的木镶板和白色的圆柱仍然在那里，吧台的黄铜配件在阿佩罗和圣拉斐尔的酒瓶之间熠熠闪光。我能想象米蕾尔第一次来到这里的情景，当她在挤满德国军官的桌子之间来回穿梭，以便和这嘈杂房间角落里的联系人见面时，她的心跳该有多么剧烈。我想，有时候最好的伪装就是隐藏在众目睽睽之下，但那需要多少勇气才能做到。

克莱尔没有积极参与抵抗行动，这一点原本让我很失望,直到我逐渐了解了她的原生家庭,心中的情绪才缓和了些。对于她想离开家的心情,我完全感同身受,她觉得那里没有什么值得自己留恋的,想在这世上为自己寻得另一处故乡。和她一样,我也被时尚界的激情和创造力所吸引。并且,和她一样,我知道失去母亲的感觉。她一定恨透了在布列塔尼小渔村的生活,那样的生活让她的母亲——我的外曾祖母——疲惫不堪,最终累倒并去世。

正当我思索克莱尔失去母亲时的感受——想着她是如何跟着自己母亲朴素的棺材穿过教堂墓地,来到一个刚挖好的坟墓时——一辆警车呼啸而过,警笛不停尖叫。透过咖啡馆的窗户,我瞥见闪烁的蓝色灯光,然后它们就消失了。

那景象只出现了一瞬间,但伴随画面一起出现的噪声和灯光让我惊慌失措,这种恐慌是如此强烈,我几乎无法呼吸。我伸手去拿水壶,往杯子里倒了一点儿水,试图让自己平静下来,但我的手一直抖个不停。

有些记忆我不会主动去想。我把那些时刻封存在心里的一个小隔间里,并已经封存了很多年。但是现在,当我坐在花神咖啡馆里,置身于游客和享受正式午餐的时髦巴黎女士之间,一幅画面在我眼前闪过,仿佛有人将手伸进了我的脑袋,转动了一下钥匙,趁着我被米蕾尔和克莱尔的思绪分散注意力时,一刹那就打开了小隔间。

我的脑中浮现出另一辆警车闪烁的蓝灯。但这辆车并没有飞速地经过我,而是停在我家外面的大门口。我试图跑向那扇半开着的门,但我感觉有人在伸手拉着我退后。我听到邻居们在窃窃私语,我听到他们在提及那个词时令人不安的卷舌声：自杀①。这个噩梦我已经做过无数次，我总是在夜里梦见那些闪烁的蓝色灯光，梦见自己想从那些灯光中逃离，不停地奔跑，但又一直停在原地。我从梦里醒来时总是喘着粗气，泪流满面，心脏在喉咙里怦怦直跳。

只有当我醒来时，我才会意识到那只是一个梦。

即便只是梦，也意味着问题，问题一直都存在。

服务员走了过来，把沙拉放在我面前，当他问我是否还需要别的什么时，我振作起来，努力挤出一个微笑，摇了摇头。我机械地一点点吃着午餐，食不知味。平时我都会狼吞虎咽，但今天我没有胃口。我正忙于思考这忽然涌上心头的强烈感受，毫无疑问，是因为想到了外曾祖母的死，加上那路过的警车，我才会看到那些画面。

那些画面过于真实，被我努力压抑了很多年，然后我意识到，除了惊愕之外，它们还给我带来了一种隐忧，这种忧虑又变成了困惑：是谁将手伸进了我的脑袋，打开了那个锁着的隔间？直觉告诉我，那不是我认识的人，既不是我的外祖母克莱尔，也不是我的母亲。

原本激动的心逐渐平静下来，我环顾拥挤嘈杂的咖啡馆，想象着半个世纪之前米蕾尔和克莱尔在这里的样子，我意识到，我在寻找另一个人，一个还未出现的人。照片里的第三个女孩。

薇薇安在哪儿？

---

① 在英文中，"自杀"一词是"suicide"，它的发音中带有卷舌音。

1941

万尼尔小姐带着新来的姑娘进来时,缝纫室里每个人都转过头来。缝纫机的嗡嗡声停了下来,窃窃私语的声音也戛然而止,房间沉浸在短暂的寂静中。这时,米蕾尔用来拼合衬衫的一根钢别针悄悄地掉到了地上,她弯下腰,迅速把它捡起来,以免它滚进板子之间的裂缝里再也找不回来——由于原本的金属供给被大量输送到德国的军火工厂,现在换一根别针也极其昂贵。

当她直起身子时,万尼尔小姐正在介绍新来的女裁缝:"姑娘们,这是薇薇安·季斯卡。她之前在里尔的一家工作室,在那儿积累了不少宝贵的雪纺缝制经验,她从今天起就会加入我们。克莱尔,她会帮你一起缝各种边饰和珠饰。还有,她会住进楼上的公寓。请帮她尽快安顿下来。"

米蕾尔把手上的活儿挪到一旁,腾出一些桌子的空间。有人给薇薇安找了一把椅子,她放下针线包,穿上一件熨得整整齐齐的白色外套,冲自己的新同桌微微笑了笑。

米蕾尔立刻就喜欢上了这个新团队成员的模样。她有一双大大的淡褐色眼睛和一头赤褐色长发,头发被她编成了一条浓密的辫子,以免妨碍她工作。有个新室友是件好事,尤其是现在其他女孩都搬走了,公寓里只剩下米蕾尔和克莱尔,她们似乎走上了完全不同的道路,两人之间的距离比以往任何时候都还要遥远。也许这个新来的女孩能让气氛轻松一点儿。

那天晚上，三个女孩共进晚餐，吃的是面包和汤，薇薇安拿出一条巧克力为这顿饭画上完美的句号。"里尔归驻比利时的德军管控也就这点儿好处了！"她一边说，一边剥开包装纸，上面印有克特多牌巧克力专属的棕榈树和大象，"只要他们能拿到原料，就真能做出绝佳的巧克力。"

米蕾尔馋得口水直流，她拿起一小块，感受巧克力在舌尖融化的滋味，不禁发出了一声满足的轻叹。"我都不记得上次尝到这么美味的东西是什么时候了。你是怎么弄到手的？"

薇薇安笑了，那双笑起来的大眼睛似乎照亮了她整张脸。"这是家人送我的告别礼物。我想他们是担心我在这个又大又糟糕的城市里没东西吃。"

"嗯，他们确实没想错。"米蕾尔笑着指了指空了的汤碗和面包板上散落的面包屑，晚餐极其寒碜，她们一扫而光，剩下的只有面包渣，"你的家人还在里尔吗？"

"我父母住在北边。"薇薇安含糊地挥挥手，又把巧克力递了过去。

"你有兄弟姐妹吗？"克莱尔一边问，一边又塞了个方块到嘴里。

"只有一个兄弟，你呢？"

女孩们不停地聊着天，尽情品尝着每一口美味的巧克力，米蕾尔觉得，那天晚上她们围坐在桌前，似乎拥有了一份新的友谊，而那滋味比任何比利时巧克力制造商能调制出的口味都要好。克莱尔看起来也很开心，新来的室友填补了最近几周弥漫在公寓里的沉默，那沉默像河里的薄雾一样难以捉摸，寒意逼人。

除了弥合米蕾尔和克莱尔之间的距离，薇薇安还分享了巴黎以外其他地方的情况。

"当希特勒的军队不停进攻时，里尔被包围了。那几天很可怕。法国守军拼命作战，设法抵御了一段时间，让盟军部队得以撤离敦刻尔克。但最终，纳粹的力量是压倒性的。他们把坦克开进了市中心，我们的部队被迫投降。成千上万的士兵作为战俘被押送着走过大广场，花了好几个小时才走完。"薇薇安回忆起那一幕，摇了摇头，"然后那些成千上万的士兵都被带走了。突然之间，我们的城市不再是法国的了。德国人在他们的地图上划出了新的分界线，并宣布里尔如今是比利时政府的了。这几年所有人都很不知所措。"

薇薇安描述了她如何被迫在纺纱厂工作，生产纳粹打仗需要的线。"但我设法继续通过做裁缝赚些外快。由于买不到新衣服，我的技能比以往任何时候都能派上用场，朋友和邻居都很需要我。我已经完美掌握了把外套改成长裙、把长裙改成短裙的艺术。我甚至为里沃伯爵夫人用窗帘做了一套西装，那窗帘是她在自己家被征用作德国军官的驻地之前抢救出来的。德拉维涅的工作就是她帮我找的。在战争爆发之前，她是德拉维涅的优质客户。"

当天晚上，米蕾尔躺在床上，她一边等待睡意袭来，一边思考关于新朋友的事。她们很快就开始称呼她为薇薇，她似乎的确和她们志趣相投，米蕾尔很高兴薇薇能住进这个公寓。然而，当那几块巧克力也无法缓解的饥饿感开始袭击她的胃时，她意识到薇薇没有透露很多关于自己的信息。她讲了很多在战争席卷里尔之前，她在当地一家裁缝工作室上班的细节，她在那儿主要负责为上流社会的女士缝制雪纺晚礼服，是一份棘手的工作；她告诉她们在工厂工作有多辛苦，得在一个德国工头的监督下，控制每小时纺出成千上万码纱线的机器；她还描述了自己听着英国空军轰炸附近金属工厂和铁路站场而度过的不眠之夜。但是，当米蕾尔的眼皮开始变得沉重时，她意识到，薇薇所描述的事情似乎都不是很私人的，不知为何，有点儿像新闻影片里的场景。她几乎没怎么说到自己的家庭，只在言谈间顺带提过一句自己的父母和哥哥。

她想，没关系，还会有更多这样的夜晚，她们还会一起分享彼此的口粮和故事。当睡意终于来袭时，她的嘴角露出满足的微笑。尽管她又饿又冷，而且每时每刻都在担心自己作为抵抗组织一分子会被捕，但她最终总能睡着。她将那些白天醒着时默默承受的负担暂时卸下，最终沉入梦乡。

・・・

克莱尔也喜欢有薇薇做伴。她宛如一股清风，给公寓带来了新的活力，而且，有个值得信赖的人聊恩斯特的事，这让她感觉很好。薇薇问了一些问题，她似乎以某种米蕾尔做不到或者不愿采用的方式理解了克莱尔和恩斯特的关系。克莱尔不得不承认，在薇薇面前，米蕾尔也没有平常那么刻板严肃。对克莱尔而言，薇薇身上有一种平易近人和轻松自在，很有感染力，有她这样一个朋友在，极大地改善了缝纫室和公寓的气氛。

一天晚上，恩斯特带克莱尔去利普啤酒馆吃饭，这家热闹的餐厅位于圣日耳曼大道，以量大丰盛的德式菜肴而闻名。克莱尔已经不记得自己上一次吃得这么好是什么时候了,她拿起餐具,把大块猪肉放进自己的盘子,肉上面还滴着苹果白兰地酱汁和奶油。恩斯特津津有味地用着餐,而她很快就放下了刀叉,因为她发现自己的肠胃已经无法习惯或者说负担这么丰盛的食物了。她环顾房间,欣赏着墙上的瓷砖镶板,它们组成了美丽的鲜花和树叶图案,还有那些豪华高耸的镜子。然后,一张熟悉的面孔吸引了她的视线,她又仔细看了一眼。镜子反射出一个年轻女子的侧影,她的头发被编成了一条深褐色的辫子,垂在背后。是薇薇!克莱尔稍稍伸长脖子想看看和她在一起的是谁,另外还有两个人坐在同一张桌子上。其中一个男人有着沙色的头发,穿着一件干净的白衬衫,系着一条佩斯利涡纹领带;他有一种与众不同的气质,看上去很放松,在这种金钱堆砌的环境与氛围中显得很自在。她看着他从桌子旁边的冰桶里拿出一瓶白葡萄酒,伸手为坐在桌边的第三个人斟满——那是一个穿着灰色制服、有点儿矮胖的女人。好吧,克莱尔想,所以我不是唯一一个享受和德国朋友做伴的人。她不知道自己是否应该过去和薇薇打个招呼,或许还可以把她介绍给恩斯特。也许他们可以一起用餐,然后再一块儿去某个夜总会跳舞。

但是,当她向恩斯特提出这个建议时,他扫了一眼,似乎认出了那个穿制服的女人。"不,"他一边说,一边用亚麻餐巾擦去嘴唇上的油脂,"我们还是别这么做。我认识她,她和我在同一间办公室,她很无趣。我还是更愿意独享和你在一起的时间,不愿和别人分享。也许下次你可以把我介绍给你的朋友。她看起来很可爱。"

"是的,"克莱尔说,"她很有趣,而且也是个好裁缝。"

· · ·

第二天，当其他女孩都在缝纫室闲聊的时候，克莱尔悄悄地问薇薇前一天晚上吃饭吃得好不好。是她的错觉吗？薇薇看起来有些被吓到？

"我不知道你也在，"她说，"你应该过来打个招呼。"

"别担心。"克莱尔笑了，"你可以下次再把我介绍给你的朋友。而且我不会告诉米蕾尔的。我想我们都知道她有多古板！"

薇薇点了点头，收回视线继续手上的工作，因为万尼尔小姐踩着高跟鞋逐渐靠近，地板上传来的声音终止了她们的谈话。

· · ·

克莱尔和薇薇的友情很快加深，但只有一件事让克莱尔有着些许不快。除了那一次碰巧撞见薇薇去社交场合，克莱尔的其他邀约都被礼貌谢绝，无论是去餐馆还是去夜总会。真要说有什么的话，在克莱尔看来，薇薇对自己的工作过于认真。通常，当其他人都已经收拾好下班了，薇薇还会独自待在缝纫室里，弯腰缝制一些特别复杂的珠饰，或者一丝不苟地缝制一件雪纺长袍的手工卷边，她一针针地从膝盖上的精致织物里挑出一根根丝线，在那盏倾斜的台灯的照耀下，她手里的针熠熠闪光。

"你工作太辛苦了！"当薇薇出现在公寓时，克莱尔这么说道，那会儿整座城市已经因宵禁而沉入黑暗很久了。

薇薇笑了，但她的脸因疲倦而显得憔悴。"那件茶会礼服比我预期中还要花更长时间。但明天是星期六，我终于不用起个大早了。"

"那我们去郊游吧。你还没看过巴黎的景色。恩斯特和我本来明天要去卢浮宫的，但他突然有工作。所以我们俩一块儿去吧。还有米蕾尔，如果她想加入的话。"

就这样，三个女孩穿上她们最好的裙子和夹克，一起上街游玩。薇薇从包里拿出一个相机，说："我们毕竟是去观光的，不拍照片怎么行。"她示意克莱尔和米蕾尔站在德拉维涅的橱窗前。

"等等！"克莱尔喊道。她朝一个刚从自行车上下来的男人跑过去。"先生，你能帮忙给我们三个照张相吗？"她问道。

"当然。"男人看到女孩们盛装出游，咧嘴一笑，拍下照片，"祝你们有愉快的一天，女士们。"他微笑着把相机还给薇薇，然后继续上路，推着自行车沿着林荫大道前进，愉快地吹着口哨。

克莱尔、米蕾尔和薇薇笑着聊着，走到河边，穿过河岸，薇薇不时停下给巴黎圣母院和西堤岛拍照。

在这样一个五月的周六，阳光明媚，微风习习，塞纳河畔花园里的酸橙树身着清新的绿色外衣，向路过码头的姑娘们挥手、点头致意。

尽管克莱尔对恩斯特很失望，但她走着走着就变得轻松了起来。夏天就快来了，她还有别的机会和他一起来这里。他和她会漫步在这些同样的街道，手牵着手，为他们的未来制订计划。她甚至敢想象着，或许来年的某个夏天，当再回到这里时，她手上会戴着结婚戒指，推着一辆婴儿车，里面会有一个胖乎乎的金发婴儿，孩子会一边咯咯地笑着，一边朝头顶上阳光斑驳的菩提树枝招手。但是，对今天的她来说，朋友的陪伴远比恩斯特在场更让她愉快。

她觉得自己比几个月前更放松了。自从来到巴黎，她一直都很孤立无援，让-保罗的到来让她明白了自己多么疏于和家里联系，多么决绝地背离了她在布列塔尼的根脉。她给梅洪港的父亲和马克写过信，尽管官方允许的明信片上只够写几句平淡无奇的话，她告诉父亲，她在巴黎过得很好、很快乐，她想念他们，并向他们表达了自己的爱。当她把卡片交到邮局时，她如释重负，觉得自己重建了和家人的联系，那时她才意识到自己写下的情感是多么真切。她很珍惜爸爸回的那张卡片，上面虽然只有几行字，但她从中明白了他有多么关心她。

她们三个人之前都没有参观过卢浮宫，所以，当她们走进博物馆巨大的入口大厅，穿过两个像哨兵一样站在门口的卫兵时，她们心中充满敬畏。

她们在展厅里闲逛，有些墙壁和展台是光秃秃的，因为许多艺术品都被悄悄运走了，有好几个画廊根本没开。不过，剩下的绘画和雕塑也多到足够她们看上好一阵子了。女孩们在开阔的画廊里慢慢地走着，渐渐地落单，她们陶醉在永恒不变的风景里，为那一张张穿越时空凝视着她们的肖像画而失神。

克莱尔拐过一个弯，她发现自己来到了一个新的房间，这里全是意大利文艺复兴时期的巨大雪花石膏雕塑。她隐约感觉米蕾尔和薇薇在她身后走进了画廊，同时，她则走近一个斜倚着的女人雕像，雕像被一条红色的天鹅绒绳子围着。她欣赏着女人身上的裙褶，很神奇，它明明是用石头这么坚硬的东西雕刻而成的，看起来却像裁缝每天工作用的丝绸一样柔软和易碎。

突然，一个年轻人的侧脸吸引了她的目光，他正绕过前方一座巨大的罗马皇帝雕像。片刻之后她才认出穿着便服的他，但随后，她的心又雀跃起来。他还是来了。

"恩斯特！"她喊道，然后朝他走过去，看到他在这儿，她的脸上闪着意想不到的喜悦。

听到有人叫自己的名字，他转向她。但他并不像她那样开心，他脸色一垮，向后退了一步，想要远离她，还举起一只手，好像她再靠近一点，他就要把她挡开。

克莱尔很困惑，她犹豫了一下，脸上的笑容有些挂不住了。然后她愣在原地，因为一个穿着时髦花呢套装的女人从雕像基座后面走了出来。她牵着一个小男孩，男孩的头发几乎和他母亲一样，都是白金色的。就在克莱尔惊恐地看着这一幕时，那个女人伸出空着的手抚摸恩斯特的背，用德语说了些什么。小男孩伸出双臂，想被这个他叫作"爸爸"的男人抱起来。

当三人转身走出画廊时，克莱尔感到膝盖一软，她紧紧抓住那根红色的天鹅绒绳子，想让自己站稳——今天隔开他们的绳子，竟和跨年夜那晚让他们区隔于旁人的一模一样。

接着，米蕾尔和薇薇过来扶住她，防止她摔倒在地。她们带着她往外走去。她的心碎落满地。

哈 丽 特

听完最新一章克莱尔的故事，我有了去卢浮宫看看的计划。吉耶梅事务所一整年的工作节奏都是由"秀"——时装秀——决定的，因此很难找到很多时间去观光。虽然眼下已是一月，整座城市被潮湿、灰蒙蒙的冬季天空笼罩着，但我们却正在为本月晚些时候举行的春夏高级定制时装秀做准备。我对此兴奋不已，并决心出色地完成工作，这样一来，等到下一个巴黎时装周的准备工作开始时，我就能更多地参与其中。我知道那些工作会让人精疲力尽，但同样也会让人精神焕发，我等不及想体验一下。

终于，有了一阵短暂的平静期。这是一个阴冷的星期天，待在公寓里感觉有点儿冷，还会让人有些透不过气——是一个参观卢浮宫的完美日子。蒂埃里同意陪我一起去，我们约在玻璃金字塔旁见面，那是博物馆的入口，造型优美，极具现代感，就在卡鲁索广场上。我到的时候，他已经在那儿等着了。广场上很空，风不停地来回扫荡着地面，他的双手深埋在大衣口袋里，头发被吹得东倒西歪。我们简短而尴尬地拥抱了一下，彼此都意识到这是我们第一次单独一起出门，身旁没了大群朋友或演唱会观众，所有的沉默都变得一览无余。

但事实证明，我们在画廊里闲逛的一整个下午并无任何沉默时刻，即使有，也是让人舒服的。此时的博物馆藏品比战争年代要丰富得多，那时候，法国官方将自己最珍贵的一部分宝物藏了起来，而德国人又私吞了很大一部分。如今，很多藏品已经被找了回来，再加上外面雅致现代的玻璃金字塔以及新扩充的建筑，卢浮宫的确显得焕然一新。

在某个展厅时，蒂埃里在前面漫步，我则在一尊雪花石膏雕像前停了下来，这是一个斜倚着的女人，身上披着飘逸的长袍，让人忘了用于雕塑的石头有多坚硬。这会不会就是外祖母当年偶遇恩斯特和他家人时在看的雕塑？

自从我听到克莱尔在卢浮宫遭受的羞辱和心碎，我比以往任何时候都更渴望与她建立一种更切实的联系。当我再一次仔细凝视那张照片，想象它被拍下的那一天时，我心里很难受：那一天的开头是那样美好，充满了喜悦和希望，她穿上了最好的衣服，和她的朋友们一起外出游玩，可结局却如此不好。

外祖母的天真和她选择的糟糕伴侣原本让我觉得很羞耻，但渐渐地，这种耻辱感被一种同情所取代——还有对恩斯特的冰冷怒气。他怎么敢如此卑鄙地对待她，玩弄她的感情，利用她的年轻和纯真来行骗？卢浮宫的那次绝望遭遇给她造成了伤害，那份伤痛是导致她内心脆弱的原因之一吗？她是否足够坚强，能够从中恢复过来，还是说，她心里有某种东西在那一天彻底被击碎了？那次短暂相遇所带来的冲击将她伤到了无法挽回的地步吗？心破碎之后，还能面对真实的生活吗？

如果真是如此，那一刻深深伤到了外祖母，那它也是决定我母亲命运的因素之一吗？

此时此刻，我比以往任何时候都更清楚地意识到，外祖母和母亲都已经不在了。一种悲伤淹没了我，同时，我也很害怕。我在想，自己最终是否只能去直面不可逃避的真相——我是被她们抛弃的……以及，直面这样一个事实——我与生活的联结也是如此脆弱易碎。

我试图摆脱这些可怕的想法，匆忙离开雕塑展厅，想要立刻追上蒂埃里，回到他令人心安的陪伴之中。在这样的时刻，我多么希望米蕾尔和薇薇安也在我身边，这样我就能从她们身上汲取一些力量，以及对生活的热望。

1942

在卢浮宫偶遇恩斯特和他的家人之后,她们回到了公寓,米蕾尔和薇薇对克莱尔很关心,但克莱尔把自己关在房间里,因为她知道自己有多蠢,不想看到她们脸上流露的同情。

晚上,米蕾尔敲了敲门,给克莱尔端来一碗汤。"吃一点儿吧,"她鼓励道,那充满善意的语气让克莱尔热泪盈眶,"你得吃点儿东西。这样才能保持体力。"

克莱尔摇了摇头,羞愧难当,但米蕾尔坚持,还在她身旁的床边坐了下来。

于是水闸开启,克莱尔开始哭泣。"我怎么会那么蠢?他选我是因为他知道我是个会被他迷住的傻姑娘吗?"

米蕾尔摇了摇头:"你不傻。只是太年轻了,对这个世界缺乏经验。也许他察觉到了你有多纯真。他专挑你想听的话来说。"

"也许吧,但我从未反思过他的话是否出自真心。"克莱尔回忆起他过去常常在她面前和自己的同事们开玩笑,那些军官总是笑个不停,想到这里她的脸颊火辣辣的。她告诉米蕾尔,当时她觉得那些话只是无伤大雅的玩笑,他喜欢扮演派对的中心人物,讲笑话是他逗乐大家的方式。但是现在,她怀疑有很多话都是在取笑她。

克莱尔觉得自己被狠狠地羞辱了,她羞愧难当,一边靠在米蕾尔的肩膀上啜泣,一边谈到她的家人。当她和恩斯特在一起时，她把让-保罗的话完全抛到了脑后，她告诉自己，他不理解生活在这个城市有多么艰难，这样她就能为自己的行为辩护。即便是在最好的时代，女性也是无所依傍的，而战争加剧了这种无助感，当她和恩斯特在一起时，她得到了一种安全感，也难得地享受了被宠爱和被人羡慕的感觉。如今她明白了，那种安全感只是她用昂贵的丝袜和香槟酒杯为自己编织的幻想。"我怎么能那么背叛自己的哥哥们呢？哦，米蕾尔，我不敢去想他们会怎么看我。让-保罗是在那样的情况下出发去了劳工营，就在他刚发现我……"她犹豫了一下，斟酌着措辞，"……沉浸在敌人的关注中时。我多希望现在能告诉他，我已经知道自己错得有多离谱了！"

米蕾尔拍着她的胳膊以示安慰。她叹了口气说："你肯定不是第一个因为一点儿奢侈享受和放纵的可能性就被蒙蔽双眼的女孩。但重要的是你已经吸取教训了。下次再有一个英俊的德国军官经过你的面前，我想你已经不会那么容易上钩了。"

"我完全不会上钩，"克莱尔反驳道，她激动的神情让米蕾尔笑了起来，"我恨纳粹。恨他们所做的一切，对我，我的家人，还有我的国家。"

・・・

在接下来的几个月里，克莱尔一边修复自己那颗破碎的心，一边努力专注于手头的工作，她察觉到空气中弥漫着种种变化。当德国人第一次入侵的时候，巴黎市民普遍都很麻木无感。也许对于当时的人们来说，他们很容易就会相信那些随处可见的宣传海报，相信海报上慈眉善目的纳粹士兵在保护着法国人民，在为挨饿的法国儿童提供着食物。但是随着新年的到来，人们的情绪发生了变化。

一种不稳定的感觉席卷了整座城市。抗议和反抗行为的事迹十分普遍，一些抵抗组织甚至敢于攻击他们的德国占领者。当然，针对这种行为的报复是迅速而残酷的：当街执行死刑，而且每个人都听说过，有些原本用来运牛的火车车厢里其实装的都是人，这样的列车越来越多，不停地从奥斯特里茨车站和巴黎东站出发驶向远方。还有传言说，在市中心东北方向的德朗西郊区有一个拘留营，被围捕的犹太居民都被送去了那里。而且，在这个拘留营巡逻的是法国警察，而不是德国卫兵，这一点更是让越来越多的巴黎居民心里压抑着的怒火与不安愈燃愈烈。

现在，克莱尔也开始被这种不安的情绪所感染。她为自己的两位哥哥担忧，让-保罗和西奥。当时丝毫没有他们的消息。他们在德国碰面了吗？她希望他们已经见到面，而且在某个工厂里一起工作，彼此做伴，相互鼓励，直到他们能回家，回到法国的那一天。她为卢克感到悲伤，一想到他的尸体躺在东部的某个战争公墓里，她的喉咙就会泛起一阵恶心，她是那样愚蠢，花了那么多的时间和恩斯特在一起——他是杀死她哥哥的政权的化身啊。她那几个月仿佛都在梦游，被金钱和魅力会改变她生活的幻觉所诱惑，全然未能察觉周遭现实世界里正在发生的事。

然而，随着时间推移，她所处的区域气氛逐渐变化，克莱尔感到自己身上也发生了变化。她的心已经开始愈合——心总是会愈合的，只要给它足够多的时间和来自好友的善意——愈合之后，它变得焕然一新。她所学到的惨痛教训迫使她反思自己到底是什么样的人，以及她想成为什么样的人，她心里长出了一个内核，无比坚定。

就这样，一天晚上，趁着薇薇还在缝纫室里继续工作，克莱尔敲响了米蕾尔房间的门。

"进来！"米蕾尔从里面喊道。

克莱尔跨过门槛，走进屋檐下的小卧室，双手紧握成拳，沉默地站了一会儿，然后她说："我想帮忙。告诉我，我能做什么，米蕾尔。我已经准备好反击了。"

米蕾尔从床边站了起来，轻轻地、坚定地把门关上。然后她拍了拍被子，示意克莱尔坐下。

"事情没那么简单，克莱尔。你确定要这么做吗？"她低声问道。

克莱尔点点头："我恨他们。我痛恨他们对我个人——对我家人——以及他们持续对我们国家所做的一切。很抱歉我用了这么久才意识到这些，但我现在已经准备好了。"

米蕾尔久久地打量着她，仿佛第一次认识这个朋友。"那好吧，"她最后说道，"我会找人谈谈的。我会告诉你结果的。"

那天晚上，克莱尔睡得比过去好多年都要沉，那份崭新的决心仿佛为她提供了一条额外的毯子，将多年来冻僵她的严寒驱散开去。随着冷气融化，她仅剩的破碎的心又重新黏合到一起，变成了某种更为坚强的存在。

· · ·

在二月一个晴朗的早晨，米蕾尔和克莱尔一起走过新桥。这是大斋节开始前的星期天，巴黎圣母院的钟声响起，召唤信徒们去做弥撒，但女孩们没有停下，她们来到塞纳河右岸，走过码头，沿着银色丝带般的河流顺水而下，直到抵达杜乐丽花园。她们路过了不少面包店，但橱窗里没有摆放任何特别的糕点，即便等到复活节来临，店里也不会有任何巧克力供人享用。战争引发的贫困比以往任何时候都更加严重，持续不断的饥饿感随时都在灼伤她们的胃。不过，她们已经对这种痛苦习以为常了，几乎不会再注意到它。

在公园的入口处，米蕾尔把一只手放在克莱尔的胳膊上，示意她暂时停下。"你依然确定要这么做吗，克莱尔？你不需要再考虑一下吗？"

"不用。我前所未有地确定。"

米蕾尔注意到朋友脸上的坚决，她微微一笑。那是一种崭新的表情，克莱尔的举止一贯温柔，直到最近米蕾尔才发现自己的朋友脸上会有这样的表情，它揭示了克莱尔性格中隐藏的另一面。这一面如今已被唤醒，米蕾尔意识到她的朋友身上燃烧着坚决反抗的雄心，她的胸膛里也燃烧着同样的斗志。

米蕾尔花了几周时间才说服组织的其他成员相信克莱尔值得信赖。她一开始就和他们说了克莱尔与一名德国军官有过私情，但她也告诉他们，通过过去几个月的交心，她越来越确信她的朋友会坚决地对抗侵略者。终于，染匠告诉她，勒鲁先生准备见一下她的朋友，因为有一个工作可能会适合她。"周日早上带她去杜乐丽花园。他十一点钟会在网球场美术馆那边出现。他想和她谈谈，看看她是否真的合适。"

她们逐渐走近，她从远处就认出了他高大的身影。他漫步经过一个画廊入口，里面收藏着莫奈美丽的睡莲画作。然而现在，这些艺术品被锁在门后，一名德国士兵在门外站岗。勒鲁先生似乎对士兵的出现毫不在意，甚至在经过卫兵时还愉快地朝他点了点头。由于不远处就有纳粹士兵，女孩们走近时稍微放慢了脚步，勒鲁先生有些夸张地刻意停下，似乎很惊讶也很高兴会在这里偶遇两个相熟的女孩儿，正好她们也出来散步，享受早春的明媚阳光。他向她们脱帽致意，米蕾尔介绍了克莱尔，后者疑惑地看了他一会儿，仿佛她在什么地方见过他，却想不起是哪里。他对两个女孩儿笑了笑，然后指了指远处一条满是鹅耳枥的林荫道，仿佛在很有礼貌地提议他们三个一起散步，于是她们开始和他并肩往远处走。

无论从哪个角度来说，他看起来都像个名副其实的花花公子。米蕾尔耳闻过模特们对他的猜测，当时她正在给他定做的一件女式外套缝边。"显然，他有好几个情妇。他的每一笔订单都是分开付账，而且都是用现金支付，我想这样她们就不知道彼此的存在了。他肯定很有钱！他似乎还挺喜欢我们的纳粹游客。有天晚上我在利普啤酒屋看到他，他正在和一只'灰老鼠'共进晚餐。我猜她是想吃那儿的泡菜，因为那会让她有种回家的感觉。不管怎样，我希望这件大衣不是给她穿的——她穿上真像个粽子。我听别的女孩儿说，他有时还会请纳粹军官和他们的妻子去那儿吃饭。"

"他很英俊，沙色的头发让他看起来气宇轩昂。"另一位模特评论道，她懒洋洋地重新整理了一下自己的丝绸睡衣，睡衣刚刚滑下了肩膀，她里面穿着的黑色蕾丝背心露了出来。她吸了一口烟，把烟雾吹向天花板。房间位于沙龙的后面，没有客人来的间隙，模特们就在这里等待。

第一个说话的模特对这评价嗤之以鼻。"如果你喜欢那种长相的话，那他还行吧。对我来说，他长得有点儿太德国化了，他的那些朋友也是。哎哟！"她抗议道，立刻将身子远离拿着针垫跪在她脚边的米蕾尔，"小心你的大头针，笨蛋！如果你不小心用针钩到了我身上这些丝袜，你可要花一周的工资才能赔。"

米蕾尔低下头偷偷微笑，然后把最后一枚别针别在外套边缘对应的地方。

当他们沿着中间那宽阔的甬道走向花园中央的池塘时，她心想，要是她们能看见他现在的样子就好了。他仿佛读懂了她的想法，冲她快速地笑了笑，然后把注意力转向克莱尔，他问了种种关于她家人和她布列塔尼老家的事。他的语气很随意，是平常的聊天口吻，但米蕾尔能感觉到他在考察克莱尔，他仍未得出结论，不确定她是否值得信赖，足以成为组织的一员。

他们来到那条满是鹅耳枥的大道，树枝被修剪得整整齐齐，宛如两面墙，他们就在"墙"底下漫步。乍一看，那些树枝就像死了一样。但米蕾尔知道，只要再仔细一点观察，你就能发现紧紧卷起的嫩芽，它们在等待着给树木披上夏日的华丽服饰。他们三人走在大道上，不时向路过的几个人点头致意，那些人也决定略过弥撒，出来享受晴朗的春日时光。半个小时后，他们折回网球场美术馆，勒鲁先生准备在回到士兵视野之前同她们告别，他微笑着向米蕾尔点点头，表示他已经确信克莱尔会成为组织的有力人才。

他转向克莱尔说："总之，梅纳迪尔小姐，谢谢你主动提出帮助我们。我相信，你会成为一位非常有用的信使。米蕾尔会教你的，也会不时为你传达指令。"

他转身要走，但又停了下来。"哦，我差点忘了！"他把手伸进夹克内侧的口袋，掏出一个小包裹，里面装着三条巧克力，包装上有独特的棕榈树和大象图案，"你们最好在周三大斋节开始前吃完这些，女士们。"

姑娘们高兴得喘不过气来。

"谢谢你，先生。瞧，米蕾尔，"克莱尔喊道，"我们还可以给薇薇留一条！"她转向勒鲁先生，"她是我们的朋友——也是一个女裁缝，和我们一起住在商店的楼上。她和我们一样喜欢巧克力。"

"是吗？"他回应道，同时打量了克莱尔一眼。是米蕾尔的错觉吗？还是他淡褐色的眼睛里真的闪过一丝笑意？"这样的话，真是太巧了，我正好给你们准备了三份。"

然后，他的表情又严肃起来："好好干，姑娘们。还有，凡事小心。"

· · ·

当米蕾尔给她安排第一个任务时，克莱尔紧张得不行。她的任务是去给阿诺德先生和阿诺德夫人传递消息，告诉他们是时候将藏在家里好几天的一位犹太商人送到下一站了，还有逃跑计划的各种细节。克莱尔的第一个任务进行得很顺利，她在往返途中只遇到一个临时路障。当卫兵检查她的身份证件时，她还对他们微笑，当他们要求她打开随身携带的公文包时，她丝毫没有露怯。她向他们展示包里放着的乐谱，并解释说她正准备去上声乐课，就像米蕾尔教她的那样回应。那时，她已经背下了任务地址和指令，所以纳粹不会在文件里翻出任何可疑的东西。当她继续往玛黑区里走去时，他们点头示意她通过路障，甚至有人祝她有个愉快的夜晚。

所以，面对下一个任务，她变得稍微有信心了些。米蕾尔递给她一张背面画着粗略地图的字条，并指示她把它交给克里丝蒂，她住在城市西南部的比扬古，也是一名护送人。

"你确定你能办到吗？"米蕾尔不安地问她，"路途遥远，而且你一路都得藏好字条。带上之前的公文包和乐谱，如果你被拦下，就用同样的借口应付他们，说你是要去上声乐课。我本来想自己去送字条的，但我今晚必须得去车站……"

克莱尔笑了："我会没事的，米蕾尔。我可以把我的大衣领子朝上的那面拆开，再把字条藏进去。缝几针就能固定住，没人会发现的。我已经记住了和克里丝蒂会合的路线。别担心，我会在宵禁前回来的。"

两个女孩过河的时候，天色已经暗了下来。满载着士兵的卡车隆隆驶过，他们的制服上印着刺眼的黑红标志。远处的探照灯不停地扫荡着天空，它们在侦察盟军的飞机，光束从北边的地平线上投射而出，仿佛太阳即将升起。在塞纳河右岸，克莱尔和米蕾尔迅速地拥抱了一下，然后各自上路。

· · ·

米蕾尔回到了红衣主教街，她一打开公寓的门就迎面撞上薇薇。

"哦，米蕾尔！真高兴你回来了。我不确定你去哪儿了……"她越过米蕾尔看向楼梯间，"但克莱尔在哪儿？我以为她和你在一起？"

米蕾尔摇了摇头："没有。她突然记起有事情要办。我觉得她很快就会回来了。"

"她去了哪儿？"薇薇的脸在走廊的灯光下显得很苍白。米蕾尔被她急促的语气吓了一跳。薇薇通常不会过问两个室友的来去，不关心她们平常去哪里以及空闲时间都做了什么，直到此刻。

"我……我不能说。我的意思是，我不确定……"米蕾尔结结巴巴地说。

薇薇安立即抓住她的胳膊，语气变得更加坚决。"米蕾尔，你必须告诉我。这很重要。我知道你有义务保密。但是今晚……"她深吸了一口气，让自己暂时停下，小心翼翼地斟酌着自己的措辞，"好吧，你不用说她具体在哪里，只要告诉我她往哪个方向去了。"

米蕾尔脑中闪过千头万绪，试图理解薇薇刚刚说的话和她言语间透露的事，她逐渐明白过来，薇薇宁肯暴露自己知道组织的存在，也要问出克莱尔的下落，那情况一定很紧急。

"她……她往西南边去了。"

薇薇瞪大眼睛,她苍白的脸让那双眼似乎变得更暗了。"西南边的具体哪里?"

米蕾尔又一次犹豫不决,当薇薇用力摇晃她的时候,她很惊讶,那份力量明显不像是一个快要崩溃的人能使出的。"你必须告诉我,米蕾尔。"她坚持道。

米蕾尔摇了摇头。她不能泄露那些信息,这是她已经内化的准则,绝对不能泄密。即使是和她信赖的人分享任务细节,也会让每个人面临更大的风险。接着,她毫无征兆地想起勒鲁先生,想起那天她和克莱尔在杜乐丽花园同他告别时他的眼神——当克莱尔告诉他,她们会把第三份巧克力给好友薇薇时,他眼中流露的那一丝笑意。他认识薇薇。她和他有着某种关系。米蕾尔又想到,他在花神咖啡馆时问她的那些问题,他问起她的工作,问起有多少女裁缝住在店铺楼上,她突然明白,是他把薇薇安置在公寓里,和她们共同生活。

薇薇又摇了摇她,神态更为焦急。"相信我,米蕾尔。你必须相信我。"

米蕾尔深深地看着她朋友的眼睛,在那清澈的淡褐色深处看到了一丝恳求的光芒。然后她说:"比扬古。"

薇薇松开了抓住米蕾尔胳膊的手,一下满是惊恐地捂住自己的脸。"不!不能是那儿!他们今晚要轰炸那里。我刚刚才听到的……就在雷诺工厂……我们必须马上出发,把她带回来。"

米蕾尔逐渐听懂了薇薇的话,一阵恐惧袭来。"但现在已经很晚了——还有宵禁……哦,薇薇!"

薇薇安已经在穿外套了。"我要去。我们至少得试着让她知道。你不用一起去的。把地址给我就好。"

米蕾尔摇摇头，现在轮到她抓住自己的朋友了。"让我去，薇薇。我知道她会走哪条路。没必要让我们俩一起冒险。你明白的——你可能比我更明白。"她紧紧地抱了薇薇安一下，"谢谢。谢谢你告诉我。你就留在这里等。克莱尔是我的责任。组织不能一次失去我们三个。"

薇薇不情愿地退到门框边。米蕾尔知道这是正确的做法，尽管她也知道组织的其他成员不会同意她的做法，他们会让她也留在原地。他们会说，最好把风险降到最低。最好只损失你们中的一个。但事关克莱尔。她不能坐在公寓里什么都不做，她知道，是自己亲手将朋友送去了危险区。她必须去找她，把她安全地带回来。

・・・

克莱尔转车时等了很久。这些天地铁只是偶尔运行，很多线路经常被取消，站点也会临时关闭。但是，很久之后，终于来了一趟车。她上了地铁，祈祷比扬古站今晚会正常营运。否则她就得从这条线的终点站塞弗尔桥往回走，她已经迟到了，那样一来她还要更晚才能和克里丝蒂碰头。地铁摇摇晃晃，昏暗车厢里的灯光不停闪烁，至少，在地下时她觉得很安全，即使那只是一种虚假的安全感。所有人都知道，如果发生轰炸袭击，巴黎地铁隧道的深度不足以提供保护。她瞥了一眼表，叹了口气。路上花的时间比她预期中要长。如果她错过最后一班回家的地铁，就只能长途跋涉走回圣日耳曼,而且他们极有可能发现,她在宵禁开始之后还在外游荡。

由于线路延误,当克莱尔走出比扬古车站的台阶时,已经很晚了,一位职员开始给她身后的大门上锁。

"那是今晚最后一班地铁吗?"她大声问他。

"是的,小姐。"他瞥了一眼手表,"你最好现在立刻回家,十分钟后就是宵禁了。"

既然已经走到这一步,克莱尔知道自己别无选择,只能继续前进。这里离碰头地点不远。她原本一小时前就该到那儿了,也许克里丝蒂已经放弃等待,选择离开了,但她至少得试试。无论如何,反正她也不会有更多损失了——如果她被警察或路障检查拦住,她已经因为这么晚还在外面而陷入麻烦了。

那些新公寓是为当地工厂的工人们修建的住宅楼,楼对面的拐角处有一间咖啡馆,她抵达时咖啡馆已经打烊了。克里丝蒂不在,只有几个服务员在擦桌子、收椅子。她站在外面,不知道下一步该做什么。她应该冒险等待,以防克里丝蒂回来,还是应该减少损失,踏上回圣日耳曼的漫长旅程?她要走好几英里才能回去,而且她得小心地在那些小巷里穿行,以防被发现。

正当她犹豫的时候,咖啡馆的灯灭了,整条街都陷入了黑暗。周围房屋和商店的窗户都被遮挡起来了,许多百叶窗都紧闭着,把居民护在室内——把她拒之门外。

这里是郊区,街上毫无动静。没有过往的车辆,也没有晚归的人匆匆赶路回家。她来得太晚了。

她正准备转身离开,这时对面公寓楼的一扇窗户似乎有动静,引起了她的注意。但那动静几乎可以忽略不计。也许那光亮只是她的错觉,仿佛不透光窗帘的一角被人掀起然后又匆忙垂下。一想到自己可能被某人看见了,她心里就充满不安,但她还是决定再等一分钟,看看会不会有人来。

街道一片寂静,一声几乎无法被察觉的咔嗒轻响后,阴影里有一道门被打开了。然后,一个年轻的女人无声又迅速地穿过街道,她的样子符合克莱尔了解到的克里丝蒂的样貌。克莱尔摘下帽子,在一片黑暗之中,她那头浅色秀发让她显得超凡脱俗。

克里丝蒂低声说了暗号,克莱尔给出对应答复。

"已经这么晚了。"克里丝蒂低声说,那双眼睛仿佛漆黑的深海,陷在一张白色的脸上,"快来,以防有心人往外看,我们到门口去会更安全。"

她们走到对面大楼的门背后,克莱尔迅速从衣领下拿出那张紧紧折叠起来的地图,一言不发地递了过去。

克里丝蒂瞥了一眼那张纸,然后把它塞进了口袋。"你应该进来和我在这里过夜。"她说。

克莱尔摇了摇头:"不。我们不能冒险一起被抓。你的邻居也许已经看到我了。我可以回家的。别担心,我不会走大路。如果有人拦住我,我就解释说,我的声乐课结束时,地铁已经停止运行了。"她举了举那个破旧的公文包。

克里丝蒂点了点头说:"那好吧。走吧,现在赶紧走。注意安全。还有,谢谢你。"她拍了拍羊毛衫的口袋,里面的纸张发出轻微的沙沙声。

克莱尔溜回街上,迈步离开时听到门在她身后轻轻地关上了。人行道的路面很硬,她努力让自己的脚步声尽可能轻些。当她溜进一条狭窄的小路时,漆黑的夜色似乎更为逼近了一些。她只能避人耳目绕路前行,回家的时间可能会更长,但这样会更安全。

接着,她有种奇怪的感觉,仿佛周遭的黑暗开始震颤。她把一只手压在耳朵上,试图摆脱头脑中的怪异感觉。但紧接着,震动加剧,变成了低沉的、持续的飞机轰鸣。她紧张地抬起头,但夜色遮蔽了一切。她加快步伐,等到噪声变得更响时,脑中只剩下沉闷的轰鸣,她跑了起来。

霎时间,仿佛所有的路灯都被打开了一样,一道强光出现在上空,她再次抬头看去,只见一道炽白色的光正懒洋洋地朝着前方的屋顶落去。

突如其来的刺眼闪光随之降临,仿佛做梦般,她觉得自己在那片光线中看见了自己的朋友——米蕾尔的身影,紧接着,咆哮而来的黑暗将克莱尔完全吞没。

• • •

当米蕾尔急匆匆地从公寓的旋转楼梯下到红衣主教街时,她差点撞上一个男人,她隐约认出他是自己的邻居,男人推着自行车准备回家,嘴里轻轻吹着口哨。门厅的灯光照亮了他的大衣,上面别着的那颗黄色星星[①]正在闪闪发亮,仿佛一个小巧的太阳。

"哎哟!小姐,你在急什么?"他一边笑着说,一边伸

[①] 二战期间,纳粹德国强制要求犹太人佩戴黄色星星作为识别标志。这一做法始于1939年德国占领波兰后,并在1941年扩展到其他被占领的欧洲国家。

出手扶住她。她一个急转弯试图避开他,差点摔倒。

"拜托了,先生,我能借你的自行车一用吗?非常紧急。我会把它安全带回来的,我保证。你明天可以来这里取,来德拉维涅时装店。"她十指交叉,祈求她说的最后一句话会成真。不过,如果自行车没能回来,她大概率也不能,所以也就不必承担后果,她在心里如此推论了一番。

那个男人勉强同意把车借给她,因为他认出了眼前的人——那天在街角拦住他并请他拍照的三个女孩之一。而且,看着她脸上那惊恐的表情,他相信这件事对她来说真的很重要。"但请你务必好好保管,拜托了,小姐。我明早上班还得用它。"

她用力踩下踏板,一跃跳上车座,赶忙回头道谢,同时已经往桥那边冲去。

她奋力骑着车,拼命想及时赶到克莱尔身边,不时绕过路人和其他骑自行车的人,同时努力思索。要是克莱尔往返途中没有被耽误的话,她肯定能赶上最后一班地铁回家,但如果真是这样,她这会儿应该已经回来了才对。米蕾尔经过的所有地铁站都已经上锁。她沿着林荫大道狂蹬了数英里,她的肺在燃烧。她祈祷那些乘坐卡车准备开回营房的士兵不会来烦她。希望他们会认为她只是急着在宵禁开始前赶回家。当她沿着码头边骑车时,一头黑色卷发在空中飞扬,码头区沿河而建,塞纳河一路向南流去,形成了一个深深的弯道,比扬古郊区就坐落在这里。

她知道克莱尔和克里丝蒂的碰头地点——有好几次,她的接头点也在那儿。她拐进街角咖啡馆所在的那条路,但那里空无一人。尽管耳朵里血脉偾张,耳畔风声呼啸,她还是能听到飞机靠近时的轰鸣声，迄今为止最大规模的盟军高空轰炸就要开始了，袭击目标是为希特勒军队生产大量卡车的工厂。

突然，下降的照明弹点亮了天空，也照亮了她路过的一条小巷，巷子里有一个瘦小的身影。她从自行车上跳下来，叫着克莱尔的名字朝她跑去。然后第一架飞机在比扬古投下炸弹，街道爆炸了。

狂风和残骸席卷了克莱尔不久前去过的地方。过了一秒钟米蕾尔才明白该怎么做，但她仍有足够的时间反应，她转身滚进邻近门口的凹陷处，抵挡杀伤力最强的一波爆炸，以及后续那些让她喘不过气的冲击波。她站起身来，不顾自己流着血的手和膝盖，冲进堵塞了狭窄街道的厚厚的尘土中。又一枚照明弹照亮了现场，米蕾尔这才看清她面前人行道上蜷缩着的那一团东西。她一把将克莱尔抱在怀里，拖着她僵硬的身体回到门道里，另一波爆炸袭来，两人脚下的大地随之晃动，米蕾尔用自己的身体紧紧护住了克莱尔。

照明弹的白光此时泛起了暖色调的橙晕，工厂大楼被烈火吞噬，接下来的爆炸响彻天空。她能听见飞机引擎的嘶鸣声，它们逐渐加速并倾斜着撤离了袭击目标，因为有限的炸药都已投递完毕。

第一波飞机离开后，她的耳膜被爆炸的冲击震得嗡嗡作响。熊熊火焰使得原本的喧嚣声又多了几分大楼焚烧时的噼啪声。她借着火光仔细查看了克莱尔的伤势。她的后脑勺受到了重击，头发上全是黑色的血。但除此之外，她身上似乎没有受伤。米蕾尔松了一口气，因为克莱尔睁开了眼睛，她扩散的瞳孔像深邃的黑色池塘一样幽暗。她的目光呆滞，但经过一番挣扎，她似乎成功将视线聚焦在米蕾尔的脸上。米蕾尔一边试图用克莱尔的围巾为她止血，一边不停地说着宽慰她的话，过了一会儿，克莱尔试图坐起来。她的身体晃了一下，然后向前倾，吐了出来。她试着避开自己的大衣，但没有完全成功。

"还有什么地方疼吗？"米蕾尔问她。

克莱尔头晕目眩，她先是摇了摇头，然后皱着眉把一只手放到自己的头发上，随后呆滞地盯着手里沾上的黏腻黑色物体，感到不可置信。

"你头部受了冲击，"米蕾尔说，"而且还惊魂未定。但是克莱尔，我们得把你转移到别的地方。可能还会有更多的飞机过来，我们得离开这里。我扶着你，你看看能站起来吗？"

克莱尔没有说话，但是她伸出一只手，米蕾尔扶她站了起来。克莱尔又干呕起来，刺鼻的胆汁从她的嘴里流到了身前的外套上。

"对不起。"她轻声说。

米蕾尔把克莱尔的胳膊搭到自己的肩上，然后搂住克莱尔的背，她们试探着从门道往外走了几步来到街上。所有的东西都被一层厚厚的灰尘所覆盖，好像下过雪似的。她们设法蹒跚着走了一小段路。米蕾尔如释重负，因为她找到了那辆被弃置一旁、被一片尘土和碎片所淹没的自行车。她把克莱尔靠在一家商店边上，弯下腰去把自行车扶了起来。

然后她感到空气再次开始震颤，下一波轰炸机正在靠近。"快点，"她又一次搂住克莱尔，声音变得尖锐而警觉，"你能坐到车座上吗？你用一只胳膊搂住我的肩膀，我来推着自行车前进——这样我们能走得更快一些。"

她东倒西歪地设法将克莱尔和自行车都推到了大路上。车轮嘎吱嘎吱地碾过被冲击波震碎的咖啡馆窗户。她祈祷地上没有特别锋利的碎片，轮胎不会被刺破。正当米蕾尔沿着空无一人的道路努力快速前进时，她听到飞机引擎低空掠过时发出的轰鸣声，接下来的照明弹点亮了夜空。她低着头，喘着粗气，她得推着车不停绕过大块破碎的水泥和木片，背部肌肉因持续发力而疼痛不已。她的动作让自行车晃得很厉害，再加上克莱尔仍然晕得不行，身体不停左摇右摆，车和人都摇摇欲坠。

下一波炸弹刚开始掉落时，她正好转过一个弯。值得庆幸的是，这里的建筑物能够保护女孩们，让她们免受爆炸冲击，尽管米蕾尔脚下的地面依然震个不停。抵达街道的尽头时，她冒险回头看了一眼，发现为工人们建造的公寓楼已经消失在火焰和烟雾交织成的地狱之中了。

克莱尔咕哝了几句，米蕾尔不得不靠近她才能听清。

"克里丝蒂……我们得回去救克里丝蒂。"

反胃的感觉突然涌了上来，米蕾尔的喉咙一阵灼烧，但她隐忍着继续前进。

克莱尔拍了拍她的肩膀，动作比之前更有力、更坚定。"回去，米蕾尔，去救克里丝蒂！"她嘶哑着说。

"不行！"米蕾尔大喊，她的声音比喧嚣的风暴还要尖厉，"太迟了，克莱尔，我们救不了克里丝蒂。"她步履艰难地离开塞纳河流域燃烧着的建筑物，滚烫的泪水混合着她脸上覆盖的尘土一起滑落。

· · ·

一阵阵的反胃袭来，克莱尔觉得自己仿佛正坐着父亲的渔船在海上飘摇。两个女孩正长途跋涉往圣日耳曼赶，她的意识时而清晰，时而模糊。汽笛声呼啸而过，她猛地回过神来，注意到周围的环境。她大半个身子都倚在米蕾尔身上，头痛欲裂，再加上自行车偶尔撞到路边石，免不了颠簸，一下一下的刺痛感袭击着她的双眼。她意识到朋友越来越累了，她挣扎着保持平衡，试图减轻自己的重量，而米蕾尔一直在顽强地往前。

没有人拦下她们。轰炸机和炸弹又攻击了好几回目标，当引擎的嗡鸣声和远处的爆炸声终于消失时，那些呼啸而过的卡车只一心急着赶到灾难现场，无暇顾及那两个狼狈不堪的、鬼魂似的人，她们推着一辆看上去残破不堪的自行车，一瘸一拐地往反方向走去。

清晨时分，她们到达了红衣主教街，米蕾尔在口袋里翻找钥匙时，克莱尔疲惫地靠在墙上。她看着米蕾尔努力地掸去自行车上的灰尘——自行车经历了如此跌宕起伏的一晚，确实留下了一些新的战斗伤疤，但至少它还能正常使用——然后将它停到了楼梯间。接着，在米蕾尔的帮助下，克莱尔登上楼梯，往顶楼走去。

一听见公寓门传来响动，薇薇就跑过去扶住她们。"谢天谢地！"她喊道，"你们平安无事。我以为你们两个都不见了……"她急忙拿来一盆热水和一条毛巾，方便处理克莱尔后脑勺上的伤口。血已经干了，凝结在她的头发上，薇薇安无比温柔地用毛巾擦拭它们，不停地将用过的毛巾放到水里冲洗，然后再拧干，盆里的水逐渐变得似红酒般幽暗。

克莱尔原本被麻痹的知觉逐渐消融，感受到薇薇安的温柔与善意，她大哭了起来。

"我帮你把这件外套脱掉。"薇薇一边喃喃道，一边脱下那件被呕吐物浸透、无法恢复原样的外套。她把它收成一团，扔到角落里。然后她转向米蕾尔："米蕾尔，你也去吧。去把自己弄干净。别担心，我会照顾克莱尔的。"

一个小时后，她们帮克莱尔盖好被子，她此时已经换上整洁的睡衣，头上裹着干净的纱布。米蕾尔和薇薇在她旁边坐下。

克莱尔伸出一只手，米蕾尔将它紧紧握住。"不敢相信你冒着生命危险救了我，米蕾尔。我永远不会忘记你今晚所做的一切。"她低声说道，说完就抽泣起来，因为她想到了克里丝蒂，想到在轰炸袭击中丧生的无数平民。

"嘘，"米蕾尔抚摸着她的秀发，让她别再多言语，她的发丝恢复了往日白金色的光泽，不再贴着她的脸，"试着睡一会儿吧，克莱尔。明天我们再继续自己的使命。为了克里丝蒂。还有其他所有受苦的人。我们要继续战斗下去。"

已经没事了，她的两个朋友都在这里，她很安心，克莱尔的眼皮逐渐变沉，但她突然想到一件事。"但是米蕾尔……你怎么知道轰炸机要来？"

米蕾尔瞥了薇薇一眼，微笑着说："这么说吧，我们很幸运有身居要职的朋友。"

随后，两位朋友准备离开，留下克莱尔安心入睡。克莱尔看着她们弯着腰避开倾斜的屋檐，悄悄溜出她的房间，她的脸上浮现一抹微笑。

· · ·

第二天早上,当米蕾尔说克莱尔出了意外,需要休息几天才能恢复健康时,万尼尔小姐皱起眉头,脸色不快。当米蕾尔带她到公寓里去看克莱尔时,这位管理者怒气冲冲地说:"你当时去干什么了,你这个傻姑娘?我猜是和某个年轻人出去玩乐了。你不知道如今这世道有多危险吗?据说昨晚城西发生了可怕的爆炸。要是其中一个炸弹稍微投偏一点,你可能就被炸死了。"但她也注意到克莱尔苍白的脸色,几乎和她头上的绷带一样白,于是,她亲切地拍了拍克莱尔的手,说:"就好好静养吧。薇薇安会帮你把那件晚礼服的珠子缝好的。我会叫人送些肉汤上来。好好休息,你很快就又能走路了。有我们在,你很快就会康复的。"

那天晚上,在看过克莱尔是否睡得安稳之后,米蕾尔悄悄溜回楼下的工作室,像往常一样,薇薇还在那里工作。米蕾尔站在门口看了一会儿。房间又空又暗,薇薇低头看着手上的工作,在旁边桌上那盏固定角度的台灯照射下,她那赤褐色的辫子闪烁着微光。

薇薇突然意识到有旁人在,她跳起身,并迅速拉过那条她本应该在为其缝边的亮粉色的雪纺蓬蓬裙,盖住了手上的布料,看起来像是一块白色的丝绸方巾。米蕾尔假装没有注意到她的动作,没有揭穿薇薇,让她继续伪装自己只是在补做早些时候遗留的工作。

为了让朋友打消心中泛起的疑虑,米蕾尔说:"我喜欢这个颜色。他们现在把它称作夏帕瑞丽之粉。不过万尼尔小姐觉得这颜色很普通。"她笑了笑,"抱歉打扰你了。我只是想来看看你需不需要帮忙。我知道你要替克莱尔做她的活儿。我的珠饰缝制功夫没你俩的好,但如果你同意的话,我可以帮你缝那条裙子?"

薇薇笑了笑,但摇了摇头:"你太好了,米蕾尔,但是我就快完成了。"她拿起布料的一角,不过米蕾尔还是注意到她仔细将白色丝绸方巾藏到了布料底下,她说:"看,只剩下一小片了。我很快就上楼。"

"好的。"米蕾尔说,"前几天晚上做的炖兔肉还剩了一点儿。如果你想吃的话,我帮你热一下。"

尽管薇薇脸上写满疲惫,五官显得有些憔悴,但当她微笑着表示感谢时,那张脸就像她的头发一样闪闪发光。"我很乐意。"

米蕾尔转身要走,但薇薇的话语让她停了下来,薇薇把手放在盖住面前桌子的布料上。"对了,米蕾尔,谢谢。"

两个女孩交换了眼神,彼此眼睛里承载的东西远远超过这几句简短的话。那是一种彼此理解的神情:有那么多无法被言说的事,但她们都了然于心。

哈丽特

如果1942年那天晚上，米蕾尔没有那么勇敢坚定地疯狂骑着自行车赶往比扬古发生空袭的地方，我今天就不会在这里了。克莱尔多半会是成千上万个在轰炸中丧生的人之一，那些人大多数是像克里丝蒂这样的平民，他们都住在雷诺工厂附近专门为工人建造的宿舍里。克莱尔永远不会嫁给劳伦斯·欧内斯特·雷德曼，他们也永远不会生下名叫费莉西蒂的女儿。当我沿着命运那纤细脆弱的脉络，一步步追溯和了解家族历史时，我越来越对自己的存在感到惊异。

生命有时竟会如此脆弱。但也许，正是因为这种脆弱，我们才会对它倍加珍惜。也许，正是因为我们深深热爱着生活，才会如此害怕失去它。米蕾尔毫不犹豫就去找了克莱尔。如果不是因为必须得留下，薇薇安肯定也会立刻出去找她。是怎样顽强的决心支撑着米蕾尔坚持下去，让她咬紧牙关，凭一己之力将头晕眼花、血流不止的克莱尔从城市的另一边拖回圣日耳曼安全的公寓，我只能借助想象去体会。

既然我们有如此强的求生意志，如此珍视生命，那一个人要被抑郁和绝望折磨到多深的程度，才会选择轻生？我的母亲一定煎熬了很长时间，一天天缓慢地坠入地狱，直到终于不堪重负，才用几捧安眠药终结了自己的痛苦。早些年间，我们一家人还很幸福的时候，父亲买了一瓶白兰地，用来给圣诞餐桌上的布丁助燃，那瓶用剩的酒在厨房架子上放了好几年，而母亲用它吞下了所有的安眠药。

那天，当警车的蓝色灯光照亮我家门前的暮色时，我设法挣脱了拽住我的那双手。我跑进屋里，看到倒在地板上的空瓶子，一旁的沙发上，一个穿着工作服的急救人员正俯身在我母亲的身体之上。更多人用手抓住我，把我拉开，当我再次看见那个瓶子时，我脑中唯一浮现的，是幽灵般捉摸不定的蓝色火焰，在一大堆漆黑的黏稠水果周围跳动，那团暗影随即变成了某种具有魔力的存在，让人移不开眼。蓝色的火焰像警车的蓝色灯光一样不停闪烁，有人轻轻地把我抱进了警车，我坐在里面等着父亲来接我。我知道他会带我去一个不需要我的地方，一个我绝对不想去的地方。母亲已经抛弃我，留我一个人面对那样的命运。突然，那些闪烁的蓝色光芒开始灼烧我，将我吞没于一片由震惊、愤怒和痛苦交织而成的火焰中，我觉得自己仿佛就快要被完全吞噬了。一个女警察在敞开的车门旁蹲了下来，她握着我的手，试图安慰我。我往前一探，吐到了水沟里，差一点儿就弄脏了她熨得整整齐齐的裤子和亮闪闪的黑鞋子。

我现在明白了，这是生活的众多悖论之一：如果我们太过热爱它，爱到恐惧失去的地步，我们就会畏首畏尾，不敢迈出自己的舒适区，不敢勇敢地拥抱生活的所有，最终，一辈子战战兢兢，却只是遗恨半生。同样，我觉得我在恋爱中总是习惯于保护自己，太害怕全心全意地去爱，因为那样意味着有可能失去更多。我想到蒂埃里，想到他的存在是多么令人安心，想到自己有多被那种安定感吸引，但同时我也意识到自己的退缩，因为害怕失去，我不敢让自己坠入爱河。我多希望自己也能有克莱尔、薇薇安和米蕾尔那般的勇气。也许那样我就能全心全意地去爱，去生活。

为了挣脱这些消极的念头，我回到优雅的第十六区，回到平时的庇护所。加列拉宫四周公园里树木的叶子现在已经掉光，喷泉四周的丝带状花坛也换了品种，变成深紫和暗绿色的花。这里正在举办法国最古老的时尚品牌之一——"浪凡"的展览。我沉浸在品牌创始人珍妮·浪凡的世界里，陶醉在她美丽的作品之中。我在一件深蓝色晚礼服前面伫立良久，这种蓝色是浪凡品牌的标志之一。它的袖子上装饰着很多的银珠。我不知道克莱尔是否见过这样的裙子，不确定这裙子是否启发了她设计和缝制那件用边角料完成的深蓝色礼服。现在是淡季，博物馆几乎空无一人，所以，当身后马赛克瓷砖铺就的地板上传来脚步声时，我从思绪中惊醒。一个穿着定制黑色西装外套的银发女人和我并肩站在展品前。

"它很美，不是吗？"她说道。

我点点头："整个展览都很惊艳。"我边说边用手扫了一圈其他的展品。

"你好像对浪凡品牌格外感兴趣？"她问道。

我告诉她，在战争年代，我的外祖母在一家高定时装店工作，因此，那个时代的设计都很吸引我，不过这条裙子很特别，它让我想起自己听过的关于她的故事。

她笑了："我很高兴听你这么说。时尚永远都在讲述那些创造它、穿着它的人的故事。这也是我被这行业吸引的原因之一。想象一下，如果珍妮·浪凡知道，在她去世七十年后的今天，我们仍然记得她，她会有多高兴。她的设计到今天仍有无限活力，是无数设计师的灵感来源。我认为，这可以说是一种永生。"

我们俩又沉默地盯着那条裙子看了一会儿，然后她说：

"好了,我得走了。祝你有美好的一天,小姐。"

她的脚步声渐渐远去,画廊里再次只剩下我。我俯身去读裙子旁边的展品信息说明,随即被一张简约的黑白图片吸引了目光。那是浪凡的商标,是一张线条简笔画,画了两个人,母亲和孩子手牵着手,仿佛两人正要开始跳舞、玩游戏。她们穿着飘逸的长袍,戴着王冠般的头饰。

这个图像很独特,而且似曾相识。一定是我的错觉,但我突然觉得周围弥漫着花朵的香气。突然,我想起来自己是在哪里见过这个母亲与孩子的图像了,原来是在我母亲梳妆台摆放的黑色香水瓶上。

我继续往下读,发现珍妮·浪凡之所以创造这个图标,是为了纪念她与独生女——玛格丽特的母女情。而浪凡推出的那款以花香为主调、有着木质尾调的著名香水,名字也是玛格丽特定的。Arpège,意为香气的琶音和鸣,各种香气像音符一样紧跟彼此一一浮现,组成了一曲和谐的调香韵律。

我所在的房间似乎突然充满了钢琴演奏的声音,我一下子回到了童年。

一定是因为记忆中的香气,以及母亲的手指在钢琴键上优雅游移的样子,我突然想起在母亲的遗物盒子里找到的另一张照片,照片里,阳光打在母亲的脸上,她凝视着我,我们宛如圣母玛利亚和她的孩子。

此刻,我独自置身于这间展厅,周围是珍妮·浪凡的各种作品,我体会到一种全然的幸福,某种回忆从我内心深处涌现而出,提醒我,快乐是一种怎样的心情。然后,幸福感逐渐消失,随之而来的是一种新的认知:原来我并不孤独。这个图标所描绘的，似乎不仅仅是珍妮和玛格丽特，也是其他所有母亲和孩子：我的母亲和我，手拉着手，满怀爱意，准备共同起舞迎接我们的生活。

那位女士的话不停地在我脑海中回响："我认为，这可以说是一种永生。"我突然意识到，也许，要让一个人在你心里一直活下去，其实有很多方式。

1942

自从比扬古的雷诺工厂遭到轰炸以来,巴黎人民对战争的感知比以前更为强烈。每天都有相似的传闻——越来越多的犹太人被关进了位于德朗西和贡比涅的隔离营,同时,城市的街道上不断回荡着士兵队列行进的脚步声和军车的轰鸣。

一天晚上,米蕾尔回到红衣主教街,发现空袭那晚她从邻居那里借来的自行车靠在自己的门上。车把上系着一张字条,上面的内容让她哽咽。

"致黑眼睛的小姐。我要离开了,所以我想把自行车送给你。考虑到我即将要去的地方,它对你有用,对我没有。祝福你,来自你的邻居亨利·陶布曼。"

回想起他外套上别着的那颗黄星,她热切地希望他是逃命去了,而不是被送到郊区的那些营地里。

一种深深的不安感从一片城区蔓延到下一片,终于有一天,发展成游行示威活动。这天,住在达盖尔街的女共产主义者上街,她们抗议道,仓库里摆满了为德国前线士兵准备的食物,仓库外的粮食供给却日益短缺,老百姓只能忍饥挨饿。枪声、逮捕。米蕾尔听小道消息说,煽动者都被送到了同样的隔离营。他们从未回来过。就是在这种背景下,女孩们躺在床上时经常能听见盟军不时实施的轰炸,那些砰声与爆破声。德国人的路障检查比以往任何时候都更严格,地铁站的通关检查依然在继续,为了威慑与控制本地居民,逮捕行动和枪击时常发生。

米蕾尔为地下网络执行任务时的风险变得更高,但同时,任务本身也变得更加重要。有一天,她来到染布店收几匹丝绸,染匠递给她一个用棕色油纸包着的小物件,让她转交给薇薇安,然后向她转达了当晚的任务指令。她需要去城市北边和一个男人会面,然后护送他安全抵达玛黑区阿诺德夫妇的房子,路上不能走那几个最大的地铁站,那些地方一定会被德国人查。

于是,她来到蒙马特区,走上铺满鹅卵石的斜坡,坐进那家位于坡上的咖啡馆,小口喝着一杯代用咖啡饮品,等待下一位"客人"的到来。她原以为对方会是一个衣衫褴褛的难民,或者是一个只会一丁点儿法语的外国人,所以,当一位年轻的法国男士无声地在她对面坐下时,她很惊讶。他从口袋里掏出一块蓝白相间的斑点手帕——他们告诉她要注意的正是这一标志——擤了擤鼻涕;然后他问"珂赛特表妹"是否安好,这正是她需要留意的接头暗号。

"她的腿这些天好多了,谢谢你的关心。"她回答,重复着染匠给她的对应暗号。她喝下残留的咖啡渣,烤菊苣和蒲公英根的苦涩让她整张脸皱到了一起,然后她站起身来,那个年轻人跟着她走到街上。

他们往坡下走去,她悄悄地把为他准备好的假身份文件塞给他,他没有翻阅,直接塞进了口袋。她把他带到阿贝斯地铁站,等待下一趟车的到来,站台上几乎没什么人。因为是在地下,而且铁路运营的噪声很大,她觉得比平时自由一些,能够和她负责护送的对象有更多交流,只要他们别太大声。远处火车的轰隆声、滴水声以及其他乘客的脚步声在隧道墙壁上回响，掩盖了他们的对话。

他的眼睛几乎和她的一样黑，深邃中闪烁着坚定的光芒，他下巴上有着才长出来不久的胡楂，使他的下颌线看起来更显坚毅。黑色发丝自他前额垂下，显得很有活力，他自信的步伐以及她说话时他在一旁饶有兴趣观察的模样，统统反映了这份能量。他们没有交换姓名——两人都知道这么做的风险——但她能从他的口音听出来，他来自这个国家的最南端，因为他说话时有普罗旺斯或朗格多克本地人的鼻音。他告诉她，他在蒙彼利埃附近长大，是家里的长子，有很多弟弟妹妹。他在1939年参军，是成功从敦刻尔克撤离的幸运法国士兵之一，之后他加入了以英国为大本营的"自由法国"组织，在戴高乐将军的指挥下继续战斗。

米蕾尔点点头。染匠跟她说过，那位流亡的将军有时会从英格兰利用广播号召剩下的士兵团结一致，并试图鼓舞那些他被迫抛下的人，鼓励他们振作精神。

"我是上周空降来的。给祖国人民送些礼物。"他笑着说。米蕾尔猜测这些"礼物"可能是无线设备、武器或秘密行动的命令，虽然她没有要求他进一步说明。

"不过路上被耽搁了。原来有一支德国军队驻扎在镇上，所以我们不能冒险让飞机过来接我们。跳伞到法国很容易，但回去就是另一码事了。所以他们帮我联系上你们的人。他们说过几天我会去比利牛斯山度假。他们还说，我需要一个专家带我穿过巴黎。不过我没想到会是你这么漂亮的人。"

米蕾尔摇着头笑了："阿谀奉承对你没有任何好处！但是，我会尽力让你安全通过这座城市的。不过我不知道之后他们会带你去哪里，为了不被德国人和警察发现，路线一直在变。"

她将视线聚焦在铁轨上，看着那些老鼠趁着列车没来，在轨枕之间的碎石堆里乱窜，她知道他一直在注视着她，这让她的脸颊有些发红。她将卷发往后一晃，大胆地迎上他的目光，说："我知道我们不应该提问的。但我对一件事很好奇：你是怎么处理你的降落伞的？"

他很意外，笑了起来："我按照指示把它埋进了萝卜地。你为什么想知道？"

"因为对我和我的朋友们来说，完全能用它来做件漂亮的衬衫和几件连裤紧身内衣。"

"我明白了。"他严肃地说，"那下次吧，女士，我一定会把它带在身边，带到巴黎给你。我相信，军队的装备能有这么好的用处，戴高乐将军和盟军司令部的其他成员都会很高兴的！"

突然，铁轨上的老鼠四散开去，几秒钟后，他们听到地铁驶近，两人都不再作声。

他们并排坐下，当车厢摇晃着往前进时，米蕾尔敏锐地察觉到，隔着外套衣袖，男人的胳膊碰到了她的。他们没有说话，因为旁边的乘客可能会听见，但她完全无法忽略他们之间强烈的彼此吸引。

地铁还远未到他们的目的地，但突然在一个站台停了下来，她从愉快的幻想中惊醒。一名卫兵喊道，这里就是终点站。他们跟着同行的乘客一起上楼往出口走，有人在抱怨，有人默默接受了一切。

当他们抵达楼梯口时，米蕾尔的心狂跳不已。闸口处设有路障，六名士兵正在从被赶出来的乘客堆里抓人。几米开外，一个男人犹豫了一下，四处寻找别的出口。他一时的踌躇引起了两个士兵的注意，他们粗暴地把其他乘客推开，抓住那个人的上臂，把他带走了。米蕾尔注意到，他们把所有衣服上别着黄色星星的人都抓走了。她挽住年轻人的胳膊，把他拉近，在他耳边低声说："不要露怯。目视前方。和我一起往前走。"

当轮到他们通行时，米蕾尔逼自己做出轻松的模样，即便她紧张得肩部发紧。透过外套衣袖，她感觉到年轻人握紧了拳，前臂肌肉绷得很紧。

一个士兵上下打量了他们一番，似乎要阻止他们。但随后，他挥手让他们通过，并把注意力转向他们身后的那对夫妇，要求看他们的证件。米蕾尔松了一口气，肩膀稍微放松了些。

外面的人行道上停着一辆卡车。两个卫兵抽着烟，步枪靠着后挡板。米蕾尔瞥见了那些被迫上车的人，他们脸色苍白，满是焦虑。她和年轻人默不作声地往前走，直到离敌人足够远，没人能听见他们说话。米蕾尔把胳膊从他的手臂里抽回来，把头发拢到耳后，她也同样恐惧和愤怒，双手抖个不停。她注意到年轻人依然拳头紧握，下颌线紧绷。

"原来他们就是这么干的，"他说，整个人看起来和她一样满心厌恶，"把人们像牲口一样赶进卡车，送到所谓的劳工营，把他们当作奴隶一样困在那儿。在英格兰的时候，我们已经听过这些事的报道，但目睹这一切在我面前发生……"他不再说话，咽下了所有的沮丧。

"我懂,"她回答,领着他朝河边走去,"太可怕了。更恐怖的是,有一半的时间是法国警察在守卫那些路障,而不是德国人。情况一直在恶化。"

他们抑制住情绪,继续沿着泥褐色的塞纳河前行。米蕾尔的鞋子被一块不平整的铺路石给卡住,她绊了一下。他伸出手扶住她,并且再次挽住她的胳膊,一言不发。他就在她的身侧,这份陪伴给了她些许难得的宽慰。

她不想冒险再进地铁站,所以接下来他们只能步行。两人沿河逆流而上,他向她讲述了更多他在南方的生活。他曾经是一名石匠,在他的叔叔手下当过学徒,他的叔叔之前在蒙彼利埃,负责监督圣皮埃尔大教堂的一些修缮工作。他一直挽着她的胳膊,但空出来的那只手没有闲着,不停地在空中描绘自己帮忙修复过的哥特式拱门,那复杂而高耸的线条。他一丝不苟地雕刻过无数块蜂蜜色的砂岩,让它们得以完美替换掉那些需要移除的或磨损或损坏的地方。她注意到他的双手很有力,但同时也有一种优雅。当他说话时,她能想象他的杰作是什么样子的,原材料如此坚硬,但他却成功地创造出宛如蕾丝般精致的细节。

她也给他讲了些她在法国西南部的生活,讲了她小时候一直住的河边磨坊屋,讲了磨坊轮子的驱动方式,讲了他们是如何利用水的力量转动沉重的磨石,将谷物磨成像新雪一样细的面粉。她为他描述厨房的样子,他们一家人总是聚在那儿吃母亲做的饭菜,原材料都是自家花园种的,还有她姐姐自己照料的蜂箱、酿造的蜂蜜,讲述那金色的液体如何让他们一家人的生活多了一分甜蜜滋味。

能够谈论这些事情,彼此分享他们的回忆,仿佛是一种奢侈，米蕾尔发现自己希望能和这个年轻人共度更多时间。不过，他们现在已经快到玛黑区了，再过几分钟，她就要把他交给阿诺德先生及其夫人。接着，他会沿着秘密的组织线路，从一个安全屋转到另一个安全屋，直到某个向导带领他踏上艰难而危险的比利牛斯山之旅。她非常想告诉他她的名字和地址，这样有朝一日他们也许就能将当下这份舒适的情感延续下去。但她知道，这么做只会让他们俩，以及其他相关的人陷入危险的境地——一旦他被抓的话。

当他们逐渐走近阿诺德一家所在街道狭窄的路口时，她轻轻将胳膊从他的臂膀中抽了出来，虽然她心中百般不愿，只渴求能在他身边多停留一些时间。

她正准备拐进街道，喊叫声传来。有人厉声喊道："不许动！"紧接着是一个女人的尖叫声。

在那一瞬间，米蕾尔看到安全屋外的情景，她满心惊恐。一辆黑色的汽车停在门口，一个穿着盖世太保黑色制服的军官正把阿诺德夫人推进车后座。与此同时，另一个士兵把阿诺德先生推倒在地，狠狠地朝他的肚子踹了几脚。

年轻人双拳紧握，全身紧绷，仿佛立刻就要一跃而起上前阻止。

米蕾尔非常清楚地意识到，如果他们上前，势必会彻底终结阿诺德一家的性命，以及他们自己的。他们什么也不能做。她抓住年轻人的胳膊，拉着他往前走，走过那条狭窄街道的尽头。过去的一年里，伫立在那儿的安全屋为许多逃亡者提供了避难所，但现在，那种庇护已不复存在。

· · ·

　　暮色映照着巴黎晴朗的天空，克莱尔推开卧室里的小方窗，让傍晚的空气涌进来。夜色将至，到时她就不得不关窗，把百叶帘拉下来，将星光阻拦在外。但是此刻，黄昏时的空气将马路尽头街对面那家咖啡馆的气味和声音携带而来，她呼吸着那微弱的、混合着咖啡和香烟的气味，聆听着店里瓷器彼此触碰的响声。这些天街上比从前安静得多，因为几乎没什么汽车通行。大多数巴黎居民出门要么步行，要么骑自行车。越来越多的客户把裙子送来改成裙裤，这样就能更方便骑车穿，同时仍能保持一些优雅度。

　　从这个高度，她看不见正下方的街道，但她听到钥匙在门锁里转动的声音，前门开了又关。每当米蕾尔一个人外出，克莱尔都会很不安，会不自觉地确认她是否已经安全到家，所以，当她听到有人踏上楼梯往公寓走的脚步声时，不禁松了一口气。

　　她关上窗户，拉上百叶帘，快步来到门厅为朋友开门。令她吃惊的是，一个穿着华达呢雨衣的高个子年轻人站在米蕾尔身后。克莱尔知道最好别问问题，所以她只是退开，让他们进来。

　　艾丝特原来的那个房间——她生孩子的地方——从她走后就一直空着。克莱尔和米蕾尔从来没打开过那道门，因为那会唤醒太多回忆，尤其是对米蕾尔来说，她目睹了艾丝特的死，当时正值德军入侵，德国飞机俯冲而下，用机枪扫射逃离巴黎的难民潮。但此刻，她们需要找个地方让这名"自由法国"组织的年轻士兵躲几天，直到组织为他制订好一个新的逃跑计划。

当她们讨论种种方案时,克莱尔能看见米蕾尔眼中闪烁的恐惧——尽管她试图隐藏,努力维持着平常那个冷静又实际的自我。她俩都知道,盖世太保抓获了阿诺德夫妇,这意味着,组织的一条逃跑路线已正式被关停。一想到他们会被带到福煦大街接受问询,克莱尔就打了个寒战。如果被施以酷刑,他们能坚持多久?他们是否能挨过被拘留后的前二十四小时,不泄露任何有用的信息,给其他护送人争取时间,方便他们掩盖行踪、关闭其他安全屋?如果阿诺德夫妇向盖世太保提供了他们唯一知道的关于米蕾尔的信息,那下一个被捕的组织成员会是她吗?如果米蕾尔被捕,克莱尔也会吗?一旦别人发现她们窝藏逃犯,两人就永远无法脱身了。但她们似乎没别的选择:目前只能让屋檐下的这间公寓成为安全屋。

她和米蕾尔把放在艾丝特旧房间里的一排人体模型挪到一旁。每一件衣服都是根据不同客户的具体尺寸定制的,不过,越来越多的衣服只能被存放起来,因为很多客户要么消失不见了,要么无法再负担高昂的服装费。楼下的房间已经被服装样品版型给挤满了,有些多出来的样衣只能被放进五楼的空屋。

她们铺好床,每人捐出一条自己的毯子,与此同时,年轻人坐在客厅的椅子上,挖着一个熟肉酱瓶里所剩无几的残留物,将油脂比肉多的熟肉抹到米蕾尔给他的面包头[①]上,狼吞虎咽了起来。

---

① 面包头:原文为 the heel of bread,指长条面包末端较硬的部分。

虽然她俩尽量不发出任何声音，但薇薇还是听到了动静，她走出房间来查看情况。当米蕾尔简要地解释完发生的一切之后，薇薇不寒而栗。

虽然薇薇的语气很急切，但她仍压低了声音："米蕾尔，你知道这么做会让所有人陷入多大的风险吗？我们不能让组织的不同链条产生交集。他如果待在这里，我们所有人都会有危险，包括最高层。"

克莱尔不知道薇薇是什么意思，但米蕾尔似乎听得很明白，因为她没再追问薇薇。

"我们别无选择。"米蕾尔低声回应，"还能怎么办呢？把一个无处可去的人赶到街上吗？他迟早会被逮捕的，而且他现在已经知道我们住在哪里。虽然他很坚强，但也只是个普通人。你知道的，他们为了套出信息，无所不用其极。把他藏在这里是最安全的选择。阿诺德一家不知道我的真名也不知道我的背景，所以他们不太能暴露我们。"

"那染匠呢？如果他们暴露了他的身份怎么办？如果他被捕，我们都完了。"

米蕾尔抬起下巴，黑色的卷发随之颤动。克莱尔懂得这些迹象背后的意味：这是她朋友下定决心时的表情，并不是害怕。而她们都知道，当她决意要做某件事时能有多固执。

"我知道，薇薇，"米蕾尔回答，"但我们当初加入时就知道要面对些什么。我仍然相信这是最保险的做法。"

薇薇似乎开始明白米蕾尔是对的，她脸上浮现一抹悲伤的微笑。"好吧，"她不情愿地说，"那我们就把他藏起来。但绝对不能让楼下别的人起疑心。"她转向克莱尔，"你懂吗？"

"当然！"克莱尔有些愤愤不平地反驳道，"我和米蕾尔一样，都承担着风险，我猜，你也是吧。"她忍不住补充道。

薇薇安瞥了她一眼以示警告，但随后又认命了。"来吧，我们得把他安顿好。卧室的门要从里面锁上。他白天不能出来活动，那太冒险了。你知道这些地板经常嘎吱作响。如果万尼尔小姐在我们都在底下工作时听到这上面有脚步声，她会立刻冲上来的，尤其是当她怀疑我们之中有人藏了一个男人的时候！"

克莱尔那晚一直不太能睡着，她在黑暗中辗转反侧，一度以为自己听到了几乎微不可闻的脚步声，好像有人光着脚经过她的房门。她告诉自己，也许是她的错觉，也许只是其他某个人要去上洗手间。当她最终睡着时，她睡得很不安稳，一直在做噩梦，她梦见穿着黑色制服的男人们在街上追赶她，他们的靴子在人行道上响个不停。当他们追上她时，她哭着醒来，而薇薇就蹲在她的床边，正在试着摇醒她。

"嘘，"她低声说，"我在这儿呢，一切都会好起来的。"

"我做了一个噩梦。"克莱尔喘着粗气，还在发抖。

"嘘，我知道。你在说梦话，我隔着墙听到了。不过没关系。你没事的。我们都没事。继续睡吧。"

克莱尔摇了摇头："我不想再睡了，不然还会做噩梦的。"

"那好吧，跟我来，"薇薇伸出一只手，"我们去煮一壶药草茶。反正半小时后我们就该起床了。"

她们蹑手蹑脚地走过米蕾尔的房门，悄悄来到厨房，把水加热，然后安静地坐在一起，手捧着碗，喝下有着浓烈香甜气息的香蜂草茶。

"你觉得他会在这里待多久？"

薇薇安把她那泛红的金色发辫放到一侧肩上。"不会很久的。别担心，他们会想办法把他送出去的。而且，米蕾尔昨晚说得对，把他藏在这里是最安全的做法。现在，你，我，还有米蕾尔，我们必须让一切照旧，在工作时表现得一如往常。不能让任何人怀疑五楼的公寓有任何异样，这一点至关重要。"

克莱尔点点头，喝了一口茶。薇薇的镇静让人安心。三个女孩现在成了一个整体，不仅因友谊而聚首，还共同守护着彼此的秘密。

• • •

米蕾尔原本还在纠结第二天找个什么样的理由去染布店，结果万尼尔小姐正好交代她去那儿取几段布料，制作秋季时装系列样品要用到。

她到染布店后问的第一个问题是，有没有阿诺德夫妇的消息。染匠严肃地抿着嘴，摇了摇头。"我们暂停了组织所有的活动。目前为止还没有其他人被抓，看起来他们没有泄露任何对盖世太保有用的信息。不过，天知道他们两个能不能继续扛下去。"

他从身后的架子上取出属于德拉维涅时装店的订单，布料已经用纸包好，他把它们放在柜台上。接着，他将手伸进一个橱柜，从一堆色板后面抽出一个小一点儿的包裹。"一定要把这个给薇薇安。让她暂时把它藏起来。在我们制定出新路线之前，她还用不上这个……"他突然停了下来，意识到自己说了太多，"我会转告勒鲁先生的。别担心，还有一些别的线路和据点，我们也许可以直接换用它们，直到一切重新正常运转。在这期间，你觉得你们能一直藏好那位客人吗？如果有问题就来找我。我们必须小心……虽然不用我说你也明白。只要耐心等几天。我们会想出办法的。"

"谢谢你，先生。"米蕾尔把给薇薇的小包裹塞进大衣内侧的口袋，然后一并拿走了其余大的包裹。

染匠帮她拉开商店的门。"别太担心了。"他对她说道，但宽慰的语气掩盖不了他那因担忧而皱起的前额。

女孩们上班时间都不在公寓里，年轻人只能独自待着。他答应不会走动，一旦五楼有任何轻微的脚步声或地板的嘎吱声，别人走进四楼的库房时会很容易听见。万尼尔小姐和其他女裁缝经常得去库房拿穿在人体模特上的客户成衣，或者去找特定的图案样板和布匹。等到晚上所有人都离开后，米蕾尔、克莱尔和薇薇终于能放松一些，他们的"客人"这时也能离开他的房间和她们一起吃晚饭。

那天晚上，他一见到米蕾尔就喜形于色。"我有名字了！"他说着便挥舞起她给的假身份证，"请允许我自我介绍，弗雷德里克·富尼耶，为您效劳，小姐。"他故作正经地鞠了一躬，牵起她的手，颇为戏剧化地吻了一下。

"嗯……"米蕾尔假装打量他，不过她没有将自己的手抽出来，"这名字很适合你，但我们就叫你弗雷德吧。看来你要和我们一起待几天了，弗雷德。你每天被困在这里无所事事，希望你不会觉得太闷。"

"恰恰相反，"他脸上的笑意和她的一样，"我有很多事情可以做。今晚我打算洗衣服，如果可以的话，我想借用一下这座豪宅的设施，然后我希望能和我亲切的东道主们共度一个愉快的夜晚。"他低头看着她的手，依然没有放开，然后轻轻地捏了它一下，"尤其是和其中某一位友好的女士。"他平静地说道，然后又把她的手举到唇边，温柔地吻了一下。这一次，她的心都融化了。

当他在浴室里洗澡、洗袜子时，米蕾尔去厨房找薇薇，后者正在尝试用三个人都不够吃的东西做出一顿四人餐。米蕾尔之前一直没来得及告诉她染匠早些时候说了什么，但她现在一一转述了。米蕾尔还把薇薇的包裹给了她，并告诉她暂时把包裹藏起来。薇薇皱了皱眉头，什么也没说，把包裹拿进了自己的房间。

那天晚上，在克莱尔和薇薇上床睡觉很久之后，米蕾尔和刚刚收获新名字的弗雷德里克坐到深夜，不停分享着彼此的家庭回忆和生活往事，一直讲到战争把整个世界搅得天翻地覆之前。她谨慎地避开了任何可能会使她的家人陷于危险之中的细节，如果他被抓就完了，不过，能与这个男人分享自己的一部分生命并聆听他的故事，仍然让她很开心。

在这样一个时代，这样一个地方，他们几乎一无所有，但她却觉得自己收到了史上最好的礼物——有对方做伴的短暂时光。

· · ·

第二天晚上下班后，克莱尔出门去试着再买点吃的。三个女孩都从自己的积蓄里分了一点儿出来，所以她口袋里装了几个法郎，万一杂货店老板私藏了一些吃的，塞点小费就能买到。通常情况下，女孩们不会去黑市，只会用官方分配的口粮勉强度日，但由于多了一张嘴要喂，她们比以往任何时候都更加饥饿。

当她回到家时，购物袋拎起来已经让人颇为满意，在那些布满灰尘的土豆和一堆干瘪的胡萝卜底下，藏着一罐油封鸭。他们终于能饱餐一顿了！

她迈进一楼时很惊讶，因为缝纫室里传来低低的呢喃声。薇薇一定又要加班到很晚了，她想，但她还听到一个男人的声音，她怀疑是不是弗雷德冒险离开了公寓。

门微微开着，透过狭窄的缝隙，她瞥见一只男人的手搭在薇薇的肩膀上。那是一种完全松弛放心的动作，极其亲密又舒适自在，克莱尔不由得停下了脚步。薇薇从来没有透露过她有男朋友。事实上，她这些天很少出门，通常都是克莱尔和米蕾尔极力坚持，她才会和她们一起出门散步，或者去附近的某家咖啡馆坐坐。如果此刻坐在她身边这么近的人是弗雷德，那他肯定是迅速表明了心意。不过，弗雷德每次看见米蕾尔都神采飞扬，克莱尔见过他那副模样，如果这人真是他，也太让人意外了。

那两个人影正专心致志地看着薇薇正在做的东西，在克莱尔的注视下，男人的手从薇薇的手臂旁移开，指向桌子上的某个东西。

克莱尔微微移动了一下，想看清那个男人的脸，但就在她这样做的时候，购物袋晃了一下，把门推开了。

两个人抬起头来看着她，一脸惊愕。然后那个男人说："晚上好，克莱尔。很高兴再次见到你。"

"晚上好，勒鲁先生。"她回答。

他站起身，与此同时，克莱尔注意到薇薇把他们一直在认真研究的东西滑到了自己的膝盖上。

"抱歉打扰你们了，"克莱尔一边说，一边从门口退开，"我只是想告诉薇薇我备好了足够大家一块儿吃的晚餐，"她举起手里的口袋，"大概半小时后就能做好。"

"没事的，我原本就得上楼跟大家说一些事情。我们已经为你们的'不速之客'备好了下一步的行程计划，但我需要和你们在这儿讨论一下。来。"他接过她手里的购物袋，"让我帮你拿这个吧。薇薇一会儿就去，等她把这里收拾好。"

克莱尔想，他的确是个极有魅力的男人，但她也注意到，他称呼薇薇安时用的是更随意的昵称，他们之间似乎有种心照不宣的默契。也许薇薇是他的情妇之一，她想。如果是这样，她能被招到德拉维涅时装店工作自然不足为奇。紧接着，就像拼图一片片归位一样，她的脑海中浮现出几个月前在利普啤酒屋瞥见的镜中画面，和薇薇还有那个纳粹女人坐在一起的男人就是勒鲁先生。怪不得他们初次在杜乐丽花园见面时，他的脸看上去似曾相识。考虑到他和薇薇这么亲密，他肯定一直都知道克莱尔之前和一个德国军官交往的事。想到这里，她觉得自己的脸颊发烫，她庆幸自己在他之前上了楼梯，这样他就看不到她的羞愧神色了。要她老实说的话，那天晚上在利普啤酒屋，她曾经对偶然瞥见的那桌人有一丝胜利的轻蔑；如今她知道了他的身份，更加无地自容。难怪他一直不愿意让她加入组织。如果没有米蕾尔加以说服的话，她一定会被完全排除在外。

五楼没有米蕾尔的踪迹，而弗雷德房间的门紧闭着。克莱尔在小厨房里忙着准备晚餐，又是加热鸭腿，又是削土豆皮。勒鲁先生想要帮忙，但被她拒绝了，因为厨房太小，一个人都嫌挤，更别说两个人了。他靠在门口看着她忙前忙后。她开始用油封鸭罐头里剩下的一点儿油脂煎土豆，还往里面加了一点儿大蒜碎，锅子噼啪作响，发出吱吱声，诱人的香味遍布整个公寓。

　　她从炉子上抬起头，他朝她笑了笑。他大手一挥，从一个很深的大衣口袋里掏出一瓶红酒，放在她身边的工作台上。然后，他从另一个口袋里掏出三条克特多金象巧克力，递给克莱尔："我最好把这些给你，因为我知道你会公正地分给其他人。"他说的话让她脸红。

　　薇薇、米蕾尔和弗雷德被她做饭的声音和香气召唤，很快就出现了，他们在客厅摆好了盘子和其他餐具。

　　勒鲁先生和他们一起在桌旁坐下，但谢绝了他那盘食物，说他过一会儿还有饭要吃。不过，他抿了一小口酒，看着大家狼吞虎咽地消灭食物。这是他们很长一段时间以来最为丰盛的一餐。弗雷德举起酒杯，宣称鸭腿比他在英国吃过的任何东西都更美味，所有人都向厨师敬酒致意。是克莱尔的错觉吗？每当她害羞地朝勒鲁先生的方向看时，他的双眼也在注视着她？

　　他等他们都吃完晚饭，才开始讲自己这趟来红衣主教街要做的正事。

　　"我们有一个计划能救你出去，弗雷德。不是像我们往常那样通过西南方的线路，而是通过另一个在布列塔尼的运输网。我必须提醒你，这条路线比之前的更危险，但也能更快把你送回英国。"

弗雷德耸耸肩。"正合我意。"他说,"我越早回去,就能越快重新开始和德国人战斗。"但是,当他看向坐在身旁的米蕾尔时,克莱尔注意到他眼里的惋惜。他握住米蕾尔的手,补充道:"虽然我很不想离开我在巴黎的新朋友们。"

"我们不能冒险搭火车,"勒鲁先生继续说,"车站有太多的路障检查,特别是去布列塔尼的路上。自从盟军炸毁圣纳泽尔的船闸以来,德国人比以往任何时候都更加卖力地保护他们在大西洋的防御工事。所以,这将是一条越野路线。他们匀不出太多的护送人给你指路,这意味着在某些地方你只能自己判别方向。"

"我会没事的。"弗雷德坚定地说,"我以前从没有去过布列塔尼,但我确信我能找到路的。"

"如果你一个人上路,你的南方口音会过于引人注目。这就是为什么我们会在计划中增加一项保险措施。"勒鲁先生转向克莱尔,"假设你需要回家看望家人,因为有一位年轻人想去请求你的父亲把你嫁给他……你知道布列塔尼人的,即使在最好的年代,他们也是一群狡猾的家伙,而你对他们了如指掌。如果你能把弗雷德里克带到梅洪港,组织就能把他送出去。用不了几天他就能回到英格兰,而且我们有重要情报需要尽快送到盟军指挥部,可西南运输网暂时无法使用,如果你同意的话,就能再帮我们一个大忙了。"

想到旅途中的各种危险,克莱尔僵在原地。到目前为止,她都很成功地克服了紧张的情绪,努力完成在市里的各种任务,但这次的任务完全是另一种难度。随后,她迎上他坦诚的目光,咽下恐惧感,说:"我可以。我相信万尼尔小姐会允许我放一些假的，因为我已经很久没有休假了。此外，自从我发生'意外'之后，我有时候还是会头晕，她一直催促我去申请一张旅行通行证，去看看我父亲，呼吸一下海边的空气。但我得看看德国人会不会给我旅行许可。弗雷德呢，他也需要一个。我不知道要多久才能申请到……"

"都已经解决了。"勒鲁先生说，"我这里有你们俩的文件。"他放下来自警察局的官方文件，标题是"澳大利亚"，印有德国政府的双头鹰和纳粹党徽，"你们可以明天下午出发。四点之前赶到讷伊桥，有人会在那儿接应，把你们送到沙特尔。你们俩会在那儿过夜，一人一间房，然后他们会带你们去南特。虽然会绕一些路，但时间有限，这是我们唯一能安排妥当的路线。不过，等到了南特，你们就只能靠自己了。你们会需要用到公共交通工具，如果可以的话，或许你们可以请别人载你们一程。周五晚上之前你们必须赶到梅洪港。我们的船必须在潮落时出海，只有水面足够低，那些大型德国船才无法靠近，这一点至关重要。"

克莱尔环顾四周，桌边围坐的大家都凝视着她的脸庞。米蕾尔的黑眼睛里写满恐惧，薇薇清澈的淡褐色眼睛像往常一样平静，但是一丝关切透露出她的不安。弗雷德在用微笑鼓励她。然后她转向勒鲁先生，他的眼神很友善，但其中还透露出一种温暖，那是她以前从未注意到的。那种温暖让她的心跳加快，脸颊也变得红润起来。

"好的，"她将椅子往后一推来掩盖她的混乱，"那我最好现在就去收拾行李。"

当她正在收拾旅途中需要的几件东西时，勒鲁先生出现在她的卧室门口。"我还有一样东西要给你，克莱尔。"他拿出一个用油布包着的扁平小包裹，包裹的边缘被紧紧地缝在一起，"一定要确保弗雷德带着这个东西离开，但你得等到最后一刻再给他，这样做更保险。任何时候你都要随身携带它。如果你们被拦下，他们搜你身的可能性比搜他的要小。务必保管好它，但一定要在弗雷德离开法国海岸时交给他。不要把它交给其他任何人。你明白吗？"

她点点头，当她从他手中接过包裹时，他将另一只手盖住她的，紧握了片刻才松开。克莱尔迎向他的视线，她觉得自己似乎从他的眼神里读出了一个问题，但这个问题她现在还无法回答。

她看着他递给她的包裹，欣赏着包裹缝合处的整齐。突然间，有些事情变得清晰起来。她忍不住问："这就是薇薇早些时候在做的东西吗？"

他把一根手指放在嘴唇上，然后又用手盖住她的，捏着她的手指，这给了她安慰。她心想，他似乎总是那么淡定自信，同时，她试图忽略她逐渐开始注意到的关于他的其他事，比如他看她的方式，以及他的五官是那么棱角分明，让人还想继续跟他共处下去。她想，吸引她的只是他的冷静与自信，好像——不管发生了任何事——他都知道自己可以泰然处之。

她只希望自己也能有这样的自信。

哈丽特

克莱尔竟然有勇气答应当护送人，冒险将那位"自由法国"的飞行员从布列塔尼送出去，不过，就在我刚开始对她改观，稍微心生敬佩时，她似乎又爱上了一个花花公子。我只能寄希望于勒鲁先生别让克莱尔又一次心碎。他听起来几乎和恩斯特一样不靠谱，是个空有皮囊的浪子。他好像在利用女人，即便是为了他负责的地下组织。

我有一种可怕的预感——历史会重演，而克莱尔永远不会从她的错误中吸取教训。

不过，谁又曾做到过呢？

加列拉宫的一些展厅今天没有开放，因为博物馆的人要给它们更换展品。珍妮·浪凡的作品——以及那件镶有银珠的浪凡蓝连衣裙——将被放回位于地下室的档案馆，它们会被精心保存，直到下一次被拿出来陈列。博物馆被一圈长椅环绕，我坐在其中一个上面，在点缀着宫殿外围的各式雕像之间，书写着克莱尔故事的最新篇章。

手机传来振动声，当我看到屏幕上蒂埃里的名字时，我笑了。当他说自己知道一家小酒馆，那里有巴黎最好吃的青口配薯条，并问我今晚是否愿意一起去那儿吃晚饭时，我笑得更灿烂了。

1942

他们已经在路上奔走了快两天,虽然到目前为止一切都很顺利,但克莱尔一刻也无法放松警惕。他们安全地离开了巴黎,按照计划在沙特尔的旅馆过了一夜,第二天继续前往南特。如今是旅程的最后一站,战争给圣纳泽尔造成的破坏让克莱尔震惊。她年轻时一直觉得这座城市是一个充满希望和机会的地方,是离开梅洪港开启新生活的大门。但此刻它看起来就像完全不知希望为何物的小镇。建筑物被机枪扫射得坑坑洼洼,曾经让大家引以为豪的造船厂被封锁起来,空无一人。这个旱坞曾能容纳德国海军最大的战舰,但在最近一次英国突击队的袭击中被炸毁。

她和弗雷德坐在货车后座,在坑坑洼洼的道路上颠簸前进,放眼望去,尽是一幕幕千疮百孔的城镇图景。这辆货车刚把鱼运往市郊的一个食品仓库,虽然此刻空空如也,但仍有一股先前货物的强烈气味。难以忍受的气味,加上道路不平,货车一直在颠簸,反胃感一次一次袭来,逼着克莱尔反复咽下涌到喉咙里的酸性胆汁。沿途被炸毁的建筑物让她回想起在比扬古的那个夜晚,当时她险些丧命。她似乎看见克里丝蒂的脸飘浮在被毁坏的城市背景之上,灰尘和烟雾的呛味与她鼻孔里鱼油的气味混为一体。她的一只眼角始终跳个不停,她希望别人看不出来她此刻的恐慌。

她交叉双臂,仿佛在努力让自己别散架,她的指尖悄悄勾勒着勒鲁先生给她的包裹,那轮廓让人安心。为了好好保管它,她把包裹缝进了自己的外套内衬里。

弗雷德一路上大多数时候都不太说话,只是沉浸在自己的思绪中,不过,他的存在本身就让人感到踏实。当天早上他们碰到运鱼车时,他让她全权负责沟通。当克莱尔提到父亲的名字时,司机饱经风霜的脸上露出灿烂的笑容,他认识她的父亲,于是,他欣然同意载他们一程到梅洪港,尽管这意味着他得绕点儿路才能回到自己在孔卡尔诺的家。

过了很久,他们终于抵达目的地,在通往小港口的狭窄鹅卵石小路的尽头下了车,司机再次咧着嘴笑了笑,同他们挥手告别。克莱尔在原地站了一会儿,庆幸这数小时的货车颠簸之旅终于结束,自己又能重获宁静。她深深地吸了一口海边的空气,那种糟糕的恶心感消失了,她放松了很多。身处熟悉的环境让人感到安心。渔村一如既往地弥漫着盐、海藻和潮湿绳索的味道。绳索将小船队拴在码头边的停泊处,海鸟在头顶对着彼此叫嚷,瞪大了双眼留意着船进港时的动静,观察着自己是否能轻松地分一杯羹。

克莱尔从没想过回家会让自己这么高兴,现在她满心期待着和父亲还有哥哥马克见面,想再次被他们强有力的臂膀抱在怀里。

弗雷德对她笑了笑。"快到了。"他一边说,一边拿起他们俩的包,"带路吧。"

她发现父亲他们在船边。高大的父亲从码头边的堆栈上提起空鱼篓,把它们递给甲板上的马克。她正要向他们跑去,弗雷德伸出一只手阻止了她。"等等。"他低声说。

在靠近港口围墙的尽头,建起了一座简陋的混凝土碉堡,一个德国哨兵站在平顶上。幸运的是,当他用双筒望远镜在铁灰色的海面上搜寻船只时，正好背对着他们。碉堡有两条眼睛般的阴暗狭缝，从中延伸出两挺机枪的枪管，一个指向大海，另一个则注视着小港口以及那些在船上工作的人。碉堡往外，就在海堤尽头的一座小灯塔前面，一门高射炮指向天空，上方盘旋的海鸟不停地对其报以嘲笑与奚落。捕鱼船队在黑夜中返航时，那座灯塔就是海港入口的标志。

碉堡的机枪就对着父亲和哥哥，而他们只能在机枪的威胁下工作，这一幕对克莱尔产生了强烈的冲击。当弗雷德把她从拐角拉回小路阴暗处时，她倒吸一口冷气。他把手指放在嘴唇上，提醒她保持安静。

"我们现在不能去找他们，克莱尔，那个德国哨兵还在值班。那样只会引起对方的注意，而这是我们最不想做的事。即使你找好了理由，说自己是回家探亲，他们也会倍加留意外来的人，留意所有不寻常的事。我们得躲起来，直到天黑。"

克莱尔意识到他是对的，点了点头。尽管她非常想跑到父亲面前，把自己挡在他和炮塔的视线之间。她环顾四周，然后抓住他的手。"跟我来，"她说，"我们可以潜进房子背后的小巷。后门从来没锁过。我们可以到里面等他们。"她领着他来到街边墙上的一个小缺口，这个缺口通向一条狭窄的沙地小路，小路在渔民小屋背后的一个又一个花园穿行而过。每个小屋都有一栋附属的外屋。她推开栅栏上的门，穿过一小块蔬菜地，地里是一排排队列分明打着褶的韭菜叶子和轻如羽毛的胡萝卜叶，都是用花园的沙土培育出来的。她转动后门的把手，对弗雷德露出胜利的微笑，推门走了进去。

看到自己家的房子，她的心怦怦直跳。不知为什么，房间看起来小了一些，里面摆满了各种手工艺品，让她想起母亲——餐具柜上那块泛黄的蕾丝布，上面陈列着几件瓷器，瓷器上绘有鲜艳的布列塔尼叶子和花朵的图案。她也想到了父亲，他的椅子此刻就在壁炉边，因为常年承载那具出海归来的疲惫肉身，椅子已经有些塌陷。她拿起椅子旁边架子上那个松散的麻线球，漫不经心地把它重新缠了一遍，连末端也塞得整整齐齐，然后放回他的座位旁边。

厨房里的炉子已经灭了，因为男人们都在船上。久违的家的感觉和熟悉的日常生活让她感到舒适，她拨开余烬，把火重新点燃，然后烧了一锅水。"走了这么久，我们可能都需要洗个澡。"她笑了，"之后我们可以看看晚餐做点儿什么吃。爸爸和马克回来时肯定很饿了。我怀疑他们还得有一会儿才能回来。"

尽管黄昏已经降临，克莱尔还是没有点灯，也没有将遮光的窗帘拉上，来盖住低矮的、长期被海盐腐蚀的窗户。海风吹过港湾，停泊的船只相互推搡，雀跃不已，它们等不及在破晓时分再次出发，迎着和煦的微风，驶出港湾的高墙，征战波涛汹涌的大海。

终于，她听到了他们的脚步声，两人沿着小路走来，又在前门粗糙的海草席上跺了跺脚，想把沙子给弄掉。她一直等到他们开门进屋，等到他们关上身后的门，等到确认他们已经完全进屋并且离开了别人的视线，才出去见他们。小屋很昏暗，父亲过了一会儿才意识到眼前站在走廊里的人是克莱尔。她一言不发地向他伸出双臂，然后他走到她的面前，把脸埋在她的头发里哭泣。

她紧紧地抱着他，把脸贴在他的胸膛上，她觉得自己就快要承受不住这个男人的力量和脆弱了。她的父亲失去了妻子和一个儿子，被迫看着他剩下的家人在战争中天各一方。在那由粗糙羊毛织成的渔夫毛衣底下，他的身体随着无声的抽泣而起伏，当她亲吻他的脸颊时，他们的眼泪汇聚成一片，不停地流淌。

当晚餐在炉子上炖着的时候，克莱尔问起让–保罗和西奥的消息，然而她的父亲只是悲伤地摇了摇头。"已经好几个月没消息了。我们只能祈祷他们在一起，有对方陪着，就不至于崩溃。如果他们知道自己的小妹也在为了早日结束这场战争而努力着，为了让他们早日回到我们身边而行动着，他们会很自豪的。"尽管他的话语很温暖，给人希望，但克莱尔还是觉得他的眼睛似乎被黑暗笼罩着，透露出他的不安。

晚些时候，马克、克莱尔和弗雷德一边吃着丰盛的炖鱼，一边谈论着战争和他们的经历，而克莱尔那向来沉默寡言的父亲，只是在一旁看着女儿的脸。她如此突然地回了家，他既惊喜又困惑。

马克看了看表。"该听广播了，爸爸。"他从桌边起身，走到房间一角放着的无线电设备跟前。开启之后它反应了几秒，然后静电干扰的噼啪声消失了，德国政府用于政治宣传的电台声充斥着这个狭小的房间。马克非常小心地调整了刻度盘，调低了音量，重置了按钮。一小段舞曲响起，然后突然停止。在短暂的沉默之后，一个声音说："这里是伦敦！法国人对法国人说……"

接着，贝多芬的《第五交响曲》独特的开场响起：三个短音符,接着是一个更强劲、更持续的短音符。克莱尔惊讶地看着马克。他做了个别说话的手势。

弗雷德靠了过来,为她解释。"刚刚是摩斯电码的字母V,V代表胜利。"他低声说,"自由法国组织每天晚上都会从伦敦的BBC电台发送这些信息。他们总是以这些音符开场,鼓励欧洲人民继续抗争。然后他们会让地下组织知道,某些行动是否能继续进行。德国人很抓狂——他们知道这些信息正在被传送,但他们无法解码,因为这些东西听起来毫无逻辑。其中还有一些是假消息,专门用来混淆敌人视听的。注意听关于坦特·珍妮的信息,勒鲁先生说那是给我们的消息。如果我们听到,就表示明晚的计划已经安排妥当。"

于是她屏住呼吸聆听,广播员这时说:"在我们开始之前,请听一些私人留言……"紧接着,她听见一堆杂乱无章且毫无意义的短语。

然后她听到了:"坦特·珍妮赢得了舞蹈比赛。"

弗雷德咧嘴一笑,马克将调节盘拧回德国电台,调高了收音机的音量,然后起身把收音机关掉。

她站起身,想收拾盘子,但她的父亲突然握住她的手:"你变了,克莱尔。你妈妈会为你骄傲的,为你做的一切。为你在巴黎的工作,以及那份让你来到这里的工作。"

她俯身亲吻他的头顶,说:"我们都变了,爸爸。我现在明白了,这场战争紧紧束缚着我们的国家,没有人能置身事外。但我也意识到,如果我们团结一致,也许就能熬过去。这是米蕾尔和薇薇教会我的。"

"我很高兴你在巴黎有这么好的朋友。"

"而我很高兴自己有一个这么好的布列塔尼家庭。我为我的家乡自豪,爸爸。还有,尽管那么辛苦,你却一直为我们操持着这个家。我觉得自己以前从未意识到这一部分在我生命中的意义。你和妈妈给了我足够的安全感和爱,让我有勇气离开,如今也让我有勇气回来。"

她的父亲笑了笑,然后粗声粗气地说:"现在该睡觉了。你们走了这么久,应该很累了。马克和我明天一大早就要出发,趁着退潮,赶在海峡沙堤还能通行之前把船弄出去。不过这也表示我们明天能更早些回来。"

"我会在你们出发之前起来的。"她承诺道,"我想给你们煮咖啡,像以前那样。"

马克也站了起来,伸展着他瘦长的身躯。"是的,该睡觉了。明天晚上我们会帮你把弗雷德带到海湾的。"

她扬起眉毛,疑惑地看了他一眼,他笑了:"你可不是家里唯一一个有兼职的人,克莱尔!"

· · ·

在新月引力的作用下,泥沙遍布的港口滩地尽显无遗。夜幕笼罩着新月,四个身影悄无声息地爬上房子旁边的山坡。他们沿着屋舍之间迷宫般的小巷行进,避开港口碉堡上哨兵们的视线。他们暗暗希望,哨兵们知道现在潮水太低,敌人的战舰或潜艇无法靠近布雷顿海岸,因而已经放弃了扫视这片漆黑的辽阔水域。

他们要在夜色的掩护下穿过那片矮树林,如此就能多一层保护。当克莱尔尝试爬上岩石嶙峋的岬角一侧时,父亲伸出手来拉她。马克劝她留在小屋里,但她坚持要来,因为她必须严格执行勒鲁先生的指示。油布包裹在她的口袋里微微作响。

为了遮住长发,她戴了一顶深色的羊毛帽,汗水混合着恐惧,让她的头皮发痛。她知道此刻是最危险的,因为他们正在爬的这个斜坡就面向港口。她觉得下一秒探照灯就会扫过山坡,或者有刺耳的声音喊道:"不许动!"随之而来的会是机枪扫射的声音。但他们一步步往前攀登,四周什么也没有,除了寂静与黑暗,还有轻柔的夜风,带着海的味道,吹凉了她的后颈。

马克在前面带路,他的动作很谨慎,但因为熟悉地形,他既能很好地避开哨兵的视野,动作又极其敏捷。他的双脚几乎没有碰掉沙路上的鹅卵石,这条路通往山脊顶部的荒地。

然后他们开始沿陡坡向下走,进入海岬另一边一个隐蔽的小海湾。被岩石覆盖的悬崖表面几乎是垂直的,马克默默地带着路,率先找出分散在各处的隐蔽抓手和踩脚点,让大家得以顺利往下。星光下,它们几乎无法被发现,都是之前就凿好的。

悬崖底部常年被海水侵蚀,所以海湾一端被掏空,形成了一个洞穴。往常只有涉水而行,或者游泳穿过不停拍打海岸线的波浪才能抵达这里,但今晚水位很低,还未及他们的靴子顶部。

山洞里一片漆黑,只能听见水轻轻拍打石壁的声音。黑暗和脚边晃动的海水让克莱尔一时不知所措,她头晕目眩,如果不是父亲扶着她的手肘,她可能已经摔倒了。火柴点燃时,她不由自主地吓了一跳。火光照亮了另外两个男人的脸,他们站在黑暗中,旁边是一艘小巧的木制帆船,那卷起的船帆和墨色的大海有着一样的颜色。洞穴墙壁上有个人工凿的粗糙架子,上面放着一盏油灯,两个男人中的一个弯下腰,用火柴点燃灯芯,柔和的灯光照亮了洞穴。

船夫们依次和大家握手,即便两人惊讶于一位年轻女子的出现,但他们并没有表现出来。克莱尔不知道这些秘密组织的信息网是如何运作的,她猜测应该是通过人给人带话,还有隐藏的无线电和伦敦BBC电台所发出的加密信息。所以他们大概早就知道她会陪着弗雷德来这儿,而弗雷德对他们来说,只是下一个要被运送的货物。船夫们显然和马克、父亲都很熟,克莱尔意识到她的家人也在为抵抗运动贡献自己的力量,这让她激动不已。

当男人们准备上船离开时,克莱尔把弗雷德拉到一边的暗处。"给,"她平静地说,"这个给你,你要把它交给在那边接应你的人。"她把那个薄薄的包裹递给他。它被包得很好,这样里面的东西才不会受损,毕竟从菲尼斯泰尔到英吉利海峡的航程会很漫长。

"好的。"他点点头,"我会把它送到的。谢谢你,克莱尔,谢谢你做的一切。如果没有你和你家人的帮助,我是不可能走到这里的。"他紧紧地抱了她一下,然后把她给的包裹塞进衬衫内袋。

"一路顺风。"她说。他转身要走,但又回头看了她一眼,似乎还想说些什么。有那么一会儿,两人都没有开口。然后她说:"我会将你的心意转告米蕾尔的,好吗?"

他爬上小艇,咧嘴一笑说:"所以你看穿了一切,是吗?和我们突击队员一样厉害。"他向她敬了个礼,然后坐下。

她递给他一盏灯笼,船夫已经灭掉了里面的灯芯。然后,马克和父亲把小帆船推到开阔的水面上,船身逐渐消隐在黑暗中。

海浪不停地漫进这个隐蔽的小海湾,掠过脚下的沙子。她倾听着船桨划动的声音,直到大海的静谧淹没了一切。

哈丽特

随着克莱尔的故事一点点被揭开,我感觉自己生命的根基仿佛被海浪拍打的沙子,在我脚下腾挪变形。

来巴黎之前,我的生命根基只有仅剩的零星家庭回忆,母亲的死带走了太多太多。我用木板封住了心中那些储存着痛苦记忆的房间,用孤独筑起高墙,让自己隔绝于世。但现在我明白了,在我建造保护壳的同时,有许多东西也被我拒之门外了。米蕾尔和薇薇的故事让我有勇气去打开其中的一些门,拿掉我心中长久以来的安全栓,让我能去面对更多克莱尔的故事。

现在我知道了,在我外祖母动荡不安的生命轨迹里,有一缕丝线将我和布列塔尼这个小渔村联系在一起,那片狭长的土地崎岖不平,长期饱受大西洋的海水摧残,遥指着西方。它虽然面积不大,还长年累月被狂风洗礼,但那片土地孕育出的男性,个个坚强勇敢,能乘风破浪并征服大海,女性则坚韧不拔,能在逆境中养活自己的家人。

当天晚上,在玛黑区的一家小酒馆里,我和蒂埃里一边吃着一盘两人份的青口配薯条套餐,我一边给他复述着最新一章克莱尔的故事,听完之后他笑了。

"那可太说得通了。"他一边说,一边往我们中间的碗里放了一个青口壳。

"你这话什么意思?"我立刻进入了防御状态。

他伸手又拿了几根套餐里附赠的细薯条。"布列塔尼是法国最有独立精神的地区之一，布列塔尼人出了名的固执、坚决。"他先用薯条指了指我，以示强调，然后再吃下它们，"你是我见过的最独立的女人之一。很显然，你的身体里流淌着布列塔尼人的血液。当然，还有你们英国人的冷静自持。多好的搭配啊！现在我明白了，为什么你刚毕业就能只身一人来巴黎生活，还用三言两语就搞定了极受欢迎的职位，而且还是竞争如此激烈的时尚行业。"

我琢磨了一会儿他说的话，又从篮子里拿了一把薯条。人们就是这么看我的吗？觉得我很独立？自信？我自己完全没这么觉得过。但也许蒂埃里是对的，也许我的性格基调早已经注定，那是一种宛如布列塔尼花岗岩般的存在。

克莱尔有着相似的个性。虽然她是为了追寻奢华的巴黎都市霓虹才想离开自己朴素的家，但是，当战争的风暴肆虐时，她个性里根深蒂固的布列塔尼精神足以使她坚定地走上新的道路。

如今，我知道她是一个勇敢的人，于是我不再羡慕旁人的勇气，不再觉得自己相形见绌。我能感觉到，我的血液里流淌着来自家族的勇气。

自尊取代了羞耻，体面覆盖了难堪。是语言让这种改变得以发生，那讲述我外祖母故事的语言，而我还想知道更多。

我的性格中有冲动的一面，但一直被深埋在层层叠叠的恐惧、焦虑、自我保护的谨慎之下，但现在我临时起意，靠近蒂埃里对他说："你愿意和我一起去公路旅行吗？下周末吧，如果你有空的话？"

他的脸上缓缓浮现出一个笑容，那张脸仿佛被日出照亮，洋溢着幸福的光芒。"去布列塔尼？"他问道，"我和你一起去吗？"

我握住他的手，说："你和我，一起去。"

・・・

我们住进了孔卡尔诺的一家旅馆，这个漂亮的渔港离梅洪港不远。从巴黎到这儿已经花了好几个小时，所以我们扔下行李，赶紧出去找一个还能吃晚饭的地方。这个小镇格外冷清，有好几家餐馆已经关门，但码头上有一家小酒馆的灯还亮着，吸引着我们进去。我们找到一张桌子，点了几碗当地的特色炖鱼，要搭配烤过的面包一起吃，另外还要了一瓶当地生产的白葡萄酒。

在坐了那么久的车之后，我们最想做的就是伸展一下腿脚，于是，饭后我们就去了码头边漫步，那里停满了过冬的游艇，它们被安全地存放在港湾海岸线的拐角处，这样就不会受到大西洋冬季风暴的侵袭。桅杆被海边柔和的晚风搅动，帆缆与之合奏，碰撞间丁零不休。

我们穿过堤道来到海湾中的小岛，在中世纪城墙围绕的小镇——克洛斯镇的狭窄街道上闲逛。我们手牵手走过钟楼，来到港口的城墙上。我们踏上一个由鹅卵石堆成的码头，在一艘巨大的、锈迹斑斑的船锚旁停了下来，回头望向岸边。漆黑的海水里倒映着小镇的灯火，宛如亮片在一缕黑色缎子上翩然起舞。

蒂埃里把我抱进怀里，我觉得我找到了属于自己的港湾，一个可以躲避生活风暴的地方。我很平静。我们全心沉醉于一个吻，耳畔只有海水轻轻拍打着岸堤的声音，还有我们彼此的心跳。我希望这个吻永不结束。

第二天，我们俩安静而满足地沿着海岸再向西行驶了几英里。梅洪港的小村庄藏在崎岖的菲尼斯泰尔半岛一个遗世独立的角落里。从克莱尔的父亲和哥哥——我的外曾祖父和舅外祖父们——在那些布列塔尼式渔船上工作的年代直到现在，这里似乎没有什么变化。港口墙边的碉堡已被拆除，只有少量粗糙的混凝土残骸表明它曾经存在过。但当我们站在码头上，回头看那一排排渔民的村舍时，我能想到过往的画面——人们在码头边堆放鱼篮，背后是瞄准着他们的士兵。

我找不到任何关于克莱尔家小屋的确切记录，但我觉得应该是那中间的某一个。不过，现在可没有白雾从烟囱里冒出来，大多数农舍看起来都像度假屋，因为是冬天，所以百叶窗紧闭。

蒂埃里和我手牵着手爬上了山，抵达我们停车的地方。当我们经过那守望着港口的灰色砖石小教堂时，我心生犹豫。

"走吧，"他说，"我们进去吧。"

教堂的门长期被海盐洗礼，厚厚的橡木板因为年代久远已经变成了银白色，铁制品也生锈了，但只要稍稍用力，门把手就转动了，我们走了进去。教堂的内部装饰很简单，墙壁和木制长椅都用石灰刷成了白色，但里面自有一种沉静的氛围，象征着几代渔民家庭的庄重与肃穆，他们来这里或是为了感恩船只的安全回航，或是为了哀悼那些丧生于残酷浪涛中的生命。

粗糙的花岗岩墙外面有一个山坡，坡上有一块面积不大的阶梯状墓地，我就是在这里发现了刻有我姓氏的墓碑。蒂埃里比我先看到。"哈丽特，"他平静地说，"来看看这个。"

首先是艾米·梅纳迪尔，原姓卡罗尔，"敬爱的妻子与母亲"，她的名字下面是"丈夫，科伦丁"。这就是我的外曾祖父母。上面写着，克莱尔的父亲死于1947年，所以他挨过了战争。但当我读到他们旁边墓碑上的名字时，我的心碎了。"纪念卢克·梅纳迪尔（1916—1940），敬爱的儿子和兄长；纪念西奥·梅纳迪尔（1918—1942）和让-保罗·梅纳迪尔（1919—1942），死于德国达豪。"在这三个名字底下，还有一个是后来加的——马克·梅纳迪尔，克莱尔的第四个哥哥，1945年葬身大海。

所以，我的外曾祖父亲手埋葬了他的四个儿子。确切地说，他没能埋葬任何人。他们的遗体从未被带回家与父母一起安息。他们可能躺在无名的坟墓里，也可能犹如灰烬般四散于德国的森林，又或者，仅剩白骨裸露于深海底部，只有这块墓碑，牢记着他们的姓名。

又是谁埋葬了我的外曾祖父科伦丁？克莱尔有没有和她的英国丈夫一起站在这里为她失去的家人流过泪？

我舔了舔嘴唇，尝到一股咸味。我不知道它是来自吹过墓碑的大西洋的风还是我脸上的泪水。

蒂埃里把我抱在怀里，亲吻我的眼泪。他紧紧地抱着我，安慰着我，和我对视。"那是一个可怕的时代，"他低声说，"但现在都结束了。而且你在这里，你来看望了你的家人，来纪念他们的过去。哈丽特，如果他们知道你来了这里，该会有多骄傲，如果他们认识你，该会有多自豪。他们知道，因为你的存在，他们会一直活下去。"

1942

暑热难耐。阳光透过高高的窗户照进来，把缝纫室变成了烤箱。女裁缝们不能将窗帘拉上，挡住刺眼的阳光，因为有光线她们才能缝纫。粉浆烧焦的气味和熨衣台上的蒸汽让空气变得更为滚烫和沉重，渐渐地，米蕾尔不时觉得无法呼吸。她渴望坐在家乡河岸边的柳树下，坐在优雅的柳枝筑成的拱门下，坐在它们投下的斑驳阴影里乘凉，聆听河水的潺潺歌声。

战争似乎一天比一天残酷。没有任何关于阿诺德夫妇的消息，而且，有一天她回去查看了他们的安全屋，那房子已经上了锁，成了废弃的空屋。

他们在比扬古工人住宅的废墟中找到了克里丝蒂的尸体，她被埋在了城南的一座公墓里。克莱尔、米蕾尔和薇薇一同去过。她们从一栋已查封的房子前的花园里摘了几枝铃兰，当薇薇安和克莱尔将花放在克里丝蒂那简朴的墓碑前时，两人都哭了。而米蕾尔只是站着，没有流眼泪。她的心经历了太多悲伤、痛苦、失去，已经变得冷硬。她上一次站在坟墓旁，是要把艾丝特埋进一个仓促挖好的浅墓地里，和当天其他众多准备逃离巴黎却被击毙的难民一起。

她努力不去回想那些事，专注于手上的工作。窗户已经开到了最大，但她依然得频繁停下来擦拭手和眉毛，以免汗水弄脏她的作品。丝绸一沾水就会留下印迹，即便这些日子因为丝绸紧缺，她们用的大多是新型布料，但这些材料也同样容易留下水痕。

下午的光阴缓缓流逝，米蕾尔越来越觉得高温如同一件厚重的斗篷，将她紧紧包裹，让她无从摆脱。她环顾四周，桌边坐着的其他女孩似乎都在努力不让自己睡着，她们疲惫不堪，饥饿、艰苦的工作以及每时每刻活在敌人对这座城市铁腕统治下的恐惧，无一不让她们精疲力竭。一种疲倦感悄悄爬进米蕾尔的骨髓，将她一贯的能量消耗殆尽，生理与精神都是。她意识到，这就是战争所造成的另一个残酷现实——对精神悄无声息的蚕食。姑娘们在工作室里做的服装突然显得面目可憎，不再像往日她所引以为豪的那般美丽。在这个艰难和贫困的时代，它们的存在已经成为毫无品味的炫富宣言。这些天来沙龙的女人要么是古板的"灰老鼠"，要么是纳粹官员那些面无表情的妻子和情妇，又或是贪婪、自恋的"黑市女王"——这外号是模特们背着她们起的。她们都想用漂亮的长袍或优雅的外套来掩盖丑陋的现实。米蕾尔一边缝一件绸缎晚礼服的腰带，一边想，改变是何时发生的？法国时尚是何时从国家引以为傲的存在，变成了一种怪异、粗俗、让人蒙羞的东西？

过了很久，万尼尔小姐终于让女裁缝们整理桌面，这表示又一个工作日结束了。一想到要回楼上狭窄的公寓里坐着，米蕾尔一点也振奋不起来，因为那里比缝纫室还要闷，屋顶上铺着黑色的石板，已经被太阳炙烤了一整天。于是，她上了街，朝河边走去。她漫无目的地走着，穿过新桥，来到河流中央的西岱岛，远离巴黎圣母院周围繁忙的交通和人流，朝着岛靠近下游那一头走去。然后她意识到自己为什么会来这儿。这里没有赶着回家的上班族、疾驰而过的卡车，以及车上那些忙着搜寻猎物的士兵，她悄悄踏上狭窄的石阶，这条阶梯通向下面的一小片树林和草地。除了有个正忙着赶船靠岸的船夫，岛的这一头空无一人。米蕾尔仿佛受到那优雅枝条的召唤，走到尽头处一棵将它的绿色手指垂入塞纳河水的柳树旁。她从远处就注意到了它，它仿佛是沿河景观的一部分，但直到此刻，她才在树下寻求庇护。是某种本能将她吸引至此，绝望感再怎么沉重，也无法将之击垮。

就像她在家乡和亲人一起时那样，米蕾尔坐到树冠下，背靠树干。她踢掉鞋子，让疲惫的头颅倚着粗糙的树皮，任由树干将她的悲伤带走，扔进生生不息的河流中。她多希望家人此刻能陪在自己身边：父母身上那对任何事都淡然处之的力量会给她宽慰；哥哥伊夫会逗她笑，让她暂时忘却烦忧；姐姐伊莱恩会倾听、点头和理解她，这样米蕾尔就不会觉得自己在这世上是如此孤单。艾丝特的孩子布兰琪会咯咯地笑着用树木脚下的泥土做泥饼，当收养她的家人抱起并亲吻她时，她会笑嘻嘻地回应。对他们的思念不停地牵动着米蕾尔的心，就像河水一样强烈而生生不息。

她还渴望见到另一个人。那位她才认识几天的年轻人，克莱尔和薇薇叫他"弗雷德"的那位。在他踏上回英格兰的危险旅程之前，她和他度过了短暂而珍贵的时光。他抱着她，亲吻她，然后他在她耳边低声说出了他的真名，这样她就能知道这个爱着她的男人究竟是谁。

黄昏降临，她坐在柳树一手创造的遮蔽下，感受河面上吹来的一阵微风。她把沉重的头发从脖子上挪开，让傍晚的空气给颈部降温。一张张脸孔从她眼前掠过，那些最珍视的人，加上身后让人安心的坚固树干，提醒她，还有一些东西是战争永远无法摧毁的。

下午她在工作室里的感受正中侵略者的下怀：被打败的感觉。如果她被这感受击垮，那她就输了，而他们会成为赢家。但现在，她知道自己可以随时回到这里，回到整座城市里最像她家乡的地方，在坚硬的街道和遮天蔽日的高楼之间稍作喘息。她可以来这里，让丝带般的河流帮她和她所爱的人团聚，他们终将在远方的大海交汇。那些重要的联结会让她重新意识到什么才是真正重要的。他们会让她觉得自己是更大整体的一部分。她知道，他们会支撑着她，让她永远不被彻底击垮。

⋯

克莱尔刚给肖邦广场附近的一家烟草商店送完消息，正在回家的路上。她的公文包轻了很多，因为现在里面只剩下她上"声乐课"要用的乐谱，之前还有一个密封好的棕色信封。信封并没有多重，但每当她将信息成功送达时，都会觉得如释重负，所以她在回家路上才会轻松下来，有些许振奋感。

这一天极其闷热，出来走走很不错。傍晚时仍然很暖和，她丝毫不想去坐地铁，里面又闷又热，而且还得在肮脏的站台上等个老半天，所以她决定穿过那正对着壮观的埃菲尔铁塔的耶拿桥，沿河走回去。黄昏降临，空气中隐隐透出一丝凉意，她很想快点吹一下温柔的河风，让自己发烫的脸颊凉快下来。

她走着走着，被身后追上来的一列公共汽车和警车吓了一跳。其中一辆公共汽车在一个路口停了下来,然后转到了桥上,这时她瞥见车窗后面那一张张惊恐的脸。公共汽车行驶的时候,一个孩子从后窗转过头来看她,那双眼睛在他苍白的脸上显得又大又黑。

她来到冬季自行车馆的外面,排成列的车辆形成了一堵墙。这里设起了路障,阻止人们步行或骑自行车经过。士兵们站在路障旁,检查过路人的证件,克莱尔感到一阵恐惧袭上心头。但她知道,如果她转身离开,就会引起别人的注意。她提醒自己,她没有什么好隐瞒的;她的文件很齐全,而且她的外出借口听起来也很合理。于是,她克制住想逃跑的冲动,加入栅栏前那一小拨排队的人,等着轮到她。在法国警察的指挥下,排成一列的公共汽车和卡车走走停停,缓缓前进。她看不清车流的另一头发生了什么,但看起来这些车好像是在自行车运动场的入口处卸下乘客,然后就会再次驶离。

检查证件的士兵们挥手让她前面的夫妇通过,但是当他们试图走向自行车馆时,一名穿着盖世太保黑色制服的军官从公共汽车中间走了出来,对他们喊叫着,让他们绕道。当他大步走过来训斥路障处的士兵时,克莱尔认出了他。制服是新的,但她认出了他的金发和宽阔的肩膀。她环顾四周,想确定自己是否能趁他训斥士兵的空当悄无声息地离开,但是太迟了——他也认出了她。她感觉到他的目光在注视着自己,当她转过身来面对他时,他薄薄的嘴唇勾出一种有趣的角度。

"晚上好,恩斯特。"她平静地说,同时拿出她的文件让哨兵检查,努力抑制着手抖。

"克莱尔!"他大呼,"见到你真是意外之喜。"他转向那两个士兵,用德语对他们喊了几句命令,然后把克莱尔拉到一边。他伸出手,试图握住她的,但她只是递过去自己的身份证,假装不明白他的手势。

他瞥了一眼手里的那张纸,上面有她的照片,然后又看向她。"我们有一段时间没见了。"他说。她拒绝回以微笑,于是他脸上的笑容慢慢消失:"那天我们在博物馆意外相遇后,我邀请你出来共进晚餐,你没有回应。"

"是的。"她平静地回答,"在看过你和妻儿在一起的画面之后,我就不想再答应那些邀约了。"

他皱起眉头,怒火中烧。"但是克莱尔,你之前肯定也明白自己的身份吧?你以为呢?我们玩得很开心,你和我。你可从来没拒绝过我给你买的那些好东西,那些长袜和香水。而且你似乎也不介意我在巴黎最好的餐厅给你买香槟喝,请你吃大餐。"他的眼神冰冷而犀利,闪着钢铁般的光。

她镇定地和他对视。"如果我知道你已经结婚,我就不会接受你那些东西了。"

她伸手去拿身份证明文件,试图结束这次邂逅,然后离开,但是他伸长胳膊,让她够不到文件。然后他又笑了,享受着自己的力量。

"别急,小姐,我想我得问你几个问题。今晚是什么风把你吹到这片区域来了?"

她举起公文包:"音乐课。我有时候要上声乐课。"

"有劳,"他一边故作礼貌地说道,一边从她手里接过皮包,打开了它,"啊,原来你还有隐藏的才能。"他一边说,一边把乐谱摆成扇形,"反正对我可没泄露过半句。我们在一起的那些夜晚,你从没提过你会唱歌。"

她继续镇定地和他对视。"对,我刚学没多久。这些天晚上我有更多的空闲时间。"

他把那几张纸塞回包里,还给了她。然后把她的身份证摆在身前,但是,就在她伸手去够的时候,他又把它移走了。她想,他就像是在玩猫捉老鼠一样自娱自乐。

"那你如今都和什么人待在一块儿呢?除了你那个住在城市那一头、离红衣主教街大老远的声乐老师?"

她沉默不语,但继续伸手去拿她的身份文件。

"我猜是另外那两个女裁缝吧。"他咧嘴一笑,"就是那天和你一起在博物馆的人?我从不觉得她们会给你带来什么好的影响,克莱尔。也许你在选择同伴时应该更挑剔一点儿。"他那双锐利的蓝眼睛扫视着她,似乎在那个磨损的公文包上流连了一会儿。

她试图强迫自己保持冷静,让自己开口时不带情绪。"我也想对你说同样的话,恩斯特。"她给了他一个冷静的、审视的眼神,将他帽子上的银色辫绳、他那黑色的制服以及擦得锃亮的靴头尽收眼底,"我想这一身打扮都和你的新角色有关,是吗?"她指了指那些公共汽车。

他笑了。"不,完全没有。我们把垃圾处理这样的日常工作留给了法国人。我还有更重要的人要找。"

当她意识到他在说什么时,她愤怒不已,强忍恶心。怒火瞬间蹿上来,她脱口而出:"你真无耻。"愤怒和恐惧使她浑身发抖,但她还是努力站稳,等着他把文件还给她。

就在这时,路障处发生了骚乱,士兵们试图拘留一名男子。恩斯特回头看了看喊声的源头。他脸上闪过一丝恼怒，因为工作打断了他和克莱尔的游戏。"给，拿着吧。"他把身份证塞给她，"比起在你身上浪费时间，我还有更重要的事情要做。但你不能从这里过去。你得绕远路。恐怕你曾经享有的特权现在已经不复存在了，克莱尔小姐。"他轻轻一挥手，把她打发走，然后从腰带上的皮套里抽出左轮手枪，转身背对她离开了。

她快步走开，全身还在颤抖，一边往家赶，一边回想着他的话。他说的关于米蕾尔和薇薇的话是什么意思？他只是在试探她的反应吗？她不应该被他刺激到，让愤怒占了上风。他说要找更重要的人是什么意思？她告诉自己，他只是在说狠话罢了——他只是在得意扬扬地耍官威，再加上被她拒绝，因而恼羞成怒，但他的语气里有某种意味，让她毛骨悚然。还有，那些公共汽车把满脸惊慌的乘客拖去那里是为了什么？有那么多人都被赶进了体育中心。他们要在哪里睡觉？他们会被关在那里多久？为什么要关他们？

回到公寓之后，她躺在床上，一直失眠到很晚。夜里依然很热，她凝视着空无一物的黑暗，一直担忧着恩斯特的话语，以及当公交车朝着那阴暗而不祥的目的地驶去时，那个透过窗户看向她的孩子，那双写满恐惧的漆黑眼睛。

哈丽特

当吉耶梅事务所的高强度工作累积到一定程度时，人们的脾气不禁变得暴躁，精神也极其疲惫，我又一次到加列拉宫寻求庇护。坐在展品中间使我感到安心，总能让我重新回到对时尚的本心，四周的展品提醒我，它们不仅是衣服，也是我们伸手就能感知的历史遗迹。

我漫步在主展厅里，这里有一场二十世纪七十年代的时装展，鲜艳的色彩和流畅的嬉皮士剪裁照亮了整个空间。

当我整理最新一部分西蒙娜分享的家族史时，我努力使自己的心绪平静下来，这部分记忆和我们俩的家庭都有关。我自己也一直在研究当时巴黎发生的事情。我知道克莱尔目睹了恐怖的冬季自行车馆围捕行动，当时有超过一万三千名犹太人被法国警方逮捕，那次行动是纳粹计划的一部分。在被送往死亡集中营之前，他们被关押在条件恶劣的市中心。在这一万三千人中，有四千人是儿童。其中就有那个小男孩，他望着车窗外，那一幕萦绕在克莱尔的梦中。一点一点，一天一天，这座庞大的城市竟然走到这种地步，会被恐惧和压迫束缚到动弹不得，以至于巴黎市民会眼睁睁地看着那样的行动发生，这是多么可怕的一件事。

一位女士走进了展厅，她身着剪裁优雅的黑色外套，我的思绪被她打断。她一头银灰色的短发，修剪得很干练，看起来有点儿眼熟，然后我意识到，她就是我之前在浪凡展览上见到的那个女人。她停下来读了一篇展品描述，讲的是一件有着宽大袖子、色彩炫目的连体衣，她拿出一个小本子做了一些笔记，然后她朝我点头微笑致意，接着继续参观。

我看看表，该回办公室了。我们计划为主打纯天然化妆品的客户宣传发行他们旗下的一款产品，发布活动将于今年夏天在蔚蓝海岸举行。物流货运需要提前规划，模特的合同也得安排妥当，还得给他们预订住宿和交通，还要写新闻发布稿，以及给一个格外苛刻的摄影师回邮件。客户经理们的压力水平处于历史最高值。弗洛伦斯给人的印象一贯冷静沉着，镇定自若，但最近也有人看见她急匆匆地穿过办公室。南法的发布活动定在七月的第二周，紧接着就是总在巴黎举行的秋冬高级定制时装秀。西蒙娜告诉我，由于当下人手极其不足，我们俩有可能会在这些活动中承担更重要的工作。

虽然参加高级定制时装秀肯定很不错，但我们还是更期待能去尼斯！

1943

又是一个寒冷刺骨的冬天。锅炉有煤烧的日子越来越少，女裁缝们休息时都挤在铸铁取暖器旁，试图温暖那些皲裂的、冻僵的手指，因为冻疮，它们又红又痛。米蕾尔戴着母亲寄给她的无指手套，那是用她哥哥的一件旧毛衣织成的。圣诞节时，母亲也给克莱尔和薇薇各寄了一双。女孩们再一次开始往白制服底下多穿衣服，遮盖自己瘦骨嶙峋的身体，就像积雪覆盖红衣主教街上建筑物那棱角分明的屋顶和山墙。

无论何时，只要能负担得起，三个好友就会在下班后的晚上去圣日耳曼大道上找一家咖啡馆坐着，那里比德拉维涅时装店楼上的公寓更暖和。她们会点上一碗水汪汪的卷心菜汤，把坚硬的面包捏成小块放进去，并且尽量让晚餐持续的时间长一些，这样她们就能尽可能晚回家，最后一刻再爬进寒冷而潮湿的床单。有一次，她们坐在某家咖啡馆的一角，巴黎电台宣布了德军最新一次胜利的消息。回到安全的公寓后，薇薇低声说，那些话很多都是谎言。那个电台被德国人控制着。事实上，这些日子德军吃的败仗比胜仗多，在许多战线都是。米蕾尔很受鼓舞，而且没问薇薇她是怎么知道这些事情的。但与此同时，她也意识到她们三位女裁缝在从事抵抗行动时面临的风险比以往任何时候都大。一支新的法国警察队已经成立，被称为"法兰西民兵"，他们决心抓捕尽可能多的抵抗组织成员。政府已经宣布，每揭发一名抵抗分子就能获得两万法郎的奖赏,这对于饥饿的公民来说极具诱惑力,而且已经颇有成效。

在去年的损失之后,他们花了一段时间才重建好地下通信网。最近一切似乎都不太稳定。安全屋被频繁更换,米蕾尔收到指示,每次任务都要换着用不同的路线,这些都是为了避免组织成员被法兰西民兵和盖世太保发现。

她站在巴黎东站的时钟底下,看着指针慢慢走到 30 分那里,冻得打战。她要接应的火车已经晚点了,但这并没有什么不寻常的。时刻表越来越不可靠,只要德国部队需要征用铁路列车或线路做别的事,火车就总是会被取消。又是寒冷刺骨的一天,她身上的冬衣太过破旧,几乎无法抵御那极具穿透力的东风。她抬起头,看到一列火车靠站,但这似乎是一辆空的货车,因为没有乘客下来。

然后,高声喊出的命令让她吓了一跳。"别挡路!快让开!"两个士兵挥舞着步枪扫清道路,她只能让自己紧紧靠在钟楼的砖柱上。他们身后,在更多武装士兵的押送下,一队女犯人穿过车站大厅,来到站台,等待她们的是那辆空荡荡的列车。

一些妇女穿着得体,另一些衣衫褴褛,蓬头垢面;一些妇女在哭泣,而另一些则已经吓到呆滞。但当她们经过时,米蕾尔可以嗅到她们所有人身上的恐惧——一种混合着汗水、尿液和口臭的气味,一种因为长期害怕而产生霉变的气味。

当其中一个女人被赶着往前走时,她把一张折好的纸塞到米蕾尔手里。"求你了,女士,"她恳求道,"把这个消息带给我丈夫。"

一个士兵用枪托推了她一把。"排好队！"他对她大喊道。然后，他用手掌推了推米蕾尔，使她不得不后退一步，接着又对她咆哮道："还有你——别挡道。除非你想加入她们。"

妇女们被一个个装上货车，士兵们不停地在月台巡逻，当车厢装满之后，他们拉上了沉重的车门。米蕾尔注意到火车的两侧是由木板组成的，木板之间还有缝隙，这让她心惊肉跳。当火车迎着风向东行驶，寒风像冰冷的钢刀一般切开那些缝隙，等待这些女人的将会是何种命运？

她瞥了一眼手中的纸。那是一张折起来的字条，外面写着一个地址。当她一直等待的火车在另一个站台停下来时，她把它塞进了大衣口袋。只能等会儿再去送字条了，她还有工作要做。

那天晚些时候，当她把火车上接到的那个男人送到第十六区的一个安全屋之后，她在离车站不远的地方取回自己的自行车，在回家时绕了点路，按照纸背上用潦草字迹写下的地址将字条送了过去。她敲了敲门，没有人应答。房子看起来空无一人，门上了锁。

她犹豫了一会儿，把自行车靠在墙上，然后打开字条，想看看里面有没有别的线索能告诉她这是要给谁的。她的眼睛扫视着匆匆写下的潦草字迹。

"亲爱的，他们把我抓走了。我不知道我会去哪里，但我会尽快回来找你。照顾好女儿们。我会祈祷你们都平安无事。替我这个妈妈亲一下她们吧，永远爱她们，还有你。纳丁。"

她环顾四周，不知道该怎么办，然后注意到隔壁房子的窗帘动了一下。她敲了敲那扇门。片刻的犹豫过后，女邻居打开了自己的房门，狐疑地看着米蕾尔。

"我有一封信，"米蕾尔解释说，"是给隔壁那个男人的，他的妻子让我给他送来的。"

邻居摇了摇头："他走了。德国人来这里把他们都带走了，父亲和两个孩子。都走了，我不知道去了哪儿。"

"你能帮他们保管这个吗？等他们回来的时候转交。"

邻居疑惑地看了她一眼，然后不情愿地伸出一只手从狭窄的门缝接过那张字条。"好吧，我会留着。但他们不会回来了。那些人从来都没回来过，不是吗？"

她笃定地关上房门，那动作充满终结意味，似乎强调了她的话语。

惊魂未定，米蕾尔慢慢地骑车回到红衣主教街，骑过冰冷的街道。整条街看上去空荡荡的，令人毛骨悚然。

她把自行车支在走廊上，爬上楼梯回到公寓。她感到筋疲力尽，真是漫长的一天，她在寒风中骑了几英里路，冷得刺骨。她回来的时间比预期中要晚得多，她很期待克莱尔和薇薇的陪伴，期待能喝一碗热汤。她在楼梯上停了停，捡起掉在那里的一只手套。那看起来像是克莱尔的。米蕾尔笑了——她会很高兴能把手套找回去的。

她打开门，走进一片寂静中。实在是太安静了，安静到她的耳朵嗡嗡作响。"克莱尔？"她叫道，"薇薇？"

没有应答。她耸耸肩。她们一定是出去了，也许是去咖啡馆了。那样的话，克莱尔只有一只手套，肯定会冷的。克莱尔房间的门半开着，她想进去把手套放在克莱尔的枕头上。但是她在门口停了下来，一种深深的不安感占据了她整个身躯。房间很乱,抽屉被拉开了,衣服掉在地板上。衣柜门前后晃荡,那条深蓝色晚礼服上面银珠的光芒从里面透出来,但之前挂在礼服旁边的其他几件衣服都已经不见了。

她跑到薇薇的房间,眼前的场景让她惊惶失色。真要说的话,这个房间的情况还要更糟。一把椅子被掀翻在地,衣柜和抽屉柜里的东西散落在床上。原本放在窗台上的一罐钢笔和铅笔摔了下来,一张张皱巴巴的纸从翻倒的废纸篓里掉了出来,散落在一旁。

米蕾尔缓缓瘫坐到地上,她双手捂住脸。"不,"她低声说,"不是薇薇。不是克莱尔。你们应该带走的人是我,不是她们。"

直到后来,当她气喘吁吁地跑了一路来到染布店,用力敲门乞求染匠让她进去时,她才意识到,自己还紧紧抓着克莱尔遗落的手套。

・・・

克莱尔下楼去开门时想,米蕾尔一定是忘了带钥匙,所以她开门的时候还在笑。但当她看清楚站在门外的那三个人帽子上黑银相间的标志时,她的笑容凝固成了恐惧。

那个夏日,她在冬季自行车馆外偶遇恩斯特,随之而生的焦虑不安已被流逝的时间冲淡,在过去的几个月里,它成为战时日常生活持续存在的底色,只是众多的担忧和恐惧之一。有时,他会出现在她不安的梦里,而每当她醒来,被她的哭喊吵醒的薇薇都在床边,安抚她,反复告诉她一切安好。

但现在，她发现自己身陷一场噩梦，没有人能把她从中唤醒。对她来说，这三个人脸上冷漠的表情比梦中追着抓她的那些斜眼怪兽更可怕。带头的那个男人要求她把他们带到楼上的公寓，他们收到举报，要调查情况是否属实，她的心和身体随即僵住。

"什么样的举报？"她想争取时间，于是这么问道。

盖世太保官员吼道："这里有可疑的颠覆活动。"他扬了扬手示意她带路。

她的脚仿佛灌了铅，一步一步爬上楼梯。她领着他们经过缝纫室，周末时门都是关着的。求你了，她默默地祈祷，薇薇一定要在缝纫室里。让她听到动静，然后躲起来。让米蕾尔等他们走了再回来。让他们搜我的房间，一无所获，然后走人。

接着她又找到了开口的勇气，强迫自己说话，这样一来如果薇薇在工作室里，她就能引起警觉。她尽可能平静地说："我想象不出你所说的这些'颠覆活动'指的是什么。"她回过头去看紧跟在身后的他们，"我们在这儿只做衣服，别无其他。"

"闭嘴，往前走！"其中一个男人推了她一把，她差一点失去平衡，抓住楼梯扶手才没有往前跌倒。她继续往上爬，每一步都故意踩得很重，这样如果薇薇在公寓里，也许她就能听到脚步声。

"但说真的，先生们，我完全想不出你们有什么必要来这里。你们会发现，我们没什么可隐瞒的。"她再次抗争，尽可能地提高嗓门，希望这样能让薇薇注意到那不寻常的、三双沉重的靴子所发出的楼梯响声。

"真是这样的话,小姐,你也不用担心我们来看看会怎样,不是吗?"第二个人阴险地冷笑着说。

当她打开公寓的门时,其中一个男人狠狠钳住她的胳膊。即便隔着好几层冬衣,她也能感觉到他那黑色皮手套擦伤了她。另外两个人踢开了通向走廊的门,克莱尔瞥见了米蕾尔空荡荡的房间。然后她看到薇薇大惊失色,迅速从头上拉下一副耳机似的东西。她旁边的桌上放着某种无线电设备。

"瞧瞧,我们找到了什么?"带头的盖世太保朝同事露出胜利的微笑,"我们还以为是来捞沙丁鱼的,结果看起来好像网住了一条鲨鱼。真是个大惊喜!"

克莱尔想跑向薇薇,但那个抓着她胳膊的男人使劲拉住她,以至于她咬到了舌头,嘴里满是血的金属味。"不,不,想都别想!"他朝她吼道,"你的另一个朋友呢?我们听说你们有三个人。"

克莱尔摇了摇头:"她不在。她走了。"她飞快地思考,用薇薇都能听见的音量大声说道,"上周她有一天出去了,就再也没回来。我们不知道发生了什么,也许你能告诉我们,先生?"她挑衅地看着他的眼睛。

他举起戴着黑手套的手,重重地打了她一巴掌。"我们提问,你们回答。我希望你学着点儿,小姐,否则你会吃更多的苦头,你这位朋友也一样。"

眼泪顺着克莱尔的脸颊流了下来,咸咸的泪水和她嘴里的血混在一起,但她抿紧嘴唇,拒绝哭出声来。薇薇房间里传来一声巨响,她伸长脖子想看看发生了什么,但那个男人把她推进了自己的房间,砰的一声关上了门,大叫着:

"待在这儿,直到我说你可以出来了。"她听到他穿过走廊的脚步声,他去薇薇的房间找同事了。

她极力思索,如何才能分散他们对薇薇安的注意力。她能做点什么让他们转移注意力吗?把他们引开?去找人帮忙?有那么一瞬间,她在想自己能不能从小窗户里挤出去,利用屋顶逃走,但即使她真能逃出去,她也知道自己不能离开薇薇,那位总是在她被噩梦缠身时守在她床边,安抚她,让她不再害怕的朋友。

薇薇在组织中明显扮演着关键角色,她肯定一直都在帮抵抗组织传递关键信息,但克莱尔从未想过薇薇的房间里会藏着一个无线电设备。薇薇还有些什么秘密?她和勒鲁先生那么亲密,也许会让整个组织暴露。一想到有那么多人的生命危在旦夕,克莱尔就浑身发抖。

突然之间,克莱尔知道她需要做什么了。她必须试着和薇薇安待在一起,帮她坚持下去,不泄露任何信息。她们必须一起挺过前 24 个小时,这是她们牢记的指令。米蕾尔可以去提醒其他人。克莱尔和薇薇安必须给他们争取时间掩盖行踪。她下定决心,无论她们接下来会去哪儿,都必须一起面对。

很快,她开始把尽可能多的保暖衣服塞进一个包里。然后,她吓了一跳,因为她的卧室门又被踢开了。"干得好,小姐,我看你很有远见,准备打包去度个小假。"那个带头的警官冷笑着说,"那么,让我们等着看您对我们位于福煦大街的候车厅有什么感受吧。"

当那个男人把克莱尔推出公寓时,另外两个人已经把薇薇推下了楼梯。她急着追上自己的朋友,走的时候掉下了一只手套。她试图把它捡起来,但他又推了她一把,让她四仰八叉地落向下一个楼梯平台。他的手指又一次像老虎钳一样抓住了她,把她拉起身,强迫她继续下楼梯,来到红衣主教街。

一辆黑色的汽车停在街上,克莱尔被塞进车的后座,紧挨着薇薇。她瞥了一眼朋友的脸。薇薇一只眼睛肿着,眼皮逐渐耷拉下来。但除此之外,她只有一种表情——深深的惊愕。克莱尔找到她的手,紧紧地握了一下。"我在这儿。"她低声重复着薇薇在她噩梦惊醒时说过的话,那噩梦吵醒了她们俩,"一切都会好起来的。"

薇薇安转过头来看着克莱尔,仿佛第一次注意到对方的存在。她的眼里写满恐惧,显得呆滞无神。她渐渐将视线聚焦于朋友的脸,点了一下头,接着反握住克莱尔的手。她们紧挨着彼此,汽车在巴黎的街道上疾驰着,向西驶去。

哈丽特

得知克莱尔被捕并被带到盖世太保总部接受讯问，我感到震惊，随之开始阅读一些我在网上找到的关于遗传性创伤的研究报告。毫无疑问，我的外祖母被抓时一定非常害怕，她肯定也非常自责于让薇薇被捕，因为后者当时很明显正在阁楼里用无线电接收信息。

我读过一篇文章，说遗传学领域的新研究表明，患抑郁症的倾向是可能被遗传的。文章说，创伤能让一个人DNA的某些区域发生变化，而这些变化可能会被世世代代遗传给下一代。

我开始明白母亲的境况有多艰难。她是否天生就继承了某种脆弱性——克莱尔遭受的创伤改变了我母亲的基因——才会导致她在遭受打击时随之崩溃？对她来说，接二连三的打击就像海浪般不停地冲击着她。早年丧母，离婚，独自抚养孩子的艰辛……每当她想要重新站起来，另一个浪头就会把她击倒。多年来，我一直对母亲心怀愤恨，但当我以崭新的角度审视她的人生时，这份伤痛开始有所缓解。

在西蒙娜告诉我克莱尔被捕的事之后，我觉得自己必须去看看她被带去的地方，虽然我花了几天时间才鼓起勇气前往。我必须勇敢地追踪她被捕之后的可怕路线，穿过街道来到城市西边一个绿树成荫的行政区。我请蒂埃里一同前往福煦大街，让他当我的精神支柱。

以前的盖世太保办公楼如今已是非常体面的公寓楼了，

这一片也成了最抢手的住宅区。但在1943年，这条幽雅的道路被法国人称为"恐怖街"。我们静静地站在这些建筑的正对面，看着那些奶白色的石墙。一只鸽子飞到84号门房灰色的石板屋顶上，它点着头走过排水沟的边沿，嘴里念念有词。

"你还好吗？"蒂埃里转过头看着我询问道，直到这时我才意识到自己在哭。我很惊讶，因为我几乎从来不哭。但他肯定以为我经常哭，毕竟他陪我去了布列塔尼。

他握住我的手，把我拉到他的身前。我把脸埋进他的外套，呜咽着，而他不停吻着我的头发。

我为所有被带到这里的人哭泣，为他们的恐惧和痛苦而哭。

我在为克莱尔哭泣。

我在为人性哭泣，为一个如此容易就能被破坏的世界而哭。

我在为我的母亲哭泣。

最后，我发现，我在为自己而哭。

1943

过了好几天，染匠才允许米蕾尔返回德拉维涅楼上的公寓。他和妻子把她藏在离商店几条街远的一个安全屋的地下室里，尽管她抗议着要回红衣主教街，但他还是坚持让她待在原地。"我们在街上有眼线。"他告诉她，"我们知道你的朋友们已经被带到福煦大街接受审问了。如果她们不得已开口了，盖世太保就会回来找你。你知道规矩的，最初的 24 个小时很关键。我们必须想办法提醒组织的其他成员。即便过了 24 个小时，只要他们还控制着你的朋友，公寓就依然很危险，你不能回去。要是他们再回去搜查，发现你在那儿怎么办？"

"要是克莱尔和薇薇没有开口呢？要是她们被放了，我希望她们回去的时候能第一时间看到我。"

"我们在敌人内部有眼线，她们能否被释放，以及放人的时间，都会有人通知我们的。我知道这对你来说很难熬，但你现在能做的——为了她们，也为了你自己——就是在这里待着，不要出去。过几天我们就会知道了，不管是什么样的结果……"他的声音渐渐低了下去，"现在，试着吃点儿东西。尽量保持体力，好吗？"

那段黑暗孤独的时间是米蕾尔迄今为止最难挨的时光之一。朋友们的面孔浮现在她的眼前：克莱尔温柔的微笑，薇薇温暖的眼睛。她们现在怎么样了？现在呢？现在呢？她简直不忍想象。她无比痛苦，精神崩溃，不停用拳头猛击地下室粗糙的石墙，直到指关节流血。然后，她抽泣着倒在地上痛哭起来，沉痛的、愤怒的泪水不停从她的体内喷涌而出，撕裂着她的喉咙。

她觉得自己快要疯了。

随着时间一天天过去，那些愤怒与沮丧的狂喊逐渐停了下来，剩下的只有冰冷而坚定的决心：熬过去，活下去，她希望克莱尔和薇薇也能撑过磨难，活下去。

她不知今朝是何月何日，但很久之后，染匠打开了地下室的门，把她带出了黑暗，踏入灰蒙蒙的冬季暮色中。"现在应该安全了，你可以回工作室了。你的朋友们非常勇敢。她们一直没有屈服，即使在严刑拷打之下，"他告诉她，"她们没有泄露任何信息。"

她的心因突然降临的希望而雀跃。"感谢上帝！她们还好吗？她们可以回家了吗？"

他摇了摇头，表情严肃。"我们得到消息说，她们的状态很糟，但是还活着。福煕大街那边已经把她们放了，但她们会被送到一个关押政治犯的监狱。来吧，我的孩子。我送你回家。"

她从没想过自己会想念缝纫室，但当她推开门时，那熟悉的、上过浆的布料气味，以及黑暗房间里整齐摆放在桌子周围的裁缝椅，让她极度想让一切回到一周之前。她希望桌子的那头能有一盏灯亮着，这样当薇薇低头工作时，她那褐色发辫就会泛着隐隐微光。她渴望听到克莱尔的声音，责备薇薇说她怎么又在加班，她应该赶紧停下手上的活儿，上楼吃晚饭。

但房间里只有黑暗和寂静，空洞得如此明显。

接下来的几段楼梯,她走得很慢。她想尽可能拖延打开五楼公寓大门的那一刻,等待她的只会是一片空旷和寂静,比她这几天任何类似的体验都还要让人害怕。

她打起精神,然后走了进去。

她的房间基本上没有被人动过——想必盖世太保一心想抓住克莱尔和薇薇安,根本没空去管别的事情——但另外两个房间里的景象一定还如当日那般可怕,遍布着他们来过的痕迹。不过,米蕾尔很意外。她意识到,她不在的时候,一定有人进过公寓,因为克莱尔和薇薇的房间现在都变整洁了,橱柜门被关上了,衣服都被叠好放回了抽屉,椅子也摆好了。肯定是友方做的,而不是敌方?

她在克莱尔房间的黑暗中看到一道柔和的微光。床边的窗台上放着米蕾尔两年前圣诞节送给她的银吊坠。米蕾尔把它拿起来,任由链子从她的手指缝缓缓滑落。犹豫了一会儿,她把链子和吊坠戴在脖子上。为了克莱尔和薇薇,她决定一直戴着它,直到她们再次回家。她关上她们卧室的门,然后慢慢地走向自己的房间。

她懒得脱衣服,只是踢掉鞋子,拿毯子盖住自己颤抖的身体。躺在黑暗中,她想起了染匠早些时候说过的话。他来开门的那会儿,当他转告她克莱尔和薇薇还活着时,他看到她松了一口气,他当时说:"别抱太大希望,我的孩子。"他神情悲伤,"你的朋友们救了你,还有我们其他人。但她们可能救不了自己。"

一种不甘心的感觉让她紧紧握住挂在心脏上方的吊坠。她把手指握成拳,那些还未愈合的指关节的伤口逐渐裂开,渗出血珠。克莱尔和薇薇还活着。她们挨过了盖世太保总部的恐怖酷刑。总不会还有比那更难以忍受的事情吧？她们还在一起。她们一定能活下去吧？

．．．

克莱尔一直紧紧抓着薇薇的手，直到车停在福煦大街84号门前。从外面看，它和第十六区其他雅致的建筑别无二致。

"勇气，"克莱尔尽可能靠近薇薇，对着她小声说，"如果你能坚强，那我也能。"她不确定朋友是否听到了这些话，即便听见了，又是否听进去了。薇薇看上去仍然处于深深的震惊之中，或许是因为头部受到了重击而目瞪口呆。但过了一会儿，克莱尔感到她的手被紧紧回握了一下，意在让她安心。

车门猛地打开，薇薇被拖了出去。然后两双手抓住了克莱尔，她被粗暴地推进大楼。有人从她手里拽走了她匆忙打包好的那袋衣服，将它递给了一个穿灰色制服的女人，后者带着衣服消失了。

"把她们直接带到六楼去。"其中一个人一边脱帽子和手套，一边吼道，"让我们看看这些女裁缝在'厨房'会度过怎样的美好时光。"

这里就像红衣主教街的公寓一样，阁楼的房间很狭窄，有倾斜的小窗户。但这就是所有相似之处了。窗框上钉着木板，克莱尔被领进去的那个房间里只有一个光秃秃的灯泡挂在天花板上，底下放了一把金属椅子，别无其他。她听到走廊稍远处传来关门的声音，以为薇薇被押进了一个类似的房间。

前来审问她的两个男人起初很有礼貌。"请坐，小姐。"其中一个说道，他一边拍着她的肩膀，一边把她带到椅子上，"我们真的不想耽搁你太久。所以如果你能如实回答我们的问题，我们就可以放你离开了。要喝点什么吗？来杯水怎么样？"

她意识到他表面上的善意是一种为了让她放松警惕的诡计。她摇了摇头，双手紧紧地抱在膝盖上，以免全身发抖。

他们的开场问题几乎显得没什么意义，男人的语调很愉快，仿佛在聊天。她在德拉维涅定制时装店工作多久了？她喜欢自己的工作吗？她的红发朋友在那儿工作了多久？她一开始没有说任何话，一直在摇头。

第二个人一直在来回踱步，突然转过身来，把脸凑近她的脸。当他低声说话时，她能闻到他呼出的臭气："克莱尔，你是一个很有魅力的年轻女子。要是毁了这么漂亮的脸蛋就太可惜了。我建议你现在就开始合作。告诉我们你的朋友薇薇安是谁，好吗？她房间里有个短波无线电设备。你肯定知道的。也许你和她是一伙的？她让你带过口信吗？"

克莱尔又摇了摇头，不敢抬手去擦脸上的唾沫。有一瞬间她在想，他是怎么知道她们名字的。肯定是有人告诉他们的，也许是恩斯特？

"那好吧。"那人又站直了身子。她以为他要转身离开，但他突然回过身，扇了她一巴掌。暴力来得如此突然。她又惊又痛地叫了起来，那声音在她自己听来也很陌生。她需要为薇薇坚强，就像她知道薇薇会为她保持坚强一样。她决心要重新掌控自己的声音，于是开了口。

她的话语低沉而颤抖，但她设法说完了："我是克莱尔·梅纳迪尔。薇薇安·季斯卡是我的朋友。我们是巴黎圣日耳曼的女裁缝。"她告诉自己，她会一直咬着这三个简单的事实不放，其他什么也不会说。

就像海浪不停地冲刷着沙滩，时间进进退退，她完全不知道大概过了多少个小时。他们审问她的那几分钟仿佛是永无止境的，但随之而来的丧失意识既像是只有几秒，又像是已经过了几天。

疼痛也时隐时现，有时尖锐而刺眼，有时将她笼罩在黑暗之中。她极度疲惫，但他们不让她睡过去，不停地质问、哄骗、叫喊，直到她头晕目眩。然而，她每次说话都是在重复三个事实，她不停地在痛苦和时间的海洋里浮沉，但始终紧抓着这三个事实不放。我是克莱尔·梅纳迪尔。薇薇安·季斯卡是我的朋友。我们是巴黎圣日耳曼的女裁缝。一次又一次，通过肿胀的嘴唇，她咕哝着这些话，直到最后，黑暗降临。

当克莱尔醒来时，她正躺在房间的角落里。她的身体已经冻僵了，寒气透过墙壁，透过身后和身下光秃秃的地板渗透进来，但是，随着她慢慢恢复知觉，麻木的感觉被脚上的刺痛所取代。她四肢的僵硬感慢慢地化为一阵阵抽痛，当她试图坐起来的时候，一阵剧烈的疼痛刺穿她的胸腔。

她试探性地用舌尖舔了舔干裂肿胀的嘴唇，紧接着就皱眉蹙额。她开始不由自主地颤抖起来。

她的羊毛长袜就在旁边，乱成一团，她慢慢地坐起来，开始把它们往沾满血迹的脚上套，以此取暖。今天是什么日子？已经过去几个小时了？薇薇在哪里？他们对她做了什么？她头晕目眩，只能重新躺到地板上，蜷缩着遍体鳞伤的身体，双手缩在胸前，这样才能让身体吸收她口中呼出的微弱热气。"我是克莱尔·梅纳迪尔。"她自言自语地说，"薇薇安·季斯卡是我的朋友。"

是那个穿灰色制服的女人开的门。她面无表情地看着克莱尔。"起来，把鞋穿上，"她说，"该走了。"

克莱尔一动不动，无法将酸痛的四肢从她创造的一小团温暖中挪开。她的双手按在心脏上，感觉自己体内的血液流淌得很慢。

那女人用鞋尖轻轻碰了碰她。"起来。"她重复道，"还是我去找那些男人帮你重新站起来？"

于是，克莱尔缓慢而痛苦地坐了起来。那个女人把克莱尔的鞋子推向她，她开始穿鞋。当她把鞋子套在自己肿胀的双脚上时，她感到一阵剧烈的疼痛。她系不上鞋带，但至少还穿着。她设法扶住椅子让自己站了起来，然后拖着脚向前，跟着那个女人走到门口。

每下一阶楼梯，她的双脚和小腿都会痛得更厉害，但她紧紧抓住扶手，一瘸一拐地走着，决心不叫出声来。终于，她们抵达了一楼，女人示意她坐在靠墙的硬木长椅上。她充满感激，缓缓坐下。"我能喝点水吗？"她问道。

女人默不作声地给她端来一个锡杯，克莱尔抿了几口，润了润嘴，洗去了血的铁腥味。因为女人对前一个请求的反应，克莱尔鼓起勇气说："我的一袋衣服在哪里？能还给我吗？"但那个女人只是耸了耸肩，转过身去。

她坐在那儿等待着，不知道接下来要面对什么。这时，她听到楼梯上传来两组脚步声。左右分别有一个男人，中间是他们抬着的担架。克莱尔过了一会儿才注意到担架上的那团湿布里其实有一个人。当她看到担架边上垂下的褐色头发时，她才意识到那人是谁。

哈丽特

我站在外祖母遭受残酷折磨的大楼外面，终于停止了哭泣——至少是稍微恢复了理智——我转身背过蒂埃里开始往前走。我只知道我需要离开这里。我已经深知人性有多残忍，又怎么能继续把这世界看作一个美好又充满善意的地方呢？

我毫无意识地一直往前走，这时，突如其来的警笛声响起，车流四散开去，一声让人反胃的、充斥着痛苦和愤怒的尖叫响起，我的脑子只剩下一片白噪声，别的一切统统消失了。我不假思索地开始狂奔，惊慌失措。我几乎什么也看不见，不能思考，也无法理解我周围的环境。闪烁的蓝光吞没了我，它们像火焰一样炙烤着我。我跌跌撞撞地走出人行道，然后我听到一声喊叫，接着是刺耳的车胎声、喇叭声。

突然间蒂埃里抓住了我，把我拉回安全的人行道上，扶住了就快无法站稳的我。

我喘着粗气，看着他的脸，那份困惑的神色底下藏着一丝恐惧。他和我深深地对视，仿佛在说：这个疯女人是谁？正常人怎么会不要命地冲进车流里？她一定是精神错乱，已经歇斯底里了。

他的想法是如此明显，他的犹豫说明了全部，他的触碰变得小心翼翼，不再像从前那样坚定、让人安心。

我毁掉了一切。我已经验证了自己的想法，我长久以来害怕的事最终成了现实——我受伤太深，不值得被爱。我不够坚强，无法承受爱的重量。也许西蒙娜一开始就是对的：我根本就不该试图弄清楚克莱尔的故事。我应该无视内心的疑问，让历史翻篇。在这一切之前，我曾经应对自如，独自一人生活。突然间，一些事变得无比清晰，我明白，我不能将内心的黑暗强加给蒂埃里——这个此刻就站在我身边，小心地用一只手拉住我的胳膊，想要防止我再次冲出去的男人。我对他的感情太深，不允许我那么做。

"来吧，"他说，"你受了很大的惊吓。我们找个咖啡馆，给你弄杯英式茶喝怎么样？"他微笑着，试图让一切重新正常起来。

我摇了摇头。"对不起，蒂埃里，"我说，"我不能。"

"好的，那我送你回家吧。"

此时此刻，我们之间多了一层隔阂。一些事改变了。某些东西已经损坏了，无法修复。他把我送到门口，然后想吻我一下再告别，但我转过身去，假装在包里找钥匙。当他说再见的时候，我无法直视他的眼睛。

我必须对他放手。

1943

星期一的早上,她们三个都没在缝纫室现身,万尼尔小姐于是上楼找人,她发现公寓空着,仿佛没人住在里面。很显然,那里发生了某种可怕的事情。但姑娘们的下落完全是一个谜。接下来的几天,她们的缺席成了其他姑娘窃窃私语时的话题。

因此,当米蕾尔出现在缝纫室时,大家都惊讶无比。她一言不发地穿过房间,在自己的位子上坐下,左右两边是克莱尔和薇薇安那两把空着的椅子。

原本被震惊到寂静的人群发出一连串的提问。

"你去哪儿了?"

"克莱尔和薇薇安在哪儿?"

"发生什么事情了?"

"她们走了。"她直截了当地说,"盖世太保把她们带走了。不,我不知道为什么。我不知道她们现在在哪儿。我什么都不知道。"

万尼尔小姐让裁缝们安静下来。"现在大家安静一点儿。行了。别吵米蕾尔了,继续干活吧。"

米蕾尔感激地看了她一眼,同时把缝纫工具放在桌子上。她的手指颤抖着,开始组装腰带部分的布料。

从前一天晚上回来到现在,她几乎没怎么合眼,也没有吃东西,克莱尔和薇薇的面孔一直在她的脑海中挥之不去。染匠说她们的情况很糟糕。她不忍心去想过去的四天里，她们在福煦大街都经历了些什么。但她提醒自己，她们还活着。这才是最重要的。

她努力集中精神做针线活。一针，又一针，再一针……这能让她不去想朋友们痛苦的模样，哪怕只是一会儿。

其他人虽然也在埋头工作，但还是偷偷地低着头瞥她。房间里充满了压抑的沉默，沉重的空气里全是疑惑，无人提问，无人解答。

接着，一位女孩儿一声不响地从自己平时的座位悄悄过来，坐到了米蕾尔旁边的一把空椅子上。另一侧的女孩儿犹豫了片刻，也挪了过来。米蕾尔几乎没将视线从手上的工作挪开，她点点头，对她们的支持行为表示感谢。接着，她眨掉眼中的泪水，逼着自己继续一针一针地缝下去……

回到楼上，公寓里鸦雀无声，一片漆黑，几乎和头天晚上一样难熬。她给自己热了点儿汤喝，然后用一张毯子把自己裹住，来抵御房间的清冷。她正在洗碗的时候，突然传来很轻的敲门声，她吓得僵住。

但紧接着，她听到一个熟悉的声音，轻轻地叫着她的名字，她松了口气。

她邀勒鲁先生进来喝一杯香草茶，他应允，但坚持让她继续裹紧毯子在客厅里坐着，由他来烧水泡茶。他递给她一杯香蜂草茶，她双手握住它，让杯身的热度温暖自己。

待他在对面的椅子落座，她急忙问道："有什么消息吗？"

当他抬眼与她对视时，那双眼里写满痛苦。"目前还没有。她们眼下被关在弗雷斯纳监狱。"

她坐起身。"弗雷斯纳？那里不远啊。我们是不是至少可以去看看她们?"

他摇了摇头:"即便他们允许探监,也很冒险。我得到的情报是,克莱尔和薇薇成功让盖世太保相信你已经被抓了。最近形势非常混乱,他们无法轻易地核实情况,因此他们已经不再找你了。但如果你出现,他们会当场逮捕你。那样只会让她们的处境更糟。"

"那她们去了监狱之后会发生什么?"

他耸耸肩:"我们也无法确定。我在内部有个线人,希望很快就能得到更多的消息。一般情况下,弗雷斯纳都是被用作过渡站,接下来政治犯就会被送进德国的集中营,一旦她们被遣送,我们就很难掌握她们的下落了。被送进那些地方的人……通常都会消失不见。"

她端详了一会儿他的脸。表面上,他竭力保持着一贯的冷静,但那眼底的阴影和唇周的痛苦纹路无一不透露出他心里无尽的悲伤。对他来说,薇薇显然不仅仅是他管理的一名组织特工。或许她真的是他的情人。或许其他那些关于他的传言现在也说得通了。所有那些被他一手培养起来的女性,或许她们还有别的用途?他有没有说服她们中的一些成为特工,在组织中担任角色,就像他对薇薇做的那样?而是否还有一些,成为他口中所说的那些"内部线人",那些被他请客吃喝以及赠送定制时装的"灰老鼠",她们就是从福煦大街和弗雷斯纳监狱里源源不断地向他提供情报的人?她一直觉得他是个好人,将自己的生命托付给他。但此刻她开始怀疑,他是否也有冷酷无情、操控人心的那一面?薇薇和克莱尔对他来说,会不会只是这场让整个欧洲都陷入对弈的可怕棋局里的弃子?

他仿佛看懂了她的心思，平静地说："你知道吗？我一直觉得组织比其中的个体更重要，但在失去薇薇安和克莱尔之后，我知道我错了。"他竭力不让自己崩溃，有一瞬间，他的整张脸都皱了起来。他没能抑制住情绪，一声强烈的抽泣喷涌而出，他用手蒙住了双眼。

米蕾尔急忙放下杯子，走到他跟前。她跪在他身边，握住他的手。他的眼眶很红，其中全是深深的伤痛，她很羞愧，觉得自己不应该怀疑他，一刻也不该。很显然，他和她一样在意克莱尔和薇薇。

"不，"她说道，"你没有错。你和我都知道，她们俩过去——以及现在——有多么坚决要发挥自己的作用。如果她们知道组织因为自己而停止运作，她们会气疯的。如果……"她停下来，纠正自己的措辞，"当她们回来的时候，你想告诉她们，是因为她俩，我们才放弃了吗？肯定不想！我们必须继续行动，因为我们必须终结恐惧，叫停他们的逮捕行为，让人们不再消失。我们必须战胜他们。"

说着说着，米蕾尔找回以往的信念，一股热血充斥着她的身体，仿佛要将这寒冬消融。

他握了握她的手，然后松开，从口袋里掏出手绢抹去眼泪。等到恢复镇静，他开口道："你说得对。没错，你是对的。我们不能就此放弃。我们必须继续战斗，哪怕拼尽最后一口气。"

"那好，"她说，"就这么定了。等你重建好路线，我就重新投入工作。"

他摇摇头："不，米蕾尔，恐怕我们不能再让你工作了，我们既不能让你代替克莱尔担任情报员，也不能让你继续当护送人。而且，我们绝对不能再在这里重新安排一位无线电操作员了。正如我告诉你的，他们会密切关注你的踪迹，如果你被当街抓住，所有事情都会变得更糟，于你，于其他所有你如今了解的事情。"

米蕾尔伸手握紧脖子上的盒式吊坠。"求你了，勒鲁先生，我必须做点儿什么。我不能只是坐在这里，而她们却在外面，忍受着……"她的声音越来越小。

然后她又说话了，这次声音更平静，但语气里透着一丝决心。"我有一个朋友，她曾经也住在这间公寓里，后来被纳粹残忍地枪杀了。现在，我的另外两个朋友又被逮捕了，遭受着酷刑，还被剥夺了自由。她们的房间空无一人，我不忍去看。所以，请让我用这三个房间来保护其他需要它们的人。当店里关门，其他女裁缝都回家之后，整栋楼就空了，只剩下我一个人。如果我们将这栋楼作为组织的一处安全屋，就意味着这些房间不会闲置。而我也不会一直处在濒临疯狂的边缘。因为我还能为薇薇和克莱尔这样的人做点儿事。然后，当她们回到我们身边时，当这一切结束时，我就能告诉她们，我和她们一样勇敢。我就能看着她们的眼睛说，和她们一样，我从未屈服。"

勒鲁先生抬起头看着她。他又摇了摇头，但这次更多是出于钦佩而不是挫败。"你知道吗？米蕾尔，"他说，"你们三位年轻女士是我见过最勇敢的人。总有一天，当这一切终结的时候，我希望我们都能在一个更好的世界里重聚。而那确实值得我们为之奋斗。"

⋯⋯

门砰的一声关上了,克莱尔的牢房陷入黑暗之中,门上有个小窗,挡板有些歪,房间里仅剩的一丝光线,就是从挡板底下那信箱插口般的缝隙漏进来的。克莱尔逐渐适应了昏暗,她发现房间里有一张铺着粗糙毯子的窄床,角落里还有个桶。

她在坚硬的床垫上坐下,用手捂住脸。失败感如同浪涛般狠狠砸向她,那股势不可挡的力量将她击倒在地,把她压制良久,她几乎喘不过气来。直到刚刚,她始终都能知道薇薇就在身边。来的路上,卡车摇摇晃晃地行驶,不时地急转弯,穿过一条条街道。她俩被放在卡车后面,她蜷缩在担架旁的地板上,握着薇薇的手。她轻轻地把头发从薇薇的脸上拨开,小心翼翼地不去碰她的眼睛和下巴周围肿胀瘀青的皮肤。薇薇一点点恢复知觉,开始止不住地打战,克莱尔不停地安抚她,重复着薇薇曾说过的话,就是她在克莱尔做噩梦时说过的那些。她一遍遍地重复那些话语,直到那听起来不再只是一种陈述,而更像是祷告词:"嘘,好了。我在这儿。我们俩在一起。一切都会好起来的。"

薇薇的头发和衣服都湿透了。她的嘴上有伤,全肿了起来,但她努力低声描述了事情的经过。他们把浴缸放满水,然后将她的头一次又一次地摁在水里,最后她已经确信自己就快要淹死了。"但我什么都没说,克莱尔。他们没有击垮我。我知道你就在不远处,那能让我保持坚强。"她伸出一只手去摸克莱尔瘀青的眼,"你也很勇敢。"

克莱尔点点头,说不出话来。

薇薇虚弱地握了握她的手。"我知道你会坚强的。我们会一起勇敢下去。"然后她闭上眼，睡了过去。在接下来的路途中，克莱尔一直坐在那儿照看她，直到卡车在监狱大门前猛地停下。

她们被关进了不同的牢房。薇薇设法在搀扶下站起身，然后被看守半架着进入一个房间，门在她身后被牢牢地关上了。

一位女看守押着克莱尔穿过一条长长的走廊。她蹒跚而行，尽量只用脚的外侧着地，因为只有那个部位的痛感还能忍受。然后，看守让克莱尔站着，而她本人则在一张桌子后面坐下，填了一堆有关克莱尔的详细资料。最后，她一言不发地将克莱尔撂进了这个黑暗的单人牢房，这边位于监狱的单独监禁区。

这里又黑又小，克莱尔坐在床边，一股混合着霉味和尿液的恶臭充斥着她的鼻孔，过了好几分钟，她才注意到那敲击的声响，好像是从她身后的墙里传出来的。起初，她觉得可能是老鼠。接着，在她仔细听过之后，她意识到那是一种有规律和节奏的敲击声。她想，也许是因为砖墙下面的管道里堵住了空气。但那声音一直在持续。

她把双手放下，抬起头，专心聆听。然后她意识到是有人在规律地轻轻敲击，一遍又一遍地重复着节奏。连续三下快敲，停顿一会儿，第四下，两声快敲紧跟在后。接着便是第二次循环，声音停了一会儿，随后又开始循环。敲击声被砖墙减弱了些，但节奏规律很明显。一定是密码，在传递某种信息。

她以同样的节奏敲了回去。暗码立刻从隔壁牢房传了回来，而且比之前敲得更快。然后她意识到，自己知道这个暗号的前半部分。那天晚上，父亲和哥哥把收音机调到BBC电台，他们一起等来了加密信息，组织告知他们按计划行动，把弗雷德安全送出去，在广播的开头，她听到过同样的暗号。贝多芬交响曲开头的四个音符：代表胜利的字母"V"。是摩斯密码！中间还加了一个字母。两个快速的点……

她又仿照着回了一遍，这次更流畅：字母"V"，快速敲两下，然后又是字母"V"，再快敲两下结尾。一阵激动的回应声传来，宛如一阵掌声。

是薇薇。她在那边，在墙壁的另一侧。她们依然在一起，肩并着肩。她不是孤身一人。

当克莱尔知道这些之后，不知怎的，监狱的寒冷和黑暗不再那么不堪忍受了。

・・・

米蕾尔已经习惯了在宵禁开始前不久响起的门铃声，习惯了悄悄溜下楼开门，从组织新招募的护送人手里接收下一位逃亡者。有时是一位"客人"，有时则是三两个冒着重重危险试图逃离法国的人。这些人很感激能在红衣主教街12号的公寓里住上一夜，被这位一头黑色卷发的年轻女士提供藏身之所，即便是在微笑的时候，女士那温暖的棕色眼睛深处也满溢着痛楚。但是，有一天夜里，当她打开门时，竟然是勒鲁先生站在门外。

她把他拉进来，迅速关上门。"你有消息了，是吗？"

她问道。

"是的，有消息。她们已经离开监狱了。"

她大吃一惊。"她们在哪儿？我能去见她们吗？"

他淡褐色的眼睛里写满悲伤。"她们被送上了一辆运输车。目的地是德国的某个集中营。我们只了解这么多，恐怕我们往后都无法掌握她们的下落了。"

"不！"这个字眼几乎是米蕾尔挤出来的，在昏暗的门厅里，说话人的痛苦使之听起来很刺耳。

他用一只胳膊搂住她，抱着她。她为朋友们放声哭泣，为他们所有人身处的这个残酷世界而愤怒。

终于，她安静下来，恢复镇定。"那我们现在怎么办？"她问道。

"现在？"他重复道。他的声音刚开始很轻柔，但随着他继续说下去，他的话语变得更加有力和坚定。"现在，我们要继续做我们一直在做的事。我们要日复一日地做下去，坚持到最后一天。她们会希望我们这么做的。米蕾尔，你知道吗？希望尚存。战争局势正在扭转。我很确信。当苏联人二月份成功夺回斯大林格勒的时候，德国人遭受惨败。他们的军队在所有战线上都捉襟见肘，而盟军正在一步步靠近胜利。你知道的，甚至时装业也在成为这场战争的牺牲品——德国刚刚颁布了一道法令，禁止杂志刊登时装照片。你瞧，战争局势对各个层面都有影响。我们更应该继续贡献自己的力量，因为每一个微小的抵抗都会削弱希特勒政权的根基。最重要的是，为了薇薇安和克莱尔，我们必须这么做，因为战争结束得越早，她们活着回到我们身边的机会就越大。"

她看着他，他的脸因痛苦而憔悴。"你很爱她，是吗？"

她问道。

他一时失语,但随后他回答说:"我爱她们两个,米蕾尔。"

第二天,米蕾尔走到河中央的小岛上,弯腰迈入靠近下游的那棵柳树的枝干下。她又一次将头倚在粗糙的树干上,让树来支撑着她,暂时卸下她的担忧和恐惧。虽然昨天勒鲁先生说了那番充满希望的话,她仍感觉战争似乎永远不会结束。即便真能结束,对克莱尔和薇薇来说会不会太迟了呢?

河水潺潺远去,她爱的那些人的脸庞浮现在水流深处。她的母亲和父亲,她的兄弟和姐妹,布兰琪宝宝,薇薇安,克莱尔,还有那个男人,那暂时被珍藏在心里的他的姓名。真的有那么一天,能让她大声说出那个名字吗?她还能再见到他吗?

这场战争真能有终结的那一天吗?

· · ·

前往集中营的路途很漫长,但薇薇和克莱尔互相安慰,努力让彼此振作起来,还尽可能地帮助其他被塞进颠簸的牲口运输车的妇女。火车似乎开得很慢,好似一条刚从冬眠中苏醒的蛇,懒洋洋地往东伸展着,显然并不急于把她们送到目的地。

车厢里尽是恐惧和痛苦的氛围,就像白天大部分时间里笼罩着车厢的雾气一样冰冷、潮湿。很多妇女都在无法自抑地哭泣。有一些人身体状况很差,那是酷刑造成的后果。

一天早上，她们醒来时发现春日的阳光透过板条车厢的缝隙照了进来，阳光让克莱尔的精神微微振奋了些，但这种感觉转瞬即逝，因为光线照亮了一位在睡梦中死去的老妇人的脸。"但愿我们也能有这样的好运。"一个女人这样说道，她帮着克莱尔和薇薇安用老妇人的外套盖住她的身体，还轻轻地将她移到车厢一角。当天晚些时候，火车又一次停下，一名卫兵将牲畜车厢的门拉开，告诉她们可以下车活动腿脚。当他注意到那具尸体后，他漫不经心地把它从角落里拉出去，拖到外面的铁轨旁，扔在一片乱糟糟但色彩明亮的草地中，那里罂粟花开得正盛。

其他人只是静静地看着。一两个人在胸前画着十字，低声为逝去的灵魂祈祷。

但一个女人随即弯腰拿走死者的外套，并用自己那件更为破旧的衣服盖住尸体。她挑衅地环顾四周。"反正她现在也用不上了。"她说。

一些人背过身不去看她，不一会儿，那名卫兵大喊着让她们回到火车上，她们只能又挤在车厢里，即便有人想转身背对自己身边的人，狭小的空间也不允许她这么做。

克莱尔和薇薇在弗雷斯纳监狱期间恢复了一些——至少是身体上——从盖世太保的酷刑中缓了过来。克莱尔现在又能让脚底承重了，她遭受殴打时留下的伤疤已经愈合，只剩白色的痂，而她那被生生扯掉指甲盖的脚指甲床又开始长出了新的指甲。虽然因为下颌受了伤，被打掉了一颗牙，薇薇笑的时候脸还是歪的，但她脸上的伤正在愈合。她差点儿在福煦大街被淹死，然后又经历了监狱的湿气，因此一直在咳嗽，咳得连带着整个胸腔都发出响声，尤其是早上，不过,她坚持跟克莱尔说自己没事。她们俩在一起就是彼此的支柱。每天夜里,当火车哐当哐当地向前行驶时,两个好友总会并排蜷缩在一起。黑暗中,当噩梦和恐惧让克莱尔像在阁楼的卧室里一样大叫时,薇薇会抓住她的手轻声说:"嘘,别怕。我们都在这儿。我们在一起。一切都会好起来的。"

几天之后,火车终于把幸存的乘客放了下来,这些妇女聚在一个陌生车站的月台上。木制标牌上用锯齿状的哥特式字体写着"弗洛森比尔格"。

克莱尔在晚春的阳光下眨了眨眼睛,她仰起自己那张缺乏光照的脸,迎向光线那微弱的暖意。虽然她很害怕,害怕接下来的种种不可想象的炼狱,但她还是努力鼓起一点儿内心的力量,提醒自己,她们现在还活着,也许最糟糕的已经过去了,最重要的是,她和薇薇还在一起。

火车上的货物——男人、女人和几个吓坏了的孩子——被党卫军军官赶成长队,然后军官命令他们往前走。囚犯们饥肠辘辘,口干舌燥,疲惫不堪,在尘土飞扬的道路上跌跌撞撞地走了近一个小时,一旦掉队,卫兵就会用步枪的枪口或底座把他们赶回队列里。

不久,克莱尔的脚底传来如同火焰般灼烧的疼痛,使她一瘸一拐的。她的双腿在牢房和运牛车里待了几个月,不适应受力,她一度腿痛难忍,感觉就快摔下去了。但薇薇及时用一只胳膊挽住克莱尔,这种支撑让克莱尔得以继续行进。

终于,他们来到一座令人生畏的门楼,穿过黑色的金属大门。大门两侧都是高高的铁丝网围栏,每隔一段距离,栅栏边就耸立着一座警戒塔,每一座塔楼都伸出一挺机枪,枪口就正对着营地内部。

当他们经过一个砖砌门柱时,克莱尔抬起原本低垂的头,读着上面的德语铭文:Arbeit Macht Frei。她皱起眉头,苦苦思索是什么意思。薇薇轻轻推了她一下:"意思是劳动让你自由。"

这句话有着令人作呕的讽刺意味,而且就写在这些惊慌失措、筋疲力尽的因犯们头上,克莱尔嘴里不由自主地发出一声歇斯底里的惊叫。要不是在人群惊恐的窃窃私语和蹒跚的脚步声中听起来如此凄凉,就像身受痛苦的动物在不由自主地吼叫,那惊呼听起来几乎可以说是笑声了。

"别出声。"当一名卫兵伸长了脖子试图探明声音的来源时,薇薇低声说道,"我们必须尽量别引起别人注意。记住,我在这儿,我们在一起,一切都会好起来的。"

卫兵将蜿蜒的长队分类,让男人朝一个方向排列,女人朝着另一个。现在已经没了小孩的踪影,但克莱尔并没有看到他们被带去了哪里。女人们都被带进了一个长长的低矮建筑里,这里似乎只有女看守。

"在这儿排队,"一名卫兵一边挥手示意一边说,"排成一列,把衣服脱了。"

女人们惊骇地看向彼此。

"赶快!脱衣服。"这一次指令是喊出来的。

女人们觉得不可置信,但只能麻木地开始缓慢褪去衣物,直到最后,她们瑟瑟发抖地站着,将脱下的衣服捧在胸前。接着,一扇门打开,她们依次被带入下一个房间。

克莱尔感到羞愤、屈辱、暴露,她被迫站在沿着内室墙壁排列的其中一张桌子前。一双粗糙的手开始检查她的身体，给她量尺寸，听她的心跳，检查她的牙齿和眼睛，她觉得自己就像一头在牲畜市场上被估价的小母牛。她扫过人群，看向正在遭受相同对待的薇薇，冰冷的听诊器贴着她的背部皮肤，她正在努力忍住不咳嗽。

"你的工作是？"坐在桌子后面的女人问。

"我是裁缝。"克莱尔答道，同时她听见隔壁桌前的薇薇也给了同样的答案。对方将信息填进表格，再将纸张放到面前堆着的其中一沓文件上。

桌子后面的女人朝一名看守点了点头，然后克莱尔和薇薇就被带到了隔壁房间。她们走的时候，克莱尔注意到一些女人被领着往别的方向走，没有明显的理由。看守的分类方式似乎很随意。

几分钟后，当那些女人再次出现在隔壁房间的众人面前时，很容易就能猜出她们被带去了哪儿。她们刚刚被剃了头，看上去甚至比之前还更赤身裸体。克莱尔和薇薇交换了一下眼神，不确定她们还能留着头发是幸运还是诅咒。

她们各自领到一堆叠好的衣服。内衣已经松垮，磨损得厉害，好些地方的布料已成半透明状。当她们抖出其他用蓝白条纹编织的粗棉衣服时，她们发现里面有一件宽松的罩衫和一条长裤。

"先别穿，"当一位被剃掉头发的女人开始把衣服往身上套时，一名看守命令道，"给，拿着。"然后她递给她们白色的布条，每个囚犯两根，每条上面都有一个身份编码，字迹无法被洗掉。女看守看了看先前房间里坐在桌子后面的女人给到的单子，又给了她们每个人一枚彩色的三角形织物。克莱尔注意到她和薇薇拿到的是红色，但其他女人拿到了黄色、黑色或蓝色。还有几个人同时拿到了两枚，基本都是一枚黄的加一枚别的颜色。

"到隔壁去。"那名看守用手指了指。女人们排成一列向前挪动。然后，克莱尔和薇薇发现她们来到了自己熟悉的领域。房间里的女人身着一样的蓝白条纹制服，头戴白色头巾，她们坐在缝纫机后面，不停地往罩衫和裤子上缝身份编码和三角形，那都是为新入营的人准备的。她们缝得很粗糙，用的是粗纺线，动作特别着急，然后制服被交还给看守。

隔壁房间里有一堆鞋子，看守指着它们说："找双合脚的。"

女人们在鞋堆里翻翻捡捡，想找到自己的鞋，但大部分人最终都放弃了，只能将就着找一双穿。克莱尔成功拿到了一双靴子，比她平时的尺码稍大一些。她没找到自己的旧鞋子，而这双靴子比那双更容易上脚。但是，当她穿上靴子站起身时，却发现靴子前端立刻开始摩擦她脚趾的嫩肉，那些地方依然敏感脆弱，还没来得及被新长出的指甲覆盖。

女人们各自拿着一堆衣服，最终被领进一间铺着瓷砖的狭长浴室。虽然水温不高，但在用一块坚硬的肥皂擦洗完身体之后，克莱尔稍稍好受了些。没有毛巾，但女人们终于能穿上新领到的制服了。

"你觉得怎么样？"克莱尔试图鼓起一点反抗的勇气，她模仿德拉维涅时装店里的模特转了个圈儿，"这可是本季流行。"

薇薇用笑容回应她。"你知道我怎么想吗？"她应声道，"我觉得我们俩应该去那间缝纫室谋份差事。"

哈丽特

我最近一直在回避蒂埃里的电话和短信，只在必要时才简短地回复说我太忙了，没时间见面和出去。其实，那天在福煦大街发生的事让我很惊讶，我竟然会恐慌到那种程度。就在我刚觉得自己有了某种根基，觉得自己和家族产生了某种联系时，才发现这是有代价的。代价在于，我知道克莱尔经历了那样的痛苦遭遇，也知道那份创伤最终不可避免地转移到了我母亲身上。避无可避。无期徒刑。如果这是真的，如果我的基因里就携带着创伤与痛苦，我又怎么舍得把它强加给我爱的人，把它传递给我的孩子，让痛苦和孤独延续到下一代呢？

我原以为了解自己的家族历史会让我变得更强大，那实在是大错特错。克莱尔截至目前的故事只让我觉得被困住了。是我自己选择冒险来到巴黎，寻找照片中的女人。我以为我有勇气面对自己真正的来处，但现在，我担心这样做弊大于利。

与此同时，我又觉得自己已经了解了太多，没办法就此打住。我需要把克莱尔的故事听完。我只能希望，这故事里可能会有某些救赎的成分，于我、于她都是。

西蒙娜继续分享着我们祖母和外祖母的故事，但新的信息有很多不全的地方。某些事她也是第一次知道。她说自己已经要求米蕾尔填补空白，但她寄信过来要花一些时间。我在想，对米蕾尔来说，回忆并书写这些事情是否会让她觉得痛苦呢。

西蒙娜和我的工作都很忙，很难找到时间认真交流。而这正是我需要的：我还没准备好告诉她我和蒂埃里的关系结束了。她会感到遗憾还是高兴？我不知道她是否听说了什么，从他或其他共同的朋友那里。但无论如何，她从未提起过。

令人失望的是，他们通知说，我们俩都不用到尼斯参与生态化妆品发布之旅，但弗洛伦斯和另外两个客户经理都会去，所以我们仍然有很多东西要帮他们准备。

除此之外，这周还有秋冬季高级定制时装秀。现在是七月的第一周，整座城市太热太闷，似乎不适合欣赏厚重的羊毛衫和硬挺保守的剪裁，因此，即便我和西蒙娜拿到了周二晚上香奈儿时装秀的门票，我也提不起太大的热情。我们坐在巴黎大皇宫里，在名人和时尚编辑们后面几排，看着模特们穿着卡尔·拉格斐精心打造的毛呢服装大步走上T台。这个系列非常精致：每件服装都经过精心设计，以凸显女性的身体美，设计得既巧妙又古灵精怪。但我被周围的表演吸引了注意力。设计师把裁缝们从工作室带到了这里，作为时装秀的背景，以此说明这样一个事实：我们正在为之鼓掌的每一件成品都是由一小支匠人团队精心制作的。他们无视着T台上的动静，专心在给模特们要展示的服装的半成品做收尾工作，我在一旁看得入迷。对我来说，这些现代的女裁缝让我和克莱尔、米蕾尔及薇薇产生了直接的联系，也让我明白，我外祖母用过的很多传统缝纫技巧，至今仍在被使用。

时装秀没能像期待中那样让我暂时不去想那些阴暗的过往，相反，它只让我想起克莱尔和薇薇遭受的可怕折磨，她们不仅在这座城市遭受酷刑，还被关到了德国的纳粹集中营。一阵恐慌感随之而来，我喘不上气。突然之间，巴黎大皇宫的炎热和奢华变得难以忍受，我拿起包，找借口早早离开了演出，匆匆回到河对岸的阁楼房间，回到与世隔绝中去。

那晚，我躺在床上，怀疑自己是不是正在经历某种精神崩溃。我盯着旁边抽屉柜上的照片。"帮帮我。"我低声说。

克莱尔、米蕾尔和薇薇安回我以微笑，跨越岁月来安慰我。她们三人的性格是如此不同。我提醒自己，如果不是米蕾尔和薇薇帮助克莱尔坚持下去，我今天就不会在这里了。

"你也要继续走下去！"我似乎听见米蕾尔这么说，她的语气坚决，一头黑色卷发随之跳跃。

"只有当你了解了全部的真相，你才会真正明白。"薇薇那双平静的眼睛似乎在这么对我说。

克莱尔微笑着站在她们旁边，她的笑容是那样温柔，仿佛在说，即使她从不曾认识我，但她深深地爱着我。她和我在一起。她永远不会离开。

1943

巴黎一天比一天动荡。战事胶着，德国人日益受挫，围捕和驱逐变得越来越频繁，越来越随机，越来越残酷。大多数时候，米蕾尔只在需要买吃的时才离开缝纫室。勒鲁先生给了她一些钱，她全都用来在黑市上购买额外的零星食品，这样才能维持"客人们"的口粮。她白天和晚上各有一份工作，这让她忙个不停，但只要一得空，她就会步行到塞纳河小岛尽头的柳树那儿，在它优雅的臂弯下寻求些许慰藉。

七月的一天，她坐在树下，一边注视着河水从身旁流过，一边想着她所爱的人们此刻正在做什么，突然空气中飘来一股烧焦的味道。一缕浓烟熏黑了杜乐丽花园上方的天空。她还不想回到空荡荡的公寓里，便去看看发生了什么事。

一群人聚在这座公园里，她曾经领着克莱尔来这里和勒鲁先生见面，那已经是快十八个月之前了，真是恍如隔世。那时还是冬天，如今已是盛夏，闷热潮湿的空气粘在米蕾尔身上，汗珠顺着她的脖子直流而下。

当她走近橘园美术馆时，她意识到士兵们正在将那些装裱好的画作搬出画廊。她溜进人群以免被发现。当一幅镶框油画被高高举起，然后又被扔进在草地花坛里熊熊燃烧的火堆时，她惊骇不已，目瞪口呆。"他们这是在干什么？"她向身旁的一位男士问道，他正沉默地注视着这一切，表情很严肃。

"他们认为这些艺术品'伤风败俗'。"男人说道，脸上写满鄙夷，"显然，艺术刻画了一些事的真相，而纳粹政权厌恶那些画作的主题，他们觉得很受威胁，所以决定烧了这些艺术品。我亲眼看见一幅毕加索的作品被扔进火里。只要是他们不喜欢的东西，不符合他们眼中理想世界的东西，他们就会加以摧毁。"他摇摇头，眼里写满愤慨。她注意到他蓬乱的胡子上沾有几滴细小的颜料，她觉得他肯定是一位艺术家。"他们先是焚书，然后又烧毁艺术品，我听说，他们还在那些集中营里放火烧人。记住这一天吧，年轻的女士；你正在见证人性的湮灭。铭记这一切，告诉你的孩子和孙子孙女，这样他们就能阻止这些事情重演。"

又一幅画被扔到火堆里，她转身离开，匆匆回家。等回到公寓时，她的衣服和头发上仍有烟味。尽管七月的傍晚暑气逼人，但她想起那个男人说的话，还是感到不寒而栗："他们还在那些集中营里放火烧人。"第一百万次，她祈求所有能听到她祷告的神，祈求克莱尔和薇薇还活着，祈求她们平安无事。求你了！让她们早日回家吧！

· · ·

克莱尔逐渐找到了生活的节奏。她发现，除了弗洛森比尔格集中营，该地区还有很多其他营地，都是为德国打仗提供劳动奴隶而建的。那些简陋的营房占据了中央区域的一部分，囚犯们就被安置在里面。附近建有工厂，生产纺织品、军用物资，甚至还有梅塞施密特飞机，充分利用了源源不断的囚犯劳动力，他们也是乘火车来的这里，就像当初她们到时一样。这些零散的信息都是她从一位女孩那儿听来的，女孩睡在克莱尔和薇薇合住的床位上铺，曾在达豪集中营住过好几个月，那边要大得多。她说，她曾在那边专门为党卫军军人提供服务的妓院工作过。"他们在小隔间外面等着的时候会互相交谈，好像我们躺着就听不懂他们在说什么似的。"她轻蔑地说。

克莱尔说："你一定觉得很可怕吧，受了那样的折磨。"

"哦，一旦你习惯之后就没那么糟糕了。那儿的食物更好吃。不过，等到你生病，头发和牙齿悉数掉光时，一切就结束了。"她张开嘴展示她那空无一物的、毫无血色的牙龈，"然后他们就会把你送回这里，你不得不再回工厂工作。"她用审视的眼光看着克莱尔，"你在那边会讨他们喜欢的。一个真正的雅利安人，加上你这样的肤色，会很受欢迎的。而且他们检查你的时候，也没让你剃头，这表示你有可能在名单上。"

克莱尔打了个寒战，把头巾往前额下面又拉了一点，盖住发际线。女孩的眼神很空洞，显得麻木无神，许多在集中营待了一段时间的囚犯也有同样的表情。

每天早晨点名时，她们都会被迫在营地外的中央广场站上一个小时，或者更久，点名结束后，克莱尔和薇薇会跟着负责管理纺织厂工人的看守，安静地排队经过营地一侧的小巷尽头。小巷通往低矮的砖砌建筑，高高的烟囱日夜不停地向天空喷出浓密的灰色烟雾。大家都知道那是干什么用的。有时候，他们会听说外面堆满了尸体，一堆裸露的四肢和褪了色的蓝白条纹制服，一幅来自地狱深处的画面。

一些在飞机制造厂工作的男人佩戴着属于志愿者的蓝色三角形。虽然如薇薇所言,"志愿者"这个词并不准确,他们是被迫离开家园来到这里,像奴隶一样在敌人势力指挥下工作的人。克莱尔时常会想起她的哥哥,让-保罗和西奥。他们在这种地方工作过吗?或许,他们就在这儿,在某个卫星营地里那些满脸愁容的囚犯中间?如果是这样的话,让-保罗的衣服胸前会佩戴一枚蓝色的三角形,而西奥则会戴着政治犯和战俘专属的红色三角形,就像她和薇薇的一样。

薇薇通过和营地里的其他女人交谈,才弄懂了不同三角形的含义。黄色代表犹太人,有时红色三角和黄色三角会倒着叠在一起,这表示双重身份。绿色三角形代表之前就被定过罪的罪犯,他们经常被指派为管理工人,他们坐过牢,是很无情的监工。这些人在集中营里也被称作"犯人头目",他们时刻准备着对自己的狱友同伴施以惩罚。黑色三角属于那些被定为精神不正常的人,或者吉卜赛人、流浪汉和瘾君子。

看到营友们被如此粗暴地分类,包括她自己也是,被冠以不同的充满耻辱的标签,克莱尔很是震惊。但随着时间流逝,她几乎对此已经习以为常,几乎不会再注意到那些彩色的三角形布料。

在和负责管理她们棚屋的营长聊了一番之后,薇薇成功说服对方让她们俩在纺织厂工作。她们进入营地的那天,经过接待中心时,克莱尔听到薇薇询问她们如何才能在缝纫室工作。

"那些可都是养尊处优的活儿,"那女人答道,"你可不能就这么大摇大摆地走进去。大家都想在那么舒适的条件下工作，暖和地坐在缝纫机前干活儿。"

"但我们都是经验丰富的裁缝，"薇薇争取道，"我们的针线活又快又好，而且，如果缝纫机的线轴和针卡住了，我们还知道怎么修理。"

那女人上下打量着她。"也许是吧，但你们还是不能这么轻易就拿到一份这么好的工作。不过，既然你和你朋友声称有这么好的手艺，我会去和负责给纺织厂派活的头目说一下。也许他们会同意，让你们的特殊经验在那儿派上用场。"她的语气很尖刻，但她信守了诺言，两天后，克莱尔和薇薇被命令加入纺织工人的行列。

起初，工厂车间让克莱尔很不适应，但慢慢地，她开始习惯噪声和不间断的工作量。薇薇似乎从一开始就更得心应手，克莱尔想起她说过自己在战争开始之前曾在里尔纺织厂工作的事。

这家工厂除了为营地囚犯制作衬衫和裤子，还负责给德国军队生产服装。克莱尔被安排缝制灰色的军裤，薇薇则是为士兵制作袜子，她负责运转机器，让它每天都保持最大工作量。克莱尔时不时地从工作中抬起头来，她总能注意到薇薇是如何与其他工人交谈的，特别是与分配任务的工厂领班，还有，每个人都很喜欢薇薇友好的态度和工作时从容不迫的样子。

夏日一天天流逝，营房的条件变得越来越不堪忍受。附近厕所的恶臭混合着疾病的气息和腐烂的气味，弥漫在闷热棚屋的空气中。床位很挤，上面爬满了跳蚤和虱子，它们趴在囚犯瘦骨嶙峋的身体上大快朵颐。叮咬处感染，变成溃烂的伤口,每天早上,营长会挑选几个身体好一些的女人把发烧的囚犯抬到医院楼里。在有些早晨,对于一些女人来说,已经太迟了:她们的尸体会被那些专门负责运输的囚犯移走,无声无息,毫无礼节,他们的工作是用手推车将尸体送到火葬场,那儿的烟囱排出的灰烟一直笼罩在营地上空,从清晨到黄昏,日复一日。

纺织工厂里的噪声和高温残忍无情。一天,克莱尔趁工头背过身,偷拿了一把工作台上的剪刀回棚屋。那天晚上,她剪掉了自己的头发。当浅色的头发落在她脚边的地板上时,她感到一阵强烈的羞耻感。她想起很久以前那个跨年夜,她在卧室房间的镜子前挽起自己的金色长发,她穿着那条绣满银珠的深蓝色长裙,准备去见恩斯特。她渴望被爱,渴望奢侈与富足,正是这些渴望造就了她的今天,让她失足跌进这个人间炼狱。她对着头发一阵狂剪,愤怒的泪水顺着她的脸颊滑落。

这时,薇薇出现在她的身边,从她手中拿过剪刀。"嘘,"她说,"我在这儿。我们还在一起。"她搂住克莱尔颤抖的肩膀,在她耳边轻声说。"别哭。你知道的,哭泣就代表放弃。我们永不放弃,你和我都不会。"

然后薇薇把剪刀递回去,说:"把我的头发也剪了。"她转过身来面向棚屋里的其他人,挤出一丝微笑,"还有人想加入我们吗?这样更凉快,而且更容易清理虱子。"一群还有头发的女人排成队,之后,她们互相帮忙,清理彼此剪过的头。有没有被强制剃过头变得不再重要,她们之间的差异消失了。对克莱尔来说,那天晚上,恶臭与受辱感似乎不再那么强烈,取而代之的是一种熠熠生辉的盟友情谊。

1944

那年一月，整座城市都冷如冰窖。那是米蕾尔记得的最冷的冬天之一，粮食和煤的供应已降至最低点，她觉得自己的身体和头脑也已经冻僵。她每天都如同梦游般在缝纫室里工作，裹紧毯子缝制为数不多还在被预订的几种衣服。很多女孩都离开了工作室。有些人——那些犹太女孩和一两个别的人——像克莱尔和薇薇一样，就这样消失了。其他人则决定回到更偏远的乡村地区与家人一起努力生存，在那里至少有可能种点儿吃的。

回家的欲望很强烈，但是米蕾尔知道，即便能弄到旅行通行证，她也无法离开巴黎。只要申请通行证，势必就会引起注意。无论如何，她都必须留下来，为了那些她在红衣主教街阁楼里庇护的人，为了她的朋友克莱尔和薇薇。她不知道她们是否还活着，但她知道自己必须坚持下去，继续期望她们终有一天会回来。

她尽可能少地离开公寓，每当空袭警报响起，远处上空轰炸机的轰鸣声传来，她就蜷缩在毯子里。她经常在想，"弗雷德"是否就在其中一架飞机上。她想象他在，想象他知道她在这里，想象他正引导着炸弹远离圣日耳曼大道，守护她的安全。她尝试用这些想象给自己勇气。

勒鲁先生时常给她带来新的消息，偶尔会跟她说一些别国的战况。德军的兵力比以往任何时候都要薄弱，他们强加给占领国的贫困也正在影响着他们自己。盟军比以往任何时候都要强大，不断向前推进。他说，毋庸置疑，如果形势继续这样发展下去，战争肯定打不了多久了……

她努力将他的话记在心里，虽然那张脸苍白无力，愁眉紧锁，藏着挥之不去的绝望。

她经常会琢磨他那天说的话，就是他来告诉她，薇薇和克莱尔已经离开监狱，被转运到东部的一座集中营那天。"我爱她们两个，米蕾尔。"他是什么意思？他和薇薇是什么关系？对克莱尔又是何种感情？难道他完全均等地爱着她们俩？

一天晚上，她把一家逃难的人在卧室里安顿好，然后走到客厅桌前与他交谈。

有一会儿，他们俩都没有说话，接着她说："我在想她们此刻在做什么？"她不必提及她们的名字，他俩都知道她们指的是谁。

"我每天都对自己说，她们和我们一样，正在顽强地活着，继续前进，等待着重逢的那一天。我想我们必须对自己说这些。这是我们坚持下去的理由。"

她尽力去分辨他眼中的感情，但那深深的痛苦掩盖了所有。"薇薇……"她欲言又止，找不到合适的措辞询问心中所想。

他端详了一会儿她的脸，然后开口，他很激动，声音断断续续的："薇薇是我妹妹。"

她恍然大悟。他们的亲密感。他们朝对方微笑的样子。还有他偶尔看向克莱尔的眼神。他的确是同时爱着她们俩，不过感情完全不同。他眼中的痛苦也说得通了。

他失去了自己的妹妹，以及深爱的女人。而他无法原谅自己。

• • •

如果不是每张铺位都挤了这么多人，棚屋里的大家可能都会冻死，彻骨的严寒会让她们体内的血液结冰。在冬天，跳蚤和虱子少了，意味着不会再有那么多人死于斑疹伤寒，但流感和肺炎填补了空缺，继续在集中营里残酷无情地收割生命。集中营里的犯人们几乎一直在挨饿，心情也很绝望，好像没人能有体力和毅力挺过去。

一天晚上，当她们从工厂回到棚屋时，棚屋主管将薇薇和克莱尔拉到一边。"他们需要更多会缝纫的人在接待中心干活。这些天接收的人太多了，他们新加了缝纫机，我已经把你们的名字报上去了。"

"谢谢你。"薇薇说。在营地里度过的这几个月里，她告诉克莱尔，只要有机会，就把工厂里的零碎东西带回来送给主管，她自己就是这么做的，以此来加深对方的好印象。每样东西都有价值——一把纽扣，一根针线，一些布头。这些小恩小惠终于起了作用，为她们俩在相对安全暖和的接待中心换来了一席之地。

于是，第二天早上，她们没有沿着积雪覆盖的小路艰难步行到工厂，而是走了几百码，来到营地大门旁的建筑群前。克莱尔边走边朝自己的双手哈气，防止它们受冻。"我在想，谁会接手我们在工厂的活儿。"她自言自语。

薇薇想开口说话，但冷空气呛到了她的肺，她咳嗽不止，全身颤抖。当她缓过气来时，她说："至少，我希望接手我那台机器的人不会发现,我调整了机器设定,让袜子的脚指头和后跟部分变薄了,而不是加厚它们。我估计这会儿有不少德国士兵的脚都很酸痛。这是我最近对战争的贡献!"有那么一会儿,她淡褐色的眼睛里闪耀着往日的光芒,克莱尔不禁笑了起来。在寒冷的空气中,笑声宛如音乐,不同寻常,使得走在她们前面几码远的犯人们都转过身来盯着看。在近旁的瞭望塔上,一挺机枪突然转至她们的方向,克莱尔赶忙用手捂紧了嘴。

薇薇又咳嗽起来,她呼出的气息在头顶上方化作一团团小小的云状物,凝结成冰滴,降落在她那红褐色的短卷发上。有一会儿,一抹并不强烈的冬日阳光照亮了她,朋友那一瞬间的美让克莱尔失神,这种美与死气沉沉的营地格格不入,就像一颗被放在破布包里的红宝石。

・・・

米蕾尔能感觉到德国人对巴黎的控制正在减弱。这些天,圣日耳曼大道上的咖啡馆和餐厅里不再有那么多休假的士兵,越来越多的军用车队离开城市,向北方驶去。

六月的一个晚上,勒鲁先生带着一个大盒子来到公寓。他做了一个夸张的动作将盒子放到客厅桌上:"瞧!有一个礼物给你,米蕾尔。"她打开盒子,里面是一台无线电收音机。

换作一年前,房子里要是出现了这样一件东西,她可能会有一丝恐惧与不安,但现在,这象征着一种小小的自由。

勒鲁先生插上电源,调好天线,一个声音响彻房间。

一开始，她几乎听不明白播音员在说什么。

"他说的是什么意思？"她问勒鲁先生，"什么是霸王行动？"

他的眼睛炯炯有神，带着一种久违的希望。"盟军已在诺曼底海滩登陆了，米蕾尔。这就是决胜关头了。大反攻！他们正在法兰西的国土上战斗。"

从那以后的每天晚上，白天的工作一结束，她就会立刻从缝纫室回到楼上，打开收音机，收听BBC电台和"自由法国"频道的广播。广播的声音在房间里回荡，报道着战争的最新进展，盟军正从德军手里夺回一个又一个城镇。她聆听着，那些声音让她的心里升起崭新的希望。她开始允许自己再次去相信，战争就快结束了，她很快就能见到家人，而克莱尔和薇薇也就快回来了，并且，也许——只是也许——她在深夜漆黑的房间里默念的那个名字，那位年轻的自由法国的飞行员，他正在某处为解放这座城市而战斗，因为她还在这里，还在茫然无措地等待人生重新开始。

收音机广播里的声音逐渐多了一种全然不同的反抗语调，虽进展缓慢，但步履坚定，直到最后，形势逆转。

那是八月的一个炎热午后，万尼尔小姐让还在这里工作的几位裁缝提早下班回家。这些天工作很少，只剩下一个小组处理不时到来的零星订单。楼下的沙龙通常都是关着的，百叶窗被拉下，挡住了写有"德拉维涅时装店"名字的橱窗。

米蕾尔用力推开公寓的窗户，试着让傍晚微凉的空气吹进闷热的阁楼房间，接着她打开了收音机。她在厨房给自己倒水喝时，播音员的话语让她竖起了耳朵。

"让我们终止这些运送吧,"那声音呼吁道,"昨天又有一千多名男女被运到东部。今天我们要说'够了!',已经有足够多的同胞消失在德国的劳工营里。是时候让他们回家了。巴黎市民们,是时候结束这一切了。地铁工人、宪兵和警察已经开始罢工。我们号召其他所有市民加入他们的行列,进行更广泛的抵抗。现在,起来反抗吧,大家一起夺回我们的城市!"

仿佛是在回应战斗号召,河那边传来枪声,紧接着北面远处的某个地方又传来爆炸的闷响。楼下街上一阵叫喊,奔跑的脚步声就像是复刻了她的心跳。

无论外面发生了什么,她都迫不及待地想要参与其中。她不假思索地跑下金属扶梯,来到外面的红衣主教街上。高大的建筑物将她包围在狭窄的街道上,于是,她本能地转身朝视野更开阔的河边奔去。

一群年轻人拿着不知从哪儿弄来的各式武器,快步走向新桥。更多的人从沿岸建筑物的地下室和阁楼里走了出来,服务员、职员和警察:大家都是抵抗队伍的一员。

米蕾尔站在一棵梧桐树的树荫里,她有些犹豫,不确定应该往哪个方向去。桥的尽头,男人和女人正在搭建街垒,把他们能用的所有东西拖到路中间垒起来。桥的入口一侧有一片树林,两个男人正对着一棵树拼命地挥舞斧子。

一群人正在撬铺路石,想用它们加固防御工事,米蕾尔跑过去帮忙。她用双手去抠固定石板的泥浆,手指流了血。她把路石的一角撬松,直到整块路石脱离,然后步履蹒跚地把路石搬到街垒处。

一棵树开始倒下。"小心!"一个男人喊道。她及时躲开了。

就在这时,一辆德国装甲车冲过大桥朝着他们疾驰而来,机枪扫射不停。抵抗组织加以还击,子弹在石头工事间四射飞溅。男人拽着米蕾尔蹲到倒下的树后面,一颗子弹和她擦身而过,打进了旁边的树干。装甲车突然转向,沿码头朝相反的方向冲去。那个男人抓住她的胳膊,把她拉起身。"回家吧,小姐,"他说,"外面不安全。现在整座城市的街头巷尾都成了战场。快回室内去。"

在桥的远端,一辆德国坦克缓缓驶入视野,它的炮管大摇大摆地朝着街垒施以威胁。"赶快!趁你还有机会,快走。"他把她朝多菲内街的方向推,她赶忙跌跌撞撞地跑向左岸狭窄街道的庇护。她一边逃跑,一边回头看了一眼向街垒逼近的坦克。桥的尽头,一名战士倒在血泊之中。

回到公寓,空空的房间里依然回荡着收音机里的长篇演说,激励市民们夺回城市。她一屁股坐在椅子上,喘着粗气,久久聆听着远处传来的声音和越来越近的枪声。直到深夜,争夺巴黎的激战都久久没有停息。

• • •

集中营里几乎每天上演着各种"筛选",大家都对此习以为常。囚犯被押走或被赶上公共汽车,在该地区的众多卫星营地之间往来。有些人能活着回来讲述自己的经历,但另外一些人再也没回来。

一天早晨点名的时候,当其他囚犯前往工厂干活时,克莱尔和薇薇与另外一些女人一起被留了下来。克莱尔冒险瞥了一眼站在棚屋前尘土飞扬的广场上候命的其他人。有一两个人看起来很害怕,不知道自己接下来会被送到哪里,也不知道那里等待她们的是何种命运。但大多数人只是站在原地,目光低垂着,一副无所谓的样子。薇薇看了她一眼,笑了笑以示鼓励。

"眼睛目视前方。"看守厉声喊道。

女人们一直站在那儿,在夏日的阳光下摇摇晃晃,光秃秃的头上只戴着薄薄的棉制头巾,终于,他们命令她们往前走。一队衣衫褴褛、饥肠辘辘的妇女从营地的大门里鱼贯而出,跟着卫兵来到火车站,站台上有一列货运火车。

"上帝啊,不要再来一次了。"克莱尔祈祷着,她想起早先来弗洛森比尔格时的漫长旅程。一个卫兵拉开了其中一列车厢沉重的滑动门,起初克莱尔不确定自己看到了什么。慢慢地,在强烈的阳光下,她眯起眼睛,看到黑暗的木制车厢里,是一堆挤在一起的、蓝白相间的条纹布和苍白的四肢。一双双黑色的眼睛凹陷在骷髅般的脸上,凝视着她。然后她意识到这些都是女人。卫兵匆忙将车门拉上,腐尸的恶臭扑面而来,她急忙用手捂住口鼻。

"下一节车厢。"一个党卫队军官喊道,挥手让她们沿着站台继续往前走。女人们默默地爬进等待着她们的空牲畜车厢。木制车门被滑上,光线消失。几分钟后,火车开动了。

• • •

争夺巴黎的战斗在这座城市的街道上整整打了四天。米蕾尔收听广播时,有报道称抵抗组织战士已经占领了大皇宫，正遭到德军攻击。城市的各个角落都在爆发小规模战斗，但同时，人们看见一列列德国车队沿着香榭丽舍大街向东撤退。

第二天晚上，播音员的音调又变了，变得更加狂热。"振作起来吧，巴黎的市民们！"播音员喊道，"法国第二装甲师正在赶来。此刻，一支先头部队已抵达意大利门。奋起反抗吧，夺回你们的国家！"

楼下的街上传来急促的脚步声和枪战声。

但她还听到了别的声音。她蹬上鞋，跑下楼，自从帮忙在新桥上搭建街垒以来，这是她第一次如此急匆匆地朝河边跑去。她加入人潮，越来越多的人拥向自己城市的街道，一个接一个地为这首歌贡献出自己的声音。

当法国和西班牙的士兵驾驶着美国坦克和卡车朝着德军的防御工事开火时，《马赛曲》响彻巴黎街头。

· · ·

在弗洛森比尔格登上火车时，克莱尔和薇薇还不知道她们会被带到何处，也不知道这趟旅程要持续多久。但是在颠簸了几个小时之后，火车猛地停了下来。

叫喊的命令声传来，这些女人抬起低垂的头，然后，她们听到牲畜车厢门被拉开的声音。最后她们的车厢门也开了，她们互相扶着彼此下车，傍晚的阳光让她们晃了眼。她们别过脸，不去看那些从火车卸下来、堆放在铁轨旁的尸体。男性囚犯穿着随处可见的条纹制服，他们正在用手推车将尸体运走。

那些还活着的人被命令排成队列,然后被驱赶着沿火车车厢走向一个高高的白色门楼。她们走着走着,其中一个女人来到克莱尔和薇薇身旁。

"你们是从弗洛森比尔格来的?"她问道,声音压得很低,这样才能被脚步声掩护住,"火车靠站时我看到了这个名字。"

克莱尔点点头。

"你呢?"薇薇问,"你是从哪里来的?"

"更北边,"那个女人答道,"一个叫贝尔森的地方。我希望这个集中营的条件比之前的好一点。肯定不会再糟了。"

"你知道我们现在是在哪儿吗?"

"我听一名卫兵说我们是在被带往达豪。远离北部的轰炸。他们正在这儿修建新的工厂,以取代那些被毁掉的,所以才需要更多的工人。"

"安静!"一名卫兵吼道,"继续往前走!"

当她们从门楼的拱门鱼贯而入时,克莱尔抬眼看了看铁门上镶嵌的熟悉字眼:劳动让你自由。这一次,她只是默读着这句话。

女人们被带到营房,这些营房比弗洛森比尔格集中营的大得多。它们一排排地向远方延伸。在克莱尔看来,达豪大如一座城镇。在营地中心的一丛树林后面,耸立着一座高高的烟囱,直伸向八月的天空。一股灰烟污染了蓝色的苍穹,她知道这景象意味着什么,之前的营地也有,她很确信,那些手推车上的尸体就是被送到这里进行处置的。

薇薇拉了拉她的袖子。"来吧,"她说,"我们先占个铺位吧,不然就没了。"

她们排队领到一份清汤寡水和一大块发硬的黑面包，然后走回棚屋，新的主管要求所有人注意听自己讲话。她查阅了一个记录板，告诉每个小组第二天上工的地点。她看了看克莱尔和薇薇衣服上缝的号码，又确认了一下手上的名单。"你们俩，明天去接待中心报到。你们要去缝纫室工作。你们知道要做什么吗？"

她们俩点点头。

"很好，赶紧吃完东西，然后睡觉。明天很早就要起床。"

她们合睡一个铺位，与另外两个女人头对着脚。克莱尔低声对薇薇说："我们在接待中心会没事的，对吧？就和从前一样。多亏我们有缝纫经验，这也许能救我们的命。"

薇薇用手捂住嘴，她试图抑制咳嗽，身体止不住地颤抖。当她又能说话时，她低声道："我们会没事的。快睡吧，克莱尔。这一天太漫长了。"

· · ·

克莱尔渐渐习惯了达豪集中营接待中心缝纫室的工作节奏。从早到晚，不断有新囚犯被收押，缝纫机转个不停，工人们把号码和彩色的三角形缝在蓝白条纹制服上，号码贴着胸口，彩色三角形则位于右腿裤管上。她觉得自己化身为冷酷机器的一部分，整天以无情的效率处理着每一个新囚犯，这让她无比痛苦。每当她将完成后的物件递给接收者，看到满是恐惧和绝望的目光时，她都会有一种罪恶感。一开始，她试图用一两句友善的话鼓励她们，但缝纫室的监工看守会朝她叫喊,命令她停止说话,专心工作。因此她现在只好勉强转以一丝淡淡的微笑来传达心意。

不过,她知道自己是幸运的。每天不用走太远的路就能到接待中心,她和薇薇得以从营地配给的稀缺口粮中保存一点点能量,克莱尔觉得自己比在弗洛森比尔格纺织厂做工时要强壮了一些。一天结束后,当她们在营地周边塔楼守卫的注视下回到棚屋时,她注意到薇薇的咳嗽也好些了,虽然可能只是因为现在是夏天。她还从棚屋的其他女人口中得知,她干的活儿比工厂里的要容易一点,环境也没那么糟。

她意识到,她们已经在这些集中营里被囚禁一年多了,有那么一会儿,一阵凄凉悲怆之感就快要将她吞没。她们还能再见到巴黎吗?她瞥了一眼坐在缝纫机前的薇薇,她正在埋着头干活。仿佛感觉到有人在看着她,薇薇抬起头,朝克莱尔微笑、点头、鼓励她。克莱尔心里默念那支撑她度过如此多绝望时刻的祷文:我们在一起,一切都会好起来的。

突然,先前一直靠着墙监视女人干活的看守大步走到薇薇的座位跟前,一把将她拽了起来,用力击打她的头部。那一列犯人吓得直往后退,其中一位被这突如其来的暴行吓得尖叫起来。

克莱尔惊恐地看着,几个黄色的三角形从薇薇的膝盖飘落到地板上,像破碎的蝴蝶翅膀一样散落到她空无一物的脚边。看守大喊着,她的两个同事从隔壁房间跑了过来。

"叛徒!法国婊子!"看守高声喊道。她伸手将那些黄色的三角形布料收在一起,"你把多少这种颜色的布换成蓝色的了?不要抵赖!我一直在注意你。我看到你那样干了。每次需要同时缝两块三角形的时候，你就略掉黄色的。就为这个，我就可以让人把你拉出去枪毙。"她扫了一眼那些惊恐万分的女裁缝和犯人们，她们全都被吓得呆若木鸡，"这对你们所有人都是一次教训。别以为你们能违抗命令。"

在寂静中，克莱尔站起来时椅子在地板上发出的摩擦声格外响亮，每个人都转过头来盯着她。薇薇的脸色苍白，下唇流出了一丝鲜血，但她恳求地看着克莱尔，几乎不可察觉地摇了摇头，无声地乞求她待着别动。

"还有你？"看守咆哮道，"你也是叛徒吗？或者你就是自愿和你这位朋友一起去做苦役？"

克莱尔正欲张口回答，这时薇薇大声喊道："不！不关她的事，是我干的，全是我一个人干的。其他人都不知情。"

"把她带走。"看守厉声说，"至于你，"她朝克莱尔啐了一口，"坐下，继续干活。我会盯着你的，你别想耍什么类似的花招。"

"求你……"克莱尔说。

"安静！"看守咆哮着，同时拔出了左轮手枪，"谁再敢开口，我就毙了谁。好了，你们现在是继续回去干活，还是我得把你们这些女裁缝全都赶出去，把你们这么轻松的工作分给些不会忘恩负义的人？"

当薇薇被架着双臂拖出接待中心时，克莱尔缓慢而麻木地跌回座位，她低头看着缝纫机，眼泪不停滴在身前桌上的蓝白条纹衬衫上。

· · ·

克莱尔快要疯了。没人知道薇薇被带去了哪里。当克莱尔恳求营区主管帮忙打探消息时,对方只是耸耸肩说:"她不应该那么蠢的,试图糊弄那些看守,耍花招,将那些黄色的三角形藏起来,试图挽救犯人。毕竟她已经很幸运了,有一份那么好的工作。"她摇了摇头,"她现在很可能已经在火葬场了。"

当薇薇某天晚上重新出现在棚屋时,应该是两周以后了——克莱尔已经失去了对时间的感知,而且,薇薇的铺位已经被别的犯人占领了。薇薇比从前更瘦了,并且又开始咳嗽。她骨瘦如柴,衣服像破布一样挂在身上,她走路时一直猫着腰,似乎已经支撑不住自己了。克莱尔跑到她身边,把她扶到床上,迫使那个占领了薇薇位置的女人抱怨着搬到别的铺位去。她拿来一些汤,想让薇薇喝下去,但薇薇的手抖得厉害,根本拿不住碗。"来,"克莱尔安慰她说,"让我来吧。"她一勺一勺地把土豆皮和卷心菜煮成的清汤寡水喂进薇薇的嘴里。

后来,薇薇恢复了说话的力气,她告诉克莱尔,她在禁闭室里被单独关了两周。她一个人躺在黑暗中,隔壁牢房不停传来呻吟和哭喊声,她一遍又一遍地重复着她和克莱尔经常低声对彼此说的话:我在这里。我们还在一起。一切都会好起来的。她说:"只要我知道你没事,我就能坚持下去。"

克莱尔扶着薇薇躺下。"你会好起来的。"她说,"我会照顾你的。你觉得你有可能再回工厂干活吗?"

薇薇摇了摇头："他们让我明天早上点名后去做强制劳役。"

"不！"克莱尔惊恐地瞪大了眼睛，"你还没有恢复，那会要了你的命的。"

"他们就是那么打算的。那些看守把我从缝纫室带走之后，其中一个人把我抵到接待中心的墙上，掏出手枪对准我的头。但是，就在他准备扣动扳机时，他的同事阻止了他。'对她这样的法国婊子来说，一枪毙命也太划算了。'我听到他这么说，'我们可以再让她干更多的活儿——让她慢慢地丧命。'"她停了下来，呼吸困难，浑身颤抖，抑制不住地咳嗽。

"嘘，"克莱尔劝她，"别说了。休息吧，恢复体力。"

就像朋友从未开口一样，薇薇又继续说道："但我不想让他们如愿以偿，克莱尔。我现在回到你身边了，我会更加坚强。我们会互相支持的，你和我，不是吗？就像我们一直以来那样？"薇薇朝她笑了笑，但即使是在夜幕降临时逐渐昏暗的小屋里，克莱尔也能看到她眼里满是深深的悲伤。

· · ·

克莱尔无法继续在接待中心工作，给新来的囚犯往制服上缝号码和三角形了。一个月以后，她鼓起勇气和营房主管说，她想被调去和薇薇一起工作。

那女人惊讶地看着她："你知道你在干什么吗？你的朋友已经被分配去做女人们所能做的最繁重的强制劳役了，那还是营地长官下的命令。她还能活着就已经是个奇迹了。只因为现在是夏天，天气手下留情，那些可怜的人才能活下来。但冬天马上就要来了，她们都会没命的。"

"求你了，"克莱尔坚定地说，"我想被调过去。还有很多人挤破脑袋想找一份缝纫室的工作。让我和薇薇一起吧。"

"好吧。但等到下雪天，你每天要花十个小时铲除路上积雪的时候，可不要再回来求我，想把你这份舒服的工作要回去。我希望你明白自己在做什么。"

克莱尔确实意识到，不管是她还是薇薇，只要是加入了苦役犯人的队伍，就很有可能熬不过这个冬天。但当她目睹这项工作对薇薇造成的伤害之后，她才想明白，如果薇薇不在了，那将意味着什么。她知道，如果没有薇薇陪着她一起度过那些漫长而黑暗的夜晚，没有她的耳语"我在这里。我们在一起。一切都会好起来的"，那她也就熬不下去了。

克莱尔别无选择，她宁愿和薇薇一起死，也不愿独自苟活。

1945

城市已经解放了,法国夺回了巴黎,但德拉维涅时装店最后一次关上了大门。一天早上,万尼尔小姐对一楼的女裁缝们宣布,她们手上的活儿是最后的工作,不会再有新的订单进来了。不过,她告诉姑娘们,德拉维涅先生已经替他的员工四处打听过,有家更大的时装店发来了邀约,他们的订单源源不断,只要她们愿意,下周就可以去那边上班。

当天晚些时候,她私下找米蕾尔聊了聊,她说,这栋楼最终会被出售,但米蕾尔暂时可以继续住下去,毕竟眼下时局不稳,城市才刚刚解放,最好还是别让这里完全空置。"我希望你能和我一起去勒隆时装店工作,好吗?你是我们最好的裁缝之一,米蕾尔,我很确信,你在那儿会受到重用的。"

米蕾尔考虑了一会儿。她渴望回家看望家人,但战争仍在欧洲肆虐,最后一批德军正在巩固仅剩的东部防线,法国领土上仍有持续不断的小规模冲突。旅行充满危险。铁路遭到大规模破坏,为防止德军及时调兵遣将,抵抗军的战士阻断了交通线路。她暂时留在原地可能更安全……而且,坦白说,她不愿离开还有其他原因。她每天都在等待勒鲁先生带来关于克莱尔和薇薇的新消息。还有,要是那位飞行员回来找她怎么办?

于是她答应下来。她愿意去新的时装店工作,暂时留在巴黎。

∴

吕西安·勒隆的高级时装店在战争中幸存下来,正蓬勃发展,他雇用的那位声名卓著的设计师功不可没。

当米蕾尔被引见给这位设计师——一位名叫迪奥的先生时,她双腿发颤。来自"德拉维涅之家"的团队第一天就参观了工作室,他给她们介绍说,他正在设计一批全新的造型,标志着一种新的风尚。"欢迎你们来到勒隆。德拉维涅之家的女裁缝素以完美的手艺著称,"他说,"这也是我所追求的。"

米蕾尔很喜欢和新雇主一起工作。有些布料依然紧缺,但迪奥先生充分利用了市面上有的材料。他的设计理念在于更柔和的轮廓和更微妙的点缀,而米蕾尔负责缝制的礼服裙身也比从前的更挺括。工作室里缝纫机不停地嗡嗡作响,有种忙碌的氛围,这在德拉维涅时装店已经消失很久了。迪奥先生声名鹊起,巴黎时装再次成为世界各地的富有客户追逐的对象。

她忍不住想,如果克莱尔和薇薇能在这里工作,她们会有多开心。她们会一丝不苟地缝制精细的珠饰,会无比享受用自己的技艺为迪奥先生那些夺人眼球的晚礼服注入生命力。她多希望她们此刻就在这里,坐在她身边的缝纫桌旁,当她们偶尔暂时放下手中的工作,缓解抽筋的手指和酸痛的脖颈时,她们会抬起头,冲彼此微笑。

战争何时才能真正结束?法国大部分国土都已被收复,但德国人巩固了东面孚日山脉尚存的军事力量。她收听的广播里热情地宣布,尽管希特勒的队伍仍在垂死挣扎,但盟军已进入比利时，攻进德国。每天夜里，当她聆听这些消息时，她总是想，何时才能听到自己渴望的消息：她朋友们的下落。

勒鲁先生仍然没有放弃，他试图通过在军方和红十字会的人脉找到她们。她告诉自己，很快他就能找到她们的下落了。等到那时，她才能真正安下心来。

· · ·

在德国，又是一个残酷的冬季。克莱尔刚开始和薇薇一起进行强制劳役时，她们的工作是拖着沉重的滚轮轧平新修的公路，这些公路连接着新建的地下工厂，之所以在地下，是为了躲避盟军的炸弹袭击。营地旁的铁路专线运来一车车的瓦砾，这些瓦砾是从遭受轰炸袭击的城市里清理出来的。饥肠辘辘、瘦骨嶙峋的囚犯受命用手推车一车车地将瓦砾运到工地。克莱尔和薇薇像马匹被套上挽具一样，置身于滚轮的把手中央，得用尽全力俯身往前才能将滚轮带动起来，然后，一连几个小时，她们步履沉重地走在粗糙的煤渣和瓦砾的混合物上，努力将它们碾碎、轧平。

随后，雪季开始了，女人们被指派去用铲子清除积雪，以保持道路畅通，便于犯人们每天步行去工厂。这是一项无比累人的工作，干活时她们的条纹夹克衫会被汗水湿透，织物会被泡坏，接缝处会逐渐破损。同时，握着沉重铁铲把手的手指会被冻僵，指尖处的冻疮会破裂、流血、发黑。

尽管大地结冰，雪下个不停，达豪的工厂仍接到命令：要提高产量。和火葬场一样，军火工厂也开始日夜运转。有一天，负责她们小组的犯人头目告诉克莱尔和薇薇，她们被重新分派工作，需要开始上夜班。

她们的新工作包含将金属弹壳浸入酸性溶液中，在它们装满炸药之前进行清洗和韧化。她们工作时酸液四溅，灼伤了她们的手臂，侵蚀了突出的骨节上仅剩的皮肤。每天早上，在刚刚睡了一夜的囚犯起身离开后，她们就会精疲力竭地回到自己的铺位上，拉过脏兮兮的破毯子盖好，挤在一起取暖。每当这时，她们都会互相低声说着那支撑着彼此坚持下去的话语，然后再逐渐陷入不安的、痛苦的半睡半醒状态。傍晚醒来的时候，克莱尔会躺在床上，聆听薇薇艰难的呼吸声，她肺部微弱的响声和风吹过小屋墙壁发出的微弱沙沙声总是交织成一片，这时，她会拉过自己毯子的一角给朋友盖好，努力用意志唤回朋友的力量，保护她不受周遭那残酷现实的伤害。

当她们被回来过夜的白班工人从铺位上叫醒时，营区主管让克莱尔和薇薇把那些没能熬到下一趟夜班的人搬出去。她们将尸体摞在木板车上，这些板车每天早晚都会在营区里来回穿梭，将一摞又一摞的死尸送到火化场。

终于，这一天来临了。太阳刚刚爬到营地周围通电的铁丝网上方，一块块光秃秃的泥土从积雪中露了出来。一天晚上，在她们拖着沉重的脚步去军火厂干活时，克莱尔低声对薇薇说，她们做到了，她们熬过了达豪的寒冬。肯定不会再有另一个冬天了，她告诉朋友——等到下场雪降落到营地时，战争肯定已经结束了，她们也已重获自由。薇薇笑着点点头，但没能开口说话，因为一阵咳嗽突然发作，她浑身的骨头剧烈震颤，发出一阵沙沙声，就像营地门外树上的枯枝在风中摇晃颤抖一样。

新的囚犯不断来到达豪，数量比以前更多。一些火车停靠在营地外面，一节节无顶车厢里满是碎石、煤矿和军火厂需要的原料。另一些火车则拖来了一长列木制的牲畜运输车厢，当卫兵拉开车厢门闩时，又一批人类货物被卸下来。在棚屋里，新来的囚犯会谈到高及人头的尸体堆，都是从火车上卸下来堆放在轨道旁的。一些囚犯说她们是从别的营地被带到达豪的，随着盟军一步步推进，那些营地正在被疏散。不管来自哪里，她们都有关于酷刑、谋杀、饥饿和奴役的故事可讲。而且，每一个集中营的中心似乎都有一个高高的烟囱，将死亡的恶臭吹向欧洲的天空。

这些新来的人也同时导致了虱子、跳蚤以及疾病的又一轮暴发，疫病在原本就污秽不堪的棚屋内迅速蔓延。女人们竭尽全力互相帮助，清洗彼此的头部，帮忙接来饮用水，尽最大努力照顾生病的人。但是，活下去逐渐变成了不可能的挑战。营房里的人越来越多，棚屋内痢疾横行，恶臭熏天。春天的微风让致命的斑疹伤寒卷土重来。

那是四月。天气仍然很冷，足以让营房屋顶在一夜之间结霜，克莱尔和薇薇在军工厂上完夜班回到她们的营区时，克莱尔的手脚都冻僵了，她身上的每一根骨头都因为寒冷、疲惫和饥饿而疼痛，这就是集中营里的"神圣三位一体"。瞭望塔外的天空变成了红色，达豪又迎来了一个黎明，但是营地中央高高的砖砌烟囱里冒出的灰色烟柱，用严酷的色彩玷污了日出的美丽。

薇薇疲惫不堪地倒在铺位时，她的干咳声听起来无比痛苦。克莱尔给她打了一杯水，但当她从水管处回来时，薇薇已经陷入沉睡，于是她小心翼翼地把水杯放在床底下备用。她拉过毯子的边缘盖在她朋友羸弱、枯瘦的身体上，蓝白条纹的罩衫从薇薇锁骨下方凹陷处松散地垂落，她注意到薇薇的胸口有一片黑色的叮咬痕迹。

那天晚些时候，克莱尔心绪不宁，半睡半醒，突然，棚屋里一阵骚动，让她彻底醒了过来。

一些原本应该去上日班的女人回到了棚屋，靴子在地板上来回穿梭，发出巨大的噪声，在四壁间不停回响。

"如果你们有毯子，就随身带上。"营区主管喊道。她大步穿过长长的房间，摇醒那些精疲力尽、刚上完夜班的犯人，让她们起来，"赶快！你们马上就要动身。尽快到广场上集合。"

克莱尔轻轻地拍了拍薇薇的手臂，但没有反应。她又更坚决地推了推她，薇薇咳嗽不止，那种刺耳的干咳声让人不忍细听。克莱尔意识到，她朋友的身体很烫。她尽可能在逼仄的铺位上坐直起身，将薇薇罩衫的衣领往后拉。她担心的事情终究成了现实：深色的皮疹已经覆盖了薇薇的整个胸口。她很熟悉眼前的场景，她之前帮助棚屋里其他妇女时就见过，这是斑疹伤寒的症状。

棚屋的大家都已经撤离了，营区主管急匆匆地来到角落，克莱尔正试着让她的朋友抿一口锡杯里的水。薇薇目光呆滞，她虚弱的身体正发着高烧。"起来！赶快！你们必须马上到广场去点名。"

"她没办法……"克莱尔说，情绪失控地转身面对营区主管，"她病了啊。看看她。"

主管匆匆瞥了一眼薇薇，厉声道："好吧，那你只能离开她了。那些病得没法走的人只能留下，交给看守处理。"

"走？"克莱尔问，"去哪儿？"

"盟军正在逼近。他们随时都会到。我接到的命令是疏散营地。我们要向西行军，撤往山区。带上你能带的东西，马上出去。"

克莱尔摇了摇头。"我不会离开她的。"她说。

营区主管原本已经往外走了几步，突然转身怒视着克莱尔。"既然如此，"她厉声说道，"你就留下吧，我不在乎。你们俩从一开始就不停地给我找麻烦。但我警告你，他们正在摧毁营地。党卫军正在处理留下的所有人，包括病人和垂死的人。如果你留下来，就会和她一起死。"

克莱尔的声音很平静，但很坚定。"我不会离开她的。"她重复道。

营区主管耸了耸肩，然后转身离开了棚屋，砰的一声带上了门。

克莱尔重新在薇薇身旁躺下，用打湿的衣角轻轻地擦着她发烫的额头。

"我在这儿。"她低声说，"我们在一起，一切都会好起来的。"

棚屋墙外传来的声音很低沉：奔跑的脚步在广场聚集，接着便是似乎持续了好几个小时的寂静，她估计是在清点人数。然后又是一阵脚步声，几千名囚犯一一穿过金属大门，越过那可怖的口号，朝着孚日山脉开始了漫长的行军。在那里，遭到围攻的德军正试图巩固他们最后的堡垒。

黄昏降临，从小屋肮脏的窗户透进来的光线变得暗淡，外面的营地一片寂静。克莱尔继续给薇薇擦着额头，用海绵擦拭着她的皮肤,她的皮肤看起来薄如纸巾,烫得仿佛快要烧起来了。疼痛和高烧吞噬着她的朋友,薇薇喃喃自语,不停地咳嗽,痛苦地呻吟。整个漫长的夜晚,克莱尔一直试图让她喝一点水,并继续低声安慰她——"我还在这儿。我们在一起。我不会离开你的,薇薇。"直到最后,她也极不安稳地睡了过去。

黎明时分,克莱尔醒来了,发现薇薇正盯着她看。那双眼睛仍然因高热而呆滞,但她醒过来了。克莱尔将薇薇脸上那圈被汗水浸透的头发挽到后面,祈祷这是她正在退烧的征兆,祈祷她能挺过去。

从棚屋门口跑过的沉重靴子声让克莱尔一惊。是谁?是那些看守吗?难道真如营区主管所说,他们回来处置病患和垂死的人了?

但脚步声在营房的尽头渐渐消失了。突然,附近传来一阵枪声。一声高喊的命令让克莱尔坐了起来。那声音不是德国人的,是美国人的。

"薇薇,"她低声说,"他们来了!美国人来了!我们得救了。"但薇薇好像又陷入了昏迷,每一次呼吸,胸腔都如风箱般作响。

"我去找人帮忙,薇薇。"克莱尔对她说,"他们肯定有药。坚持住,我很快就回来。"

她跟跟跄跄地走到门口,推开门,四月的阳光晃得她睁不开眼。她的腿太过虚弱,几乎站不住了,但她知道自己必须得往前走,去找人来治疗薇薇。分秒必争。她扶着小屋的墙壁作为支撑,走到一排排营房前面的广场空地上。

出于习惯,她紧张地抬头扫了一眼营地周围栅栏最近的瞭望塔，然而，塔楼已被弃置，顶上的空间并没有拿着机枪瞄准营地内部的纳粹士兵，取而代之的是一小片纯粹的天空。她靠在一间棚屋的墙上寻求支撑，跌跌撞撞地向中央广场走去。

那股气味先扑面而来。在四处弥漫的死亡和腐臭之外，是一贯刺鼻的灰色烟雾，仍然萦绕在她身后的砖砌烟囱之上。但当她逐渐靠近广场时，一股更刺鼻的恶臭袭来。当她绕过最后一间小屋时，一阵微风将浓烟吹向她、笼罩她、绕着她旋转，呛得她喘不过气。等到烟雾散去，她看见操场中央有一堆看起来像铁路枕木的东西在冒烟。一只烧焦的手从火堆顶部伸了出来，指向一个她不再相信其存在的天堂，即便所有的感官都已麻木，她仍能意识到，这是一个仓促堆出来的火焚场。火化太耗时了：营地的看守们试图在集中营被解放前尽可能多地焚烧尸体，以便销毁证据，掩盖这里发生的事。

阅兵场上排成队列的是一部分原来的集中营看守，他们曾经在此强迫囚犯们风雨无阻地连续站立好几个小时，有时是为了统计人数，有时则是惩戒。此刻，戴着圆头盔、身穿卡其色制服的美国士兵用枪指着他们。一个囚犯摇摇晃晃地走到广场上，双腿几乎站不太稳，他向前扑去，试图攻击一名党卫队看守。他一边往前冲，一边发出含混不清的痛苦叫喊，表达着卫兵多年来对那么多无辜群众的不人道待遇所引发的愤怒。虽然他的身体很虚弱，攻击毫无杀伤力，但两名美国士兵还是拦住他，把他从党卫队看守旁边拉远，轻轻地扶着他离开。

克莱尔松开扶着棚屋墙壁的手，跌跌撞撞地来到一个士兵身旁，他戴着白色的臂章，上面有一个红色的十字，他正在俯身检查一位倒地的囚犯。"请，"——她抓住他的衣袖——"我的朋友。你得帮帮她，求你了。"

那个卫生兵意识到地上的囚犯已经没救了，他直起身子。她又拽了拽他夹克的袖子。"求求你，跟我来。"

他的声音很和善，虽然她听不懂他说的话。他试图让她坐下来，但她抗拒着，拽着他奔向小屋。在明白了她的意思后，他跟着她进入小屋，来到她和薇薇合住的铺位角落。

克莱尔跪了下来，抓住她朋友的手。"薇薇，有救了！"她哭喊道。

但她紧紧攥住的手指没有回应，对方的眼皮没有震颤着睁开，露出那双清澈的褐色眼睛。

接着她意识到薇薇那嘈杂的呼吸声已经消失了，蓝白条纹罩衫静静地盖在她的心口。

一颗满是勇气和力量的心。

一颗不会再跳动的心。

克莱尔跪在木床前，卫生兵轻轻地把手放在她瘦弱的肩膀上。

她将脸埋在薇薇的发丝间哭泣，一缕阳光透过肮脏的窗户照进来，为薇薇的褐色秀发增添了一圈柔和的光晕，也照亮了空屋里紧紧相依的两个女人。

哈 丽 特

我从没听说过弗洛森比尔格,所以上网查了查。结果让我惊恐不已,原来在纳粹控制下的欧洲,从西部的法国到东部的俄罗斯,有数百个这样的所谓劳工营。那些可怕的数字看似荒谬,却记录了集中营的真相。我发现除了克莱尔和薇薇,还有数百万人被囚禁、被奴役、被杀害。许多人因感染疾病、营养不良和过度劳累而死,还有很多人要么被行刑队枪杀,要么死在了奥斯维辛、布痕瓦尔德和贝尔根·贝尔森等集中营的毒气室。克莱尔和薇薇最终去了达豪,那个规模最大、成立时间最早的难民营之一。

敲门声打断了我的检索。"进来吧。"我喊道。

西蒙娜试探性地推开门。"哈丽特,"她说,"今天晚上跟我出门吧。我们一群人要去战神广场看巴士底狱之夜的烟火表演。每年都很壮观。"

我关上笔记本电脑,揉了揉脖子以舒缓紧张的肌肉。刚才读的那些东西让我头疼。"谢谢你的好意,但我还是留在家里吧。"

西蒙娜没有后退,而是向前走了一步,靠近了一些。"哈丽特……"她犹豫了一下,斟酌着措辞,"我听说了你和蒂埃里的事。我很遗憾。真的。你们是那么般配。"

我笑着耸耸肩:"是的。我也很遗憾。我想,我现在的状态不适合谈恋爱。其实,我觉得我一直都不太擅长谈恋爱。"

她坐到我的床上,用力地摇头,卷发随之跳动。"不是这样的。你是办公室里最受欢迎的人之一。你是我的好朋友。你还努力地找寻克莱尔的故事,是她的好外孙女,她会为你骄傲的。但你需要休息一晚。这会帮你分散注意力、减轻负担的。求你了,跟我出去吧。毕竟这是一年中整个法国最盛大的夜晚!顺便说一下,蒂埃里不会来的,如果你是因为这个才不想去的话,"她补充道,"他今晚有演出工作。"

她的黑眼睛里闪烁着无比真挚的友谊,我无法拒绝。"好吧。给我十分钟换衣服。"我说道。

· · ·

街道上挤满了前往战神广场的人流。当我们快到埃菲尔铁塔前的空地时,两侧的草坡几乎已经完全被观众占领。但是西蒙娜在这方面很有经验,她很快就发现了她那群朋友,他们在地上铺了张毯子,为我们预留了位置。夜色渐临,音乐奏响,铁塔亮起,塔身变成蓝白红相间的存在,空气开始因为人群的期待而沸腾。烟火表演将在十一点开始,为国庆节画上一个壮观的句号,在烟火表演之前还有一场音乐会。我用肘部支起身体,向后靠去,任由周遭景象和声音冲刷着我。西蒙娜是对的,出来真好。我可能不会再有第二次机会体验这一切了。等到明年的这个时候,实习期早已成为过去,我不知道自己到时会在何方。

身边的人都很友善,每个人都是出来放松的,很多人都在友好地打趣逗乐。然而,突然之间,改变发生了。我一开始没有察觉;那是一种很微妙的气氛的转变。埃菲尔铁塔的灯光秀和音乐仍在继续,但人群不知何故变得沉默,我环顾四周，一种再熟悉不过的焦虑感攫住我的胃。周围的人都开始查看手机。铃声被音乐淹没了，但似乎越来越多的人开始听留言、打电话。我转身看向坐在身后的西蒙娜。她也从口袋里掏出了手机，正在仔细看着屏幕，之前的笑容已消失不见。

我伸出手拍了拍她的脚踝，想引起她的注意。"怎么了？"我问道。

她往下挪了一点儿，坐到我旁边。"发生了一起袭击。在尼斯。新闻上刚说的。似乎没人知道具体发生了什么。但听起来很严重。"

我们在昏暗的天色里对上彼此的视线，我知道我们都在想同一件事。"弗洛伦斯还好吗？其他人呢？他们还在那儿，是吗？"我依稀记得，产品发布会定于两天前结束，但团队计划留下来收拾收拾，顺便在那边享受法国国庆节的假期。

西蒙娜点点头，手上忙着编写短信。"我现在正在给他们发信息。"她咬了咬嘴唇，按下发送键，然后焦急地检查是否有回复。

几分钟后，她的电话响了，我观察着她的表情，当她扫视屏幕时，仍然皱着眉头。"他们没事。"她说，"他们被困在海边的一家酒吧里，发生了一起事故。警方已经封锁了市中心。但他们都很安全。"她和我终于安下心来。

天空被烟花所点亮，我们尽量将注意力集中在表演上，周围弥漫着一种紧张的气氛和担忧的情绪。当最后的火花消失在漆黑的天空中时，我们起身回家。一路上，西蒙娜反复查看着亮着光的手机屏幕，浏览那些新闻报道，然后转述给我听。"一辆卡车撞上了盎格鲁街上的一些路人。他们说有一些伤者，可能还有死者。听起来很严重。"

怀着压抑的心情，我们爬上五楼，走进公寓，默默地回到自己的房间。

第二天，我醒得很早，但西蒙娜已经起来了，正坐在客厅沙发上看电视。当我在她身边坐下时，她抬头看了我一眼，我能看出来她已经哭了很久。通过电视上的新闻报道，我明白了原因。昨晚，一名恐怖分子开着卡车沿尼斯海滨的主干道行驶。因为巴士底狱之夜的庆祝活动，海滨长廊被封路，不准通行，里面挤满了度假者。但是这辆卡车故意瞄准人行道，冲进人群，造成大量破坏与伤亡。根据今早的报道，大约有超过80人死亡，超过400人受伤，其中一些危在旦夕。

"还有弗洛伦斯和其他人的消息吗？"终于，我找到开口的力量。

西蒙娜点点头："他们在酒店，正在收拾行李准备离开，晚点儿就回来。"

我们相顾无言地坐了一会儿，庆幸我们认识的人都平安无事，却又无法忘记，有那么多人的生命就此被残忍终结，或是再也回不到从前。

一阵不适感袭来，我穿上外套出去呼吸新鲜空气。清晨，整座城市都安静了下来，昨晚的庆祝活动虽然人声鼎沸，但如今已被人们抛之脑后，所有人的心都被法国大地上最新的恐怖袭击牵动。我漫无目的地向河边走去。我过了马路，靠着西岱岛对面的墙站了一会儿。起初我几乎完全没注意到眼前的风景。噩梦般的画面充斥着我的脑海，瞬息万变，一辆卡车驶过拥挤的街道，还有我昨天研究过的集中营。人类竟能对自己的同类犯下如此不人道的罪行，这到底是怎样的一个世界？我努力抑制住不断上涌的恐慌感，用双手扶住墙，大口呼吸。

等我逐渐缓过气来，我才意识到眼前正是小岛的下游。然后我注意到了它：米蕾尔的柳树。它仍然在那儿，在最远处的那一角，树枝那绿色的手指仍游走在塞纳河的水流中。我穿过大桥，找到狭窄的楼梯，楼梯通往游河之旅的起始点，载客的小船会从这里出发。

鹅卵石铺就的码头为那座小巧的公共花园镶了边，我沿着码头走到树下。这里是市中心，我却置身于寂静的绿洲。树叶形成了屏障，加上河水不断轻拍着用来加固岛岸的石头，高峰时段河两岸车辆的噪声被悉数掩盖。多年前，这里曾是米蕾尔的庇护地，如今，我也背靠树干坐下，把头靠在那坚实的身躯上，我的心平静下来，思绪也变得清晰。我暂时放下尼斯恐怖袭击带来的惊惧，开始思索目前为止对外祖母的了解，期望她能让我的心神安宁下来。

克莱尔能活下来真是个奇迹。我意识到，如果没有薇薇的鼓励和支持，她大概率挺不到最后。薇薇决心要坚持活下去——不仅如此，还要继续瓦解纳粹的战争投入——这些都说明，薇薇的个性里有种令人肃然起敬的力量。纳粹建立集中营制度，完全是为了剥夺囚犯的人性。但那无法使薇薇安屈服：直到最后，她都丝毫没有失去自己的人性。

然而，当那一天最终来临时，克莱尔被独自留了下来。她不仅得背负当初害薇薇被逮捕的内疚，而且余生都得活在幸存下来的罪恶感中，还有十八个月集中营经历所造成的创伤。诚然，她后来结了婚，还生了孩子。据我推算，我母亲出生时，她的母亲已经快四十岁了……克莱尔那破碎的身心一定花了很多年才愈合到足以怀孕生子的状态。因此，他们才选了费莉西蒂这个名字，它代表幸福。对她的父母来说——这是一个奇迹般的孩子，因为她的母亲熬过了如此之多。

如今，我了解到更多过去的事，也因此能以一种新的眼光看待我母亲的死。帮她解脱的，是她生前最后吞下的那把药片和半瓶白兰地，但我知道，真正杀死她的，是她继承的脆弱无力。虽然她出生在和平时期，但仍必须承担战争所造成的心灵余震，是这些余震造就了她的人生枷锁：必须要象征幸福和给予幸福的压力；遗传到的、创伤引起的基因变化；一出生就开始恐惧自己会被抛弃的精神负担。这些种种，造成了强烈的精神风暴，持续不断的绝望感使她不堪重负，最终导致她自杀。

了解那些往事对我有好处，我因此能理解母亲的生活和死亡。但我也很害怕。我怎样才能逃脱同样的命运？在一个似乎总是让人恐惧和惊慌的世界里，我该怎么做才能阻止这种循环再次发生？我的基因里是否也有同样的脆弱性？对此，我是无能为力，还是有希望将命运掌握在自己手中？

我意识到，仅靠自己，我无法找出所有答案。也许我不应该再继续当顽固独立的布列塔尼人和"英国佬"。是时候鼓起勇气地寻求帮助了。

就这样，在米蕾尔柳树的庇荫下，我鼓起勇气预约心理咨询。如果外语真能帮我更顺畅地表达自己，那它也许能帮我在这么多年之后，自由地讲述内心背负的一切。

1945

"米蕾尔，有个好消息！"勒鲁先生用力地敲着门，她一打开门，对方就一把抱住了她。"他们在一个劳工营里发现了克莱尔！我通过红十字会组织找到了她的位置。她还活着。她之前生病了，进了营地医院，他们一直在照顾她，但现在她已经好了，可以出院了。我准备到那儿去，把她带回巴黎，找一家医院让她继续疗养。我还会继续寻找薇薇。克莱尔肯定有她的消息。克莱尔都活下来了，那薇薇肯定也有一线生机。你知道她有多坚强！也许克莱尔能告诉我们她在哪儿。"

看见他那张喜悦的脸，混乱的感情悉数涌上来，米蕾尔的心仿佛快要被撑破了。"克莱尔在哪儿？"她问道。

"一个叫达豪的营地。在慕尼黑附近。我今天就出发。一有更多的消息我就通知你。她们终于要回家了，米蕾尔，我很确信。"

• • •

当阳光透过病房窗户照进来时，克莱尔渐渐睁开眼睛。她的双手放在胸口翻叠的洁白被单上，那双手看起来很陌生，像是别人的。沿着骨瘦如柴的手臂末端看过去，她手部的皮肤被酸性物质灼烧成了红色，遍布伤疤，指关节只剩下骨头，但依然肿得不行，指尖则已经龟裂、僵硬。很难相信这双手曾能一丝不苟地将深蓝色的中国绉纱的边角缝合，那针脚是如此细小，微不可见；还能手握精致的银珠将它们缝在礼服的领口，在夜空中创造出她自己的微小星群。

那天，她看到薇薇的尸体和其他许多人一起被埋进了一个匆忙挖好的乱葬岗，翌日她就开始发烧，目前仍很虚弱。尽管当时已经是四月了，但那一天，严冬似乎还不愿意对达豪放手，天空还下起雪，雪花宛如貂皮，铺满坟墓，泥泞的壕沟旁堆积着无数的尸体，覆盖其上的白雪仿佛一层柔软的裹尸布。

猩红热席卷了整个集中营，余下的囚犯有几千名，他们因为生病、身体虚弱而无法与其他狱友一起前往山区，即使在解放之后，有国际红十字会和美国军医的照料，数百人仍在死去。克莱尔是幸运儿之一。当高烧无情地占领了她的身体时，她及时被治疗，并在临时医院得到了很好的照顾。

然而，当体力逐渐回流到她的血管里时，她希望自己已经随薇薇一起去了。与其说是解放，倒不如说是终身监禁：她没能拯救自己的朋友，而她余生都会记得这一点。她知道，自己余生的每一天都会充满罪恶感。薇薇被抓是她的错；薇薇曾经照顾她，保护她，但她没能做到同样的事情。薇薇咽下最后一口气的时候，她甚至都没在那儿陪着。

她本想躺在薇薇的尸体旁，躺在白雪皑皑的坟墓里，永远睡下去。

一个护士过来为对面床的病人测脉搏，她注意到克莱尔醒了。"来，"她说，"我帮你坐起来一点儿。"她拍了拍枕头说道，"把这个喝了。"克莱尔照做了，虽然那补剂很苦，让她想吐，但她太过虚弱，没法抗议。

她时睡时醒，每当她睁开眼睛醒来，都期待着能看到薇薇的笑容，梦想能听到她的耳语："克莱尔，你不是一个人，我们在一起，一切都会好起来。"但是，她只看见干净的白色床单，覆盖着她破碎的躯壳，还有她病床边的一把空椅子，而她唯一能听到的，是护士们忙于各种工作的声音。然后她又睡着了，想着——期盼着——也许这次她不会再醒来……

当她再次醒来时，椅子上坐了一个人。那个身影向她弯下腰，有那么一瞬间，她惊讶得屏住呼吸，因为她看见了薇薇那双清澈的、淡褐色的眼睛。

但是，当她集中注意力去看时，她意识到那不是薇薇。

那是一个男人，他伸出手，紧紧握住她的，仿佛永远不会再放开。

哈 丽 特

吉耶梅事务所的办公室又一次繁忙起来。随着巴黎时装周的临近,各种事情又都正好临到最后关头出问题(模特擅离职守,一批鞋子滞留在法国海关,电台和媒体的临时采访邀约……),客户经理身上的压力越来越大。平时办公室里的小声交谈逐渐演变为狂热的谈话,一天比一天喧闹。西蒙娜和我忙得不可开交,忙前忙后帮忙准备东西、端送咖啡。我们整个周末都在工作,而周一,也就是时装周正式开幕的前一天,我们几乎都没有停下来吃个三明治午餐的时间。我为期一年的实习已经结束,但弗洛伦斯让我多留几个星期,因为现在是一年中最需要人手的时候,我可以留下来帮忙。我暂时没考虑下一步的计划。我很想留在巴黎,但我还没来得及问弗洛伦斯我是否能在吉耶梅事务所找个全职工作。不过,我知道希望渺茫,不然她早就提议了。也许我得回伦敦找份工作。每当我想到要离开巴黎,我的心就拧成了一团,悲伤不已,就好像我刚刚在这里建立起的生活将会被连根拔起,而我不得不在一个陌生的地方从头来过。这就是我的生活模式——不断的破坏与重建,不断的打包和入住,我只能搬去一个毫无归属感的地方重新开始,这似乎是我无法逃开的命运。

不过,我今天尽量不去想这些。工作是转移注意力的完美替代,所以我沉浸其中。我的工作差不多快结束了,正在做最后的礼品袋收尾装饰,这些袋子里装满了我们客户的产品，都是主打生态友好的化妆品，到时候我们会把它们送给其中一场时装秀的嘉宾。就在这时，弗洛伦斯走过前台。"你在加班啊，哈丽特。"她微笑着说，"谢谢，这些看起来很棒。"她从手提包里掏出两张白色卡片（包当然是经典的玛珀利），"给你，我还有两张。这完全是你和西蒙娜应得的。到时候见。"

她快步往门外走去，不忘轻轻地挥手喊道："加油！"接着便踏上了回家的路，她要回去为世界时尚之都年度最盛大的一周做准备。

我看了看卡片，一眼就认出了顶部的浮雕标志。

我大步跑上楼梯，一步两阶，回到公寓。等跑到五楼时，我已经上气不接下气，几乎无法流畅地转告西蒙娜，我们拿到了《VOGUE 服饰与美容》杂志聚会活动的邀请函。而且活动地点是加列拉宫。我现在可算是完全明白，灰姑娘知道自己要去参加舞会时是什么感受了。

. . .

当我们加入准备登上博物馆台阶的时尚名流时，我兴奋得几乎无法呼吸。在我们身后，埃菲尔铁塔闪烁不停，先是仿佛被银色锦缎所包裹，继而又被亮片覆盖。那是近期所有报纸的头条新闻——一场专门为时装周打造的灯光秀。空气中仿佛弥漫着魔力，等到我们靠近博物馆建筑时，这种气氛更为浓烈，灯光照亮了博物馆的纯白色石壁，在黑夜的衬托下，它显得格外超凡缥缈。

走进里面之后，大厅和主展厅里挤满了穿着各式各样耀眼服装的人，从努力吸引时尚界大佬注意、穿着前卫的人，到根本不需要博人眼球、穿着低调但服装款式极为经典的人。照相机的闪光灯亮个不停，摄影师们来回走动，忙着捕捉这些引人注目的宾客。音乐从隐藏的扬声器中跃动而出，房间里的温度和谈话的音量都在飙升。西蒙娜和我手握香槟，在人群中穿梭，每当我们认出某个模特、演员或时尚编辑，就会提醒对方去看。弗洛伦斯看到了我们，挥手让我们去她那儿，她正在和一个男人聊天，她介绍说对方是《巴黎时尚》杂志的董事之一。

她很慷慨地邀请我们过去加入对话，但我们很自觉，知道这对她来说是一个商业活动，所以我们很快就离开了，留她一个人专注社交，建立高阶人脉。西蒙娜偶遇了一位她以前见过的公司客户，于是我留他们单独聊天，自己在房间里转了一圈。我简直不敢相信这里是我的庇护所，是之前在过往历史中寻得平静和安慰的地方。当然，这里非常适合用来举行这样一个迷人的聚会，但我有点儿讨厌这些人的入侵。不知道在场有多少人真的注意到了这些展品。

我放下空杯子，溜进隔壁一个几乎空无一人的房间。每个人都希望自己能成为注意力的焦点，希望自己能被抓拍，然后出现在纽约、伦敦、德里和悉尼的各版《VOGUE服饰与美容》杂志上。因此，在这间远离尘嚣的展厅里，在这些陈列着一季"美好年代"晚礼服的玻璃柜子之间，你很容易就能找到一丝宁静。

我站在那儿，专心欣赏一条镶有水晶的丝制裙，这条美丽的裙子能让隔壁房间里所有的派对服装黯然失色。这时，一个声音响起："你好。"

我转过身，是那位一头银白发的女士。她今晚没有穿定制的西装外套，而是身穿一件剪裁优雅的黑色连衣裙，很好地衬托出她匀称的身材。裙子看似简单，但我觉得米蕾尔和克莱尔一定会赞叹那复杂的设计工艺，赞叹那衬托身材的剪裁以及飘逸感，那些褶子既支撑起了裙身结构，又为原本略显古板的单调裙身增添了一丝巧妙。

"晚上好。"我回道。

"那边好热闹。"女人微笑着，把头朝主展厅的方向偏了偏。

"是啊。这是一个很棒的派对。但我想稍微透透气。"

"我理解的。"她转身面向陈列柜里的裙子，"很漂亮，不是吗？你很喜欢这些诉说着历史的作品，是吧？我以前在这里见过你，对吗？你总是在笔记本上写东西。你是记者吗？"

我告诉她，我在吉耶梅公关事务所实习，实习期即将结束，我一直在寻觅自己外祖母的故事，就是那天我在浪凡展览上和她提起过的，在战争年代，我的外祖母也在高级定制时装业工作。

她点点头。"写下来很好。历史的线索有时是如此错综复杂，不是吗？我们在这间博物馆的工作也包括梳理一部分那样的线索，让服装讲述自己的故事。而故事如此重要，是吧？我一直相信，故事可以帮我们理解自己人生中的混沌与迷雾。"

"原来你在这里工作？在加列拉宫？"

她从随身携带的手提包里掏出一张名片，递给我。她叫苏菲·卢梭——是负责给二十世纪早期收藏品布展的经理。

"谢谢你，卢梭女士，我叫哈丽特，哈丽特·肖恩。"

她很正式地和我握手。"很高兴见到你，哈丽特。我很享受我们的谈话。下次来的时候联系我。如果我有时间的话，我带你去看看我们位于地下一楼的藏品室，里面有一些四十年代的晚礼服。"。

"我会的，谢谢你。"

她用温暖的灰绿色眼睛打量了我一会儿，然后她说："我不知道你是否会感兴趣，但我们给博物馆制定了一个规模很大的发展项目，我们要利用一部分地下室打造一个全新的、更大的展览空间。我们不久将新招一些工作人员，然后大家一起为这个项目做计划。博物馆会关一段时间，但当它重新开放时，我们就能让大家看到更多藏品。如果你愿意的话，把你的简历发给我，我会转交给负责招聘的人。等你整理完外祖母的故事，这里还有很多故事值得讲述。"

"工作？在加列拉宫？这是我做梦也不敢想的工作！"我感叹道，"我很乐意把简历发给你。"我小心翼翼地把她的名片放进手提包。

"好的，现在差不多是时候重新加入混战了，不觉得吗？我们走吧！但我很期待能很快再见到你，哈丽特。好好享受今晚吧。"

我头重脚轻地度过了剩下的聚会时间，全程都很飘飘然，我试图着眼于当下，把注意力收回来，但又忍不住去想象自己在这些房间里工作的样子。也许是香槟给了我勇气，让我敢于去梦想属于我自己的巴黎人生。

1945

每个周末，米蕾尔都会前往讷伊的美国医院探望克莱尔，带去外部世界的消息：一个不再有战争的世界。她会挽着克莱尔，带她出去，在修剪整齐的草坪和亮丽花圃之间的小路上漫步，让夏日的阳光给她的脸颊悄悄注入一些血色。当克莱尔累了的时候，她们就坐在树下的长椅上，米蕾尔会给她的朋友讲勒隆高级时装店的故事，描述迪奥先生最新的设计，并穿插一些来试衣服的客户的八卦趣闻。

一开始，克莱尔似乎不愿意回到那个被夺走的世界里，甚至可以称得上不愿意存在于其中。但是慢慢地，经过一周又一周的照顾与陪伴，米蕾尔看着她的朋友复活了。等到她觉得时机成熟时，她开始非常温柔地引导克莱尔讲述发生在自己和薇薇身上的事情。有些记忆依然很痛苦，以至于无法在巴黎的夏日里重述，但克莱尔谈到了在纺织厂和营地接待中心缝纫室的工作，她记得，尽管遭到殴打和折磨，饥寒交迫，可薇薇从未停下过抵抗敌人的脚步。当周围的人都被剥夺了最后的人性时，薇薇依然拒绝舍弃自己的。在帮助克莱尔疗愈这件事上，那些记忆的功劳超越其他所有。

一个星期天的晚上，米蕾尔骑自行车从讷伊返回巴黎，在她抵达新桥后，她下了车，把自行车靠在墙上，然后快步走下台阶，来到塞纳河中间的小岛上。那棵柳树还在那儿，就在西岱岛的尽头，它是巴黎解放战役的幸存者。她缓步来到树枝下坐了一会儿，想着家，看着河水流过。她听到身后码头的鹅卵石路上传来急促的脚步声，但她没有细想，以为是某个船夫在忙自己的事，忙着赶在夏日傍晚的金色光线中回到船上。

脚步声停了下来，然后她听到一个声音，轻轻地呼唤她的名字。

她急忙站起来，靠着坚实的树干站稳脚跟。她眼前出现了一个身穿法国军装的男人，他离开慵懒的绿色植物，低头穿过柳树枝，放下沉重的帆布包，走到她身边。傍晚的阳光将河水变成金色，他伸出一只手，试探性地摸了摸她的脸，好像在确认河畔的她是否真的存在，而不是一个长久出现在梦里的幻影。

"我正要去红衣主教街找你。在桥上时我看到了你。至少我觉得是你，那样一头卷发，所以我必须过来看看到底是不是你。"他说，"米蕾尔·马丁，我是么想念你。"

于是她抬起手来握住他的，说出了那个她保密了很久的名字，她心中所爱之人的名字。

"菲利普·蒂博，我也很想你。"

· · ·

从达豪到巴黎医院的一路上，克莱尔都觉得很不真实。她和薇薇去劳工营时坐了那么久的火车，红十字会的救护车怎么会只用一天就把她送了回来？那么长时间以来，她离这里这么近，然而却身处一个和城市的家完全不同的世界。

安排好交通花了几天时间，在此期间勒鲁先生几乎没有离开过她的床边。不过她现在知道了，他根本不是什么

"勒鲁先生"。

当他握着她的手坐下时，他问的第一件事就是她是否知道薇薇在哪里。起初，她只是以一种麻木的表情沉默地看着他，那会儿她仍然能在他的眼睛里看到朋友的影子。高烧过后，她的头又重又痛，看到他在达豪这里，她感到很困惑，很难理解自己眼前的景象、听到的声音。他大声念出薇薇的名字时，那话语让人震颤。

她嘴唇干裂，他不得不靠近才能听懂她的回答。"我救不了她。"她低声说，"我尽力了。她救了我，但我没能救她。"然后，泪水滑落，浸湿了她干燥紧绷的面部皮肤，宛如干旱过后的雨水。他环抱住她脆弱的身躯，任由她在自己怀里哭泣。

在接下来的日子里，他们安心等待她恢复，等到她足够强壮才启程返回巴黎，同时他联系上美国医院，安排好了一切。那些日子，他一直守在她的床边。她的身体过于虚弱了，一开始只能消化营养汤，他便一次喂她几勺，一点点填满她萎缩的胃。他确保她将苦涩的补剂喝下，还将药膏轻轻地揉进她的手和脚，抚慰和修补破损有疤的皮肤。即使是在夜幕降临之后，他也不愿离开，当她从噩梦中醒来时，他依然在那儿，握着她的手安抚她，就像薇薇以前那样。"嘘。我在这里。没事的。"

对于过去的很多事，她还无法开口。福煦大街盖世太保总部发生的事，去达豪的火车上发生的事，集中营里发生的事。于是，他诉说，她聆听，很多时候都惊讶不已——有时候她会想，他口中关于他和薇薇的一切是不是一场梦。

首先是他的名字。劳伦斯·雷德曼。（"不过大家都叫我拉里。"他告诉她。）原来不是勒鲁先生，尽管这个法语名字是从英语直译过来的。

其次，薇薇是他的妹妹。

虽然他们的母亲是法国人，里尔是她的家乡，但他们是在英格兰北部长大的，而不是在里尔。他们的父亲是英国人，他拥有一家纺织厂，这就是薇薇如此了解达豪工厂里那些机器的原因。"她过去常常跟在爸爸身边，有数不尽的问题，一心想知道所有东西是如何运作的。她一直都很喜欢缝纫，"他告诉克莱尔，"她小时候经常给自己的洋娃娃做裙子。后来她开始给自己做衣服。她也在当地剧院工作过，负责制作服装——她喜欢那些华丽的布料和装饰。事实证明，她也是一位才华横溢的演员。"

"战争爆发后，我被选中去特别行动处受训。"他接着说，"所以，当她来找我，告诉我她也想加入，想做些事情来帮助法国人的时候，我知道她会是最合适的人选。我们都能说一口流利的法语，因为我们的母亲在家时一直都说法语，而我们对纺织品和时尚的了解正是特别行动处在巴黎建立地下组织所需要的，巴黎的时装行业是一种完美的掩护。"

他停了下来，暂时无法继续说下去，因为他想起了他那美丽活泼的妹妹。"我试图劝阻她，"过了很久，他说道，"但你知道她是什么样的人——那么固执，那么坚定。正是因为有这样的个性，她才能完美地扮演好自己的角色。她正是他们要找的人。她接受了训练，并以出色的成绩通过了考核。所以他们给了她一个最危险的角色。伪装成巴黎市中心的裁缝，实际是组织的无线电操作员。我不知道是该为她骄傲还是为她害怕，我亲爱的妹妹。"

他将脸埋进自己的手心，崩溃痛哭。克莱尔伸出手抚摸他的头发。她鼓起勇气，开口说道："你和我，我们都背负着罪恶感。我们都影响了她的命运。但是，听了你的话，我现在明白了，无论我们做什么，都阻止不了她。她决心为法国而战，为正义而战。她就是这样的人。她总是把自己置于危险的境地，反抗一切不公不义。她真的很勇敢。她是个军人。"

他们一起哭泣，两人的眼泪交织在一起，给彼此以安慰。悲伤击破了她封闭的心，随之而来的疼痛感几乎和身上的伤痛一样多，但是，克莱尔知道，这些眼泪和痛苦会灌溉出某种崭新的东西。有他——拉里——在她身边，他们两人在一起，一定可以找到重生的道路。

他还告诉她一件事，薇薇的真名。她不叫薇薇安。

她叫哈丽特。

哈 丽 特

现在，我终于知道自己是谁了。

我是哈丽特。这是我姑姥姥的名字，她在达豪集中营解放那天去世。哈丽特，她选择薇薇安这个名字是因为她热爱生活①。哈丽特，她热情友好，而且非常勇敢。当自由受到威胁时，她勇敢地面对危险，勇敢地将自己置身于战争的中心，担任最危险的角色之一。抵抗组织无线电操作员的平均寿命只有六周，而她活了四年。

我是哈丽特，虽然外祖母在我出生前就去世了，但我知道她深爱着我，她在人生道路上找到了自己从未有过的勇气。克莱尔失去了她的母亲，而历史重演——纵有再多不情愿，历史总是如此——我也失去了我的。我读到过，创伤之痛会深深影响一个家庭的世世代代。创伤能遗传，代代相传，所到之处，尽是残毁的人生。也许这就是发生在我母亲身上的事。但我不会让这种事发生在我身上。现在我知道那创伤是怎么来的了，我就能看清它的本质。只要鼓起勇气面对它，我就有机会阻止它继续下去。

让我更心怀希望的是，在我与心理咨询师的谈话中，她告诉我，新的研究发现，遗传性创伤的影响是可以逆转的。我们的大脑和身体有能力治愈创伤，建立适应能力，帮助我们抵消遗传性创伤导致的先天脆弱性。她给我推荐了一

---

① "薇薇安"英文为"Vivian"，源自拉丁文 vivianus，意为"有活力的"。

些书，书上说，要做到这一点，我们必须重新理解和释放伤痛，这样大脑才能自我重置。

我意识到，是克莱尔和薇薇（其实是哈丽特）的故事帮助我去做到这些。我现在明白，我可以治愈自始至终、我携带至今的伤害。不仅如此，我还意识到，我可以做出决定，将那些沉重的负担放到我生命道路的一侧，就此放手，轻装上路，继续前行。

此刻，我知道了外祖母的所有故事，我坐在那里，目瞪口呆，沉默不语，思绪在我的脑海中飞旋。我摸了摸外祖母和母亲传给我的手链上的饰品：顶针、小剪刀、埃菲尔铁塔。我终于懂得了每一个物件的意义。

我刚来巴黎时，只觉得没有一个自己的家，无依无靠。我在找一样东西，虽然我不知道会是什么。一张照片把我带到了这里。我伸手拿起相框，在我的脑海中，女孩们的笑声不停回响，她们站在街角，在德拉维涅时装店外面，穿着她们的周日盛装出发去参观卢浮宫，在那年五月巴黎的某个早晨。

因为她们，西蒙娜和我现在才会在这里。不仅仅是在这里为吉耶梅事务所工作，以及住在红衣主教街这栋大楼屋檐下的公寓里；她们也是我们活着的原因。要是米蕾尔没有在比扬古被炸的那晚去救克莱尔呢？要是薇薇——我的姑姥姥哈丽特——没有保护和帮助克莱尔熬过盖世太保的严刑拷打，熬过被关在弗雷斯纳监狱禁闭室的时间，熬过在达豪集中营将近两年的时光，那事情又会变成什么样？

如果不是她们，我就不会活着，我欠她们一条命。

这张照片被拍下时，这三个年轻的女士，满怀希望和梦想，人生还有无限的可能性。在我看来，她们的样子象征着对生活的热爱。在那个五月的早晨，她们并不知道，那份爱将经受怎样的考验。

然后我想起了我的母亲。抑郁和绝望要把一个人拖到多深的地步，才会让她再也无以为继？克莱尔和薇薇让我们明白人类的精神能够忍受多少：野蛮暴行、残酷无情、毫无人性——所有这些都是可以忍受的。只有痛失所爱，才会让人无力承受。

突然间，我意识到，通过聆听我外祖母克莱尔和我姑姥姥哈丽特的故事，我终于明白是什么杀了我母亲。是悲伤。不管死亡证明上怎么写，我现在明白了，她死于心碎。

我的家族历史给了我自由。过往给了我一份未来。也许这份未来意味着，我要去加列拉宫做梦寐以求的工作，因为苏菲·卢梭已经把我的简历转交给了博物馆馆长，而我也收到了面试邀约。想到面试场景我就紧张。我发自肺腑地想要这份工作。我会全力以赴去面试，不管结果如何，我都会接受，因为我不再害怕活出自己的人生，不管路上会遇到什么。

我还明白了一件事，因为害怕失去，我一直恐惧去给予爱。我深知爱会向你索取何种代价，于是我得出结论，不可冒险，得不偿失。一直以来，我都在保护自己，抵御爱。我不敢冒险去爱我的父亲、我的继母、我的朋友。还有蒂埃里。为了保护我的心，我将它封闭起来。但现在我看到了真相。克莱尔和薇薇不再只是照片中的面孔，她们是我的一部分。我欠她们的，我应该发挥流淌在我血管里的勇气。她们给了我生命这份礼物。从过去到现在，我一直任由创伤的暗影囚禁着我的灵魂,但是,通过聆听她们的故事,我知道自己足够强大,可以放下伤痛。我不会让那些阴暗的伤痛得逞。我会将脸迎向光明。还有,也许我也能像她们那样毫无保留地去爱。

当我伸手去拿手机时,我手链上的挂件相互碰撞,发出一阵微弱的、胜利的掌声。我要发一条信息,我不想再浪费时间了。

我向下滑动屏幕,在一众联系人选中了蒂埃里的号码。

• • •

蒂埃里的住处位于玛黑区,是一个小巧的单间公寓。整个公寓只有一个房间,但神奇的是,房间通向一个狭窄的阳台,那里正好有足够的空间并排放两把椅子。我们在这里坐了好几个小时,我的话比想象中还多。我们达成共识要慢慢来——我们俩都不想受伤。我知道,我之前的远离让他谨慎了起来,但是他准备再试一次,而且我感觉到,这一次,我们的关系比以往任何时候都更加亲密,我们俩都这样觉得。

蒂埃里进屋拿杯子和酒时,我的电话响了。我不愿破坏这一刻的宁静,准备关掉电话,但就在这时,我看到来电的人是加列拉宫的苏菲·卢梭。

"你好?"我试探性地说。

她用温暖的声音告诉我,她想成为第一个祝贺我的人:我得到了这份工作。

蒂埃里回来时,我已经站了起来,眺望着城市的每一个角落。黑暗降临，城市霓虹开始闪烁，宛如黑色天鹅绒长袍上的亮片。他们称这里为"光之城"。而现在，我也可以称这里为自己的家。

那个周末，我们和西蒙娜，还有第一次和蒂埃里在地下酒吧见面时认识的其他人一起出去庆祝。

有音乐，有友谊，还有很多很多的酒，人们不停地为我即将到来的新事业举杯。而蒂埃里和我在桌子底下一直牵着手。既然找到了彼此，我们一刻也不想放手。

晚上结束的时候，我们决定和西蒙娜一起走回红衣主教街的公寓。我们向其他人道过晚安，然后三个人开始慢慢地向家走去。西蒙娜走得慢一些，故意给我和蒂埃里留出并肩前进的空间。我喜欢和他挨得很近，他的胳膊一直搂着我的腰。我回头看了一眼，发现西蒙娜正在她的手提包里找什么东西。她拿出一副耳机，得意扬扬地朝我挥了挥，然后又开始往前走，仍然在后面几码远的地方，听着她的音乐。

我听到身后隐约传来的警报声，转身便看见远处闪烁的蓝色灯光。他们正在快速接近，沿着街道加速追赶一辆白色面包车，正朝我们冲过来。西蒙娜仍然沉浸在音乐中，完全不知周围的响动，只询问般地朝我一笑。她以为我在等她赶上来，于是好心地挥了挥手，示意我继续前进。但是货车正在加速向她驶去，司机失去了控制。警车的灯光越来越近，开始和货车并驾齐驱，警车试图迫使司机靠边停车，蓝色的光焰吞没了货车的整个白色侧面。时间似乎停止了，货车突然转向，爬上了西蒙娜身后的人行道。

我不假思索，往后跑去。

我朝着蓝色的灯光跑去，向着西蒙娜跑去，她停了下来，僵住了，灯光也把她包围了起来，白色的金属制品即将把她撞向高空，她的身体顷刻间就会被压成一团碎片。

我先货车一秒抵达她身边，身体的惯性将我带向前方，我用尽全身力气把她推开。

我听到一声尖叫和类似鞭子抽打的声音。

然后所有的灯光突然熄灭，只剩黑暗。

· · ·

父亲正在给我读睡前故事。我意识到，他读的是《小妇人》，我一直以来最喜欢的书之一。我听着他起伏的音调，一章又一章，讲述着梅格、乔、贝丝和艾米的故事。当然，我是在做梦，但这个梦如此能安抚我，我不想睁开眼睛让它终结。所以我紧闭双眼，这样我就能一直维持现状，在多年前的纯真时光里休憩。

不过有东西一直想把我从梦里拉出去。那是一个持续困扰我的想法，我说不上来是什么，我够不到它。它告诉我要睁开眼睛，告诉我，虽然我的那部分过去充满善意和爱，但我还有现在和未来，它们更加丰盈，有更多的爱。另一个声音——不是我父亲的——告诉我，是时候醒来并继续活下去了。

我终于睁开眼睛，在秋日午后柔和光线的照耀下，这个陌生房间窗外翻滚的棕色树叶宛如金色的丝绸。很奇怪，我觉得头又重又紧，仿佛我的头皮被狠狠拽住了。我小心翼翼地微微转动头部，先一侧，然后是另一侧。在左侧，父亲坐在我床边的椅子上，专注地看着手中的书，继续读着马奇一家的故事。右侧则是蒂埃里。他低着头,好像在一边听我父亲读出的文字,一边祷告。他握着我的手,还谨慎地避开了输液管,那管子从我的胳膊一直延伸到床边的滴液架。

试探性地——因为一切看起来都很遥远,毫无联系,我不确定我能感觉到自己手指的存在——我轻轻地捏了一下蒂埃里的手。他没有回应。所以我又试了一次。

这次他抬起了头。当我们的视线交汇时,一个仿佛日出般灿烂的微笑缓缓在他的脸上绽放,好像他所有的祷告都成真了。

• • •

我的病房里摆满了鲜花。窗台上放着一瓶颜色鲜艳的向日葵,旁边是弗洛伦斯以及吉耶梅事务所的同事们送的玫瑰,还有一束香气扑鼻的白色小苍兰,是加列拉宫的苏菲·卢梭送的。

最大的一束花是我的继母和妹妹们送来的,还附上了一张卡片,表达了她们对我的爱,并催促我回家。"她们都很想见你。"爸爸说,"期中考试一结束她们就过来。我们都为你骄傲,哈丽特。姑娘们总是不停地说有个以法国时尚为职业的姐姐是多么酷。"

"带她们参观博物馆一定很有趣。"我说——而且我发现自己是认真说的。其实我挺想她们的。

我已经睡了五天,显然是药物引起的昏迷。每一天,父亲都坐在我的床边,读我继母放在他匆忙打包的行李箱里的书。"把这个带给她,"他告诉我,她是这么说的,"这本书一直是哈丽特的最爱。"

蒂埃里经常来看我,护士们跟我说她们都爱上他了。"虽然他从没注意过我们。你昏迷的时候,他一步也不肯离开你。"她们说,"真是一个浪漫的人!"

我丝毫回忆不起车祸,脑子里一片空白,所以蒂埃里为我补充了缺失的记忆。"警察当时追捕的是一名犯罪嫌疑人。而情报无误,他们在货车后面发现了制造炸弹的材料。司机是恐怖组织的成员。已经有好几个人被捕了。"

他握住我的手,轻轻地抚摸着它,小心地避开覆盖在针头上的胶带,针头连接着床边的点滴。"你把西蒙娜推到了安全的地方——毫无疑问,你救了她的命。货车会把她轧扁的。但当你跑向她的时候,后视镜击中了你的头,啪的一声,直接把你打晕了。我以为你死了。那是我人生中最糟糕的时刻。警察不让我抱你,你头部受了重伤,他们担心你的脖子也受了伤,所以我们不能挪动你。最后救护车来了,他们把你带到了这里。他们给你做了扫描,然后立即动了手术,以减轻你大脑的压力。你之所以陷入昏迷,是因为脑部需要时间消肿。他们说情况很危险。他们让我打电话给你父亲让他尽快过来。西蒙娜和我都快疯了。当然,她当时也吓得不行。她也每天都来,但他们一次只允许两个人进来。"

蒂埃里打电话给西蒙娜,告诉她我醒了,她强烈要求和我说话。我们的对话称不上对话,因为我很困,而她一直在哭着感谢我救了她的命,一遍又一遍。她还含着泪保证,明天一早就来。

我感到筋疲力尽。我的头仍然很重,大脑充满了各种药物,还经历了震荡性休克,于是,爸爸吻了吻我的前额,就刚好吻在强力绷带的边缘下面,然后就回酒店休息了。他走后,蒂埃里踢掉靴子,爬到我身旁,轻轻地把我抱在怀里。

"我有东西要给你。"他说道,然后他把手伸进口袋,掏出我的手链,"他们必须在你进入扫描仪之前把这个取下来,护士把它交给我保管。我知道这对你有多重要。"

"谢谢,你能帮我戴上吗?"

他系好链扣。然后他从口袋里掏出了别的东西。一个小方盒子。他帮我打开了它,里面是一颗小小的金色爱心,上面刻着字母"H"。

"我想,也许你的手链还有空隙可以再挂一个饰品。"他说。

我微笑着,把抽痛的头靠在他的肩上,这比任何枕头都舒服。然后,我拿着那个小盒子,渐渐睡沉了,很沉,很沉。

・・・

第二天早上,我吃完早餐时,西蒙娜来了。医院早餐是一个塑料包装的羊角面包和一杯咖啡,但是,鉴于这是我近一周来第一次真正吃下的食物,它的味道对我来说相当不错,当然比静脉滴注更令人满意。

她紧紧地抱住了我,我几乎无法呼吸,然后,西蒙娜对着我托盘上的残羹剩饭皱起鼻子:"呃,这些看起来完全无法下咽啊。"她一边说,一边把餐盘拿起来放到我对面床的空桌上。她从手提包里掏出一小盒有着甜丝丝香气的草莓，一瓶从雅各布街公寓拐角处的果汁吧买来的鲜榨饮料，一盒拉杜丽的马卡龙和两块比利时金象巧克力。

"给，"她将果汁递给我，"先喝这个，你需要先补充维生素。然后你就可以吃剩下的了。"

果汁略带泥状，是卡其色的，但不管里面放了些什么，尝起来极其美味。

西蒙娜脱掉鞋子，把脚放在我床上，我们花了一个小时左右吃巧克力、聊天，两个人都很愉快。她跟我讲了很多吉耶梅事务所的新闻，还说每个人都代问我好。

过了很久，有个护士进来，说我需要休息，催促她离开，于是西蒙娜开始收拾东西。接着，她再次拥抱了我，那动作象征着支持、姐妹情谊，以及友情。当她站起来走向门口时，她顿了一下，回过头来说："顺便说一句，我全家都在要求我回家一趟，并且要带你一起回去。他们所有人都想见你，想亲自感谢你救了我。尤其是我的祖母米蕾尔，她说她想告诉你更多关于克莱尔的事，关于之后发生的事。她还有东西要给你。"

• • •

午餐时间，父亲来了，他在从酒店来医院的路上经过了一家熟食店，于是就给我带了一些咸口点心。我们一起吃着，他告诉我，我的妹妹们十月底要来看我，她们都很兴奋。我继母已经订好了欧洲之星的车票。"她们很想你，你知道的，哈丽特。她们很期待和你一起聚聚。我们都是。"

他紧紧握住我的手，说："我欠你一个道歉。"

"为什么?"我很意外。

"因为在你最需要我的时候,我什么都没有处理好。我很抱歉,我能看出当费莉西蒂……当她死的时候你有多难过。而我整个人都沉浸在愧疚感当中,我觉得自己辜负了你,所以,我说不出合适的话语来帮你渡过难关。我当时应该宽慰你,让你和我们一起生活,而不是把你送去寄宿学校。我当时觉得那么做是对的,给你自己空间,而不是强加给你一个新的家庭和新的住处。但现在,我觉得那可能是你最不需要的。我们应该团结一致,一起挺过去,更好地应对一切。我当时应该陪在你身边的。"

我捏了捏他的手。"没事的,爸爸。我觉得我们当时都在尽力应对那件可怕的事。我知道你想给我最好的,只是我们都不知道应该给什么。我现在明白了,整件事对你来说也很艰难。对我们所有人都是。但我们都挺过来了。人说越老越聪明,对吧?我想我们都准备好迎接新的开始了。"

现在回过头去想,再结合多方角度,母亲的死,于他于我都很艰难。我的继母一定也很难过,但现在我意识到,她有多么努力想去照顾我,让我成为新家庭的一分子。

爸爸轻轻地触摸着我手链上的挂件。"费莉西蒂一直很喜欢这个手链,她一直都戴着。这是她和自己母亲的联结。我很高兴看到你也戴着它。她如果知道你延续了这个传统,肯定会很高兴的。"

然后,泪水涌上他的双眼,我把他拉近,这样我们就可以拥抱对方了。他抚摸着我的头发,就像我小时候他常做的那样,他含着泪微笑:"我不能失去你,你知道吧,哈丽特。我会扛不住的。我爱你,有你这样的女儿,我很骄傲。"

在他离开后,我思索着自己所学到的关于爱情的悖论:当失去所爱的代价太高而无法承担时,我们就会退缩,来保护自己不受伤,即使这意味着我们不再全心全意地去爱。我觉得,自从妈妈死后,爸爸和我都在自我保护,让自己不再经历痛失所爱的悲苦。但也许现在,我们终于可以放下悲伤,一起走下去,成为彼此的安慰。

一对被弃于人世的父女。

哈丽特

和西蒙娜的家人一起住在法国西南部，就像被卷入一条快速流动的，充满喧嚣、爱与欢笑的河流。她的父母给我的拥抱几乎和给他们女儿的一样久。她的母亲乔西安不停地为我们掉眼泪，那是欢乐和宽慰的泪水，她还一遍又一遍地感谢我救了西蒙娜的命。她的父亲弗洛里安是个沉默寡言的人，一个像他父亲一样的石匠，他还有三个兄弟，他们都在家族企业工作。但是他也紧紧地拥抱了我，这举动意义非凡，还让我喘不过气来。

西蒙娜的姐姐们一开始有点儿害羞，但很快就放松下来，晚饭时，我们围坐在外面的一张长桌旁，桌子上方有一个拱形的棚架，棚架上挂着茉莉花和仙女灯。起初，当这家人刚开始看当地新闻时，空气里充满了欢声笑语。不过，晚些时候，我们更严肃地谈到了那次事故，谈论我们俩有多么幸运。

当我在蒂博家的空房间里上床睡觉时，我几乎是一关灯就陷入了安稳的睡眠，我从来没睡得这么香过。

第二天早上，我在餐桌旁坐下，西蒙娜也在那儿。我看得出来，她已经起床一段时间了，因为她很渴望与家人共度时光。她还摘了一束秋天的花送给她的祖母米蕾尔。乔西安放在我盘子里的新鲜面包很完美，外脆里软，我在上面涂满白色的黄油和大量琥珀色的杏子酱。那面包吃起来比巴黎所有一流烘焙房做出来的都要好。

当我和西蒙娜走上山坡，来到米蕾尔居住的小屋时，六只雨燕陪伴着我们，它们在我们头顶盘旋飞翔，用它们复杂的、没完没了的舞蹈填满了上空完美的蓝色穹顶。在遥远的南方，季节变化的速度较慢，最后几天的夏日光景在这里逗留的时间比在巴黎还要长。阳光照着我的背，很温暖，而且光线极为柔和，我感到雨燕正展翅欲飞，准备开始长途跋涉，前往南方过冬。

我们拐进一条小巷，走过一条车道的尽头，车道两旁是高高的橡树。一只大黑猫原本在阴凉处打瞌睡，在我们靠近时，它站了起来，伸了个大懒腰。西蒙娜弯下腰去挠它的耳后，它大声呼噜呼噜地叫着，用它宽阔的脑袋狂热地蹭她的手。"你好，拉菲特。"她说，"我的堂弟们今天都去哪儿了？"她解释说，她的一个叔叔——米蕾尔另一个当石匠的儿子——和他的英国妻子还有他们的孩子一起住在这所房子里，而这只老猫也是重要的家庭成员。

我们在猫的护送下沿着小路一直走到米蕾尔的家。它看着我们走进大门，然后将尾巴高高扬起，再次沿着小路回到橡树下的放哨站。

米蕾尔的小屋周围都是葡萄园，里面挂满葡萄，西蒙娜告诉我，几个星期后它们就会成熟，到时便可以采摘。每扇窗户底下都有小花盆，明亮的天竺葵在里面闪闪发光。西蒙娜敲了敲门，然后推开前门，叫道："你好呀！"

"进来！"回答的声音有些年迈，显得沙哑而柔和，"我在厨房。"

尽管她很快就要庆祝百岁生日，但我仍能看出三个女孩在红衣主教街拍的那张照片上米蕾尔的影子。她的头发现在已经完全白了，但有一些叛逆的卷发仍然从她脖子后面的发髻里挣脱出来，拒绝被束缚。她深褐色的眼睛仍然明亮。她微笑着凝视我们，那目光宛如鸟儿般犀利。她坐在一把旧扶手椅上，这让她原本矮小的身材显得更小巧了。她的膝盖上放着一碗豌豆，她正在不断将豌豆放进滤锅。尽管患有关节炎，她那爪子一样的手指仍在工作，很是灵巧。我想象着这些手指多年前的样子，它们在精美的织物上翻飞，一针又一针地缝下一个个细密的针脚。

她把碗放在一边，把围裙抚平，站起身来，拥抱她的孙女。"西蒙娜，亲爱的。"她喃喃道，同时用那双粗糙的手捧起孙女的脸，这样对方就会知道自己有多珍贵。

然后她转过身来看着我。"哈丽特。"她念我的名字时仿佛在说法语。"你终于来了。"她点点头，仿佛在回应自己内心深处的声音，"你身上有很多你外祖母的影子。但你的眼睛和你外祖父的一样。当然，还有你的姑姥姥。"她把我拉近，对于这样一位身材矮小、上了年纪的女士来说，她的力量很惊人。她凝视着我的脸，仿佛正在阅读那上面所写的一切。她明亮的眼睛似乎能洞穿我的内心。她又点了点头，对她看到的东西表示肯定。

然后她紧紧地拥抱了我，温柔而充满爱意，有那么一瞬间，我感觉有三个人在抱着我，而不是一个人。就好像她是她们灵魂的守护者：克莱尔和薇薇也在这里，在拥抱我。

"把茶具拿上，"她指着一个托盘对西蒙娜说，"我们去花园里坐坐。"

她挽住我的胳膊，我扶着她走了出去。一边是整齐的蔬菜地，一看就得到了精心照料，土壤像巧克力一样黑，滋养着丰富的宝藏——红宝石番茄、翠绿的西葫芦以及紫色和银色的洋蓟尖。豌豆植物爬上竹制棚屋，这个夏天的最后一根茎仍在用那宛如丝线般纤细的手指支撑着自己。一棵酸橙树的树叶边缘刚刚开始泛金，我们来到树荫里，在一张小锡桌旁的长椅上坐了下来。

米蕾尔伸手去够桌上那本很厚的、有着皮革封面的相册，她挪了挪它，为西蒙娜腾出空间放茶盘。"正如你看到的，我喜欢喝正宗的英式茶。"米蕾尔笑了，"我有过一个英国邻居，是她让我喜欢上这些的。"她指着我们来时经过的那座巨大的石头房子，西蒙娜的堂弟们就住在那儿，隔着周围的橡树也能看到，"我的朋友已经走了，唉。但是她的侄女嫁给了我第二小的儿子，这些天他们就住在那所房子里，住得很高兴，我有时还能过去喝茶。很有趣，不是吗？我们生活的各个部分总会以出乎意料的方式彼此影响、相互交织？"她把头偏向一边，明亮的眼睛又向我投来锐利的一瞥。

"命运真是诡谲复杂，对吧？"她继续说道，"但我已经活了这么久，已经不太会对什么事情感到惊讶了。当西蒙娜告诉我，克莱尔的外孙女和她一起住在红衣主教街的公寓时，我就有预感，有一天你会来到这里。虽然我不知道你会因为救了我孙女的命而来。所以我们完成了循环，不是吗？如果那天晚上比扬古被炸的时候我没有去救克莱尔，那么多年后我的西蒙娜就无法被你而救。这么看，即使对于我这样的老人来说，命运似乎仍还藏着一些惊喜。确实也该如此。"她轻笑着拍拍我的手。

"给我们倒茶吧，西蒙娜。我要给哈丽特看看她美丽外祖母的照片。"

她把相册放在膝盖上，开始翻页，直到看见她要找的那一张。我反应了一会儿才明白我在看的是什么。照片里有一个新娘，穿着漂亮的裙子，裙子突出了她纤细的腰身。她深色的卷发松松地系在脑后，有星星点点的花朵编织于发丝之上。裙子的线条感令人惊叹，是典型的迪奥"新风貌"设计，这种风格让他在战后的岁月里闻名世界。

然后我看见站在新娘旁边的身影：她的伴娘。一头白金色头发盘成了光滑的发髻，她手里拿着一束淡色的花，与新娘手里那更为奢华的花束相得益彰。她身上有种脆弱感，一种几乎超脱尘世的感觉。但真正让我惊讶的，是她的裙子。深蓝色的裙身，斜切剪裁，轻轻覆盖住年轻女子纤细的身体曲线。我还看见，她锁骨线条底下的领口处散落着一些小小的银珠，反射着微光，熠熠生辉。

"她是不是很漂亮？"米蕾尔又翻了一页，向我展示更多她结婚那天的照片，"你的外祖母克莱尔，这是拉里，你的外祖父。他们真是天造地设的一对。你认得这条裙子吗，哈丽特？"

我点点头，说不出话来，眼里闪烁着悲喜交加的泪水。"这是她做的，"过了很久，我低声说，"用碎布拼出来的那条。"

"当我搬出红衣主教街的公寓时，我发现这条裙子挂在克莱尔的衣柜里，于是就把它打包带回家了。我告诉她裙子在我这里，但当她来参加我的婚礼时，她一开始并不想看到它，想把它撕成碎片扔掉。她说这让她想起了自己的虚荣和天真，她宁愿忘记。但我告诉她那样想是不对的。这条裙子是一次胜利。这是她用边角布缝制出的美丽作品，它是一种证明，证明她在那么困难和危险的时期也能想到办法创造如此美妙的东西。我让她保证，绝不会把它扔掉，并让她穿着这条裙子做我的伴娘。如此一来，从那天起，这条裙子也会成为欢乐回忆的一部分。你瞧，我想让它变成努力生存的象征，正义战胜邪恶的标志。"

"太美了。"我赞同道，"你的结婚礼服也很漂亮，米蕾尔。是迪奥先生为你设计的吗？"

她笑了："是的。好眼力。你真的很有时尚眼光，就像西蒙娜告诉我的那样。你能猜出它是用什么做的吗？"

我端详那张照片。那面料是乳白色的，看起来几乎呈半透明。"从裙子的褶皱来看，我猜是丝质的。"我抬头看着她，"但是战争才结束没多久，你是从哪里弄到了这么好的面料呢？"

"当然是我丈夫帮的忙。"她的眼睛笑得闪闪发光，"战争结束后，菲利普来巴黎找我，他带着一个很大的背包。里面几乎没有私人物品，但有一个大型军用降落伞。这次，他没有把它埋在萝卜地里。他信守了对我的承诺，并把它留给我做衣服。结果，我用它做了我的婚纱！"

当我把相册还给她时，她看到了我手腕上的金手链。"看到有人还在戴着它，实在是太好了！"她惊呼道，"这是我在婚礼当天送给克莱尔的，给我的伴娘、朋友的谢礼。我知道她将和拉里一起在英国开始新的生活，我希望她能带一点儿属于法国的东西过去。当时，上面只有一个挂件——埃菲尔铁塔。她写信告诉我，你外祖父每年结婚纪念日都会送她一个新的小挂件。"

她仔细凝视着手链，用她粗糙的手指尖分开那些饰品，这样她就能看得更清楚：线轴、剪刀、鞋子和小顶针。当她看见蒂埃里给我的心形挂件时，她停顿了一下。"这个看起来很新。"她笑了。

"是的。"我说，"也许蒂埃里和我会将这个传统延续下去。或者重新建立一套属于我们的新习惯。"

我们坐了一个多小时，一边喝着茶，一边端详着那本相册里的照片。最后，米蕾尔把相册放到一边。她对西蒙娜说："你该回家吃午饭了。但在此之前，请扶我起来。我还有别的东西要给哈丽特看。"

· · ·

回到小屋里，她领着大家走过大厅，来到一间正式的会客厅。百叶窗都关着，将明亮的阳光阻挡在外，她指示我们打开它们。两个长长的、幽灵般的形状挂在一面墙的架子上，米蕾尔拖着步子走过去。原来是床单，盖住了两件被衣架挂起的服装，她非常小心地开始解第一件衣服的别针。西蒙娜走过去帮她，迪奥风格的婚纱从包装纸里渐渐显露出来。它的实物甚至比照片上的样子还更美丽。连衣裙的胸衣上绣着奶油色的花朵，每一朵花的中心都点缀着一颗小粒珍珠。米蕾尔用弯曲的食指尖轻轻抚摸着那些细小的针脚。"是克莱尔缝的。"她说，"我做了裙身，她帮我缝了刺绣的部分。她在这方面的技术一直都是一流的。"

然后她转向第二条悬垂的床单。"而这是给你的，哈丽特。"她解开固定床单的大头针，床单掉在地上，露出一件深蓝色的中国绉纱晚礼服，房间里的阳光照耀在那些散落的小银珠上，让领口熠熠生辉。只有仔细观察，你才能看出裙身是由边角料和碎布拼接起来的，缝线非常细小和完美，几乎微不可见。

"是克莱尔的裙子。"我惊呼。

米蕾尔点点头。"在我的婚礼结束之后，她准备和拉里一起离开，去英国开始新生活，当时，她决定不带这条裙子走。'它属于法国。'她是这么说的。所以这么多年，我一直留着它。我当时并不知道，在这么多年之后，她的外孙女会回法国来，我能将这条裙子送给她，这样她就能拥有自己外祖母的一部分人生。通过它，她会更加了解她是谁，她来自哪里。把它带走吧，哈丽特。是时候讲述它的故事了。"

我小心翼翼地把裙子从衣架上取下来，深蓝色的布料掠过我的手心，丝线仿佛在对我耳语。西蒙娜帮我用绵纸把它包起来，这样回巴黎的路上它才不会损坏。

当我们道别时，米蕾尔将手伸进围裙的口袋。"我还有一样东西要给你，哈丽特。"她说。

她拿出一个挂在细链子上的银制纪念盒吊坠。她把它递给我："来吧，打开它。"

因为年代久远，锁扣有些不好摁，但在我摁下它之前，我就已经知道里面会是什么。果然，当纪念盒张开时，克莱尔和薇薇安——哈丽特——的脸静静躺在我的手心，在对我微笑。

2017

展览终于准备就绪。我打算关掉灯,离开画廊,去拐角处的酒吧和我的同事们一起喝一杯庆祝。但就在我即将按下最后一个开关时,我犹豫了。

在漆黑的画廊中央,那个陈列柜的灯仍然亮着,灯光照射着散落在深蓝色连衣裙领口的小银珠。从远处看,你可能会认为裙子是用一整块布料完整裁剪出来的。只有当你更仔细地观察,才能看到真相。

如今我比从前更了解一切。关于我外祖母和姑姥姥的真相,关于我母亲的真相,关于我自己的真相。

这条绝无仅有的裙子,承载着一段活生生的历史,帮我了解克莱尔和我姑姥姥哈丽特的故事。她们都是普通人,但在那段不寻常的岁月里,她们做出了勇敢的选择,一步步变得非凡。无论世道有多艰难,无论夜晚有多黑暗,她们从未屈服,从未认输。

她们的故事也让我真正理解了母亲。这些年来,我对她的感情始终被愤怒和痛苦的阴影所笼罩,终于,迷雾散去,谅解与同情的光芒照亮了一切。她是克莱尔和拉里的女儿。克莱尔的身体千疮百孔,她调养了很长时间才决定要孩子。他们给她起名叫费莉西蒂,因为她是他们的欢乐之源,承载着所有的期望。但也许,她也承受着他们的负罪感和悲伤。是通过基因遗传的吗?还是某种其他更微弱的侵入方式,以至于克莱尔根本无法阻碍其发生?那些随夜晚一起降临的恐惧、创伤,那些对人类阴暗面的了解,知道他们能够如此不人道。在克莱尔满是疤痕的皮肤下,是否一直都有更深层的伤口,永远无法愈合?而我妈妈,是否在潜意识里察觉了这一点?

我也意识到,尽管她们经历了那么多,但我的外祖母和姑姥姥从来不需要忍受被抛弃的痛苦,即使是那些最为黑暗无光的日日夜夜:无论发生什么,她们都陪在彼此身边,宽慰着对方。这么一想,也许那才是最有力量的感受——知道你自己在这世上并不孤单。也许当母亲意识到自己被抛弃之后,她就失去了继续活下去的力量。被她死去的父母抛弃,被留她一个人和女儿相依为命的丈夫抛弃,而女儿,本应该是他们夫妻之间的纽带。是抛弃,击碎了她的心。

我相信,克莱尔只是想保护自己的孩子、我的母亲,所以才没有告诉她战争时期的事。我母亲只知道他们过去的经历是可怕的、充满屈辱的,不知为何,父母双方都对之守口如瓶,从不曾提起,似乎如果不这样,愈合的伤口就会再次皮开肉绽。她知道自己的姑姑叫哈丽特。我在想,她对哈丽特的故事了解多少。克莱尔有没有提到过自己有多内疚?费莉西蒂是否曾意识到,父母对深爱的朋友和妹妹有愧,他们都认为自己对她遭受的痛苦、早逝的命运负有责任?母亲用姑姥姥的名字哈丽特为我命名,会不会是想试图弥补过去的错误?

我多希望妈妈能了解整件事。也许她就会理解一切。也许她就不会这么孤单了。她会像我一样,觉得无论夜晚变得多么黑暗,自己都能挺过去。她会明白,哈丽特和克莱尔和她同在,是她的一部分,正如她们对我而言那样。

我想起照片里的三个女孩，是她们把我带到这里，让我讲出她们的故事。她们的脸对我来说比从前更加熟悉，因为在我眼中，她们依然活着。在米蕾尔脸上，那双黑色的眼睛闪烁着和我朋友西蒙娜一样幽默和善良的光芒。因为西蒙娜的祖母多年前曾救过我的外祖母，所以我才能救下她。

在我的外祖母克莱尔身上，我看到了母亲那张照片中充满慈爱的温柔，就是那张她抱着仍是小婴儿时的我拍下的照片。

还有，我的姑姥姥，我名字的来处，哈丽特。她之所以给自己起名为薇薇安，是因为她充满生命力。我知道自己有一部分她那样的勇气。我知道，如果有需要，我也会像她那样挺身而出，直面危险。我不会逃跑。我会为最重要的事而抗争。为生活。

我打开挂在脖子上的吊坠，看着我外祖母克莱尔和姑姥姥哈丽特的照片，它正安全地存放其中。

即便照片很小，还是黑白的，她们脸上有一部分很暗，模糊不清，但两人眼里的光是如此闪耀。正如当我关上画廊里最后一盏灯，展示柜沉入黑暗后，裙子领口的银珠也依然耀眼。

我关上身后展厅的门，感觉她们就在我身边，克莱尔和薇薇跨越年岁与光阴，握住我的手，轻声说："嘘。我们在一起。一切都会好的。"

作者后记

在为《裁缝师的礼物》部分章节做研究时,我感到举步维艰,但我觉得自己一定要坚持下去,因为我必须准确地讲述那些在二战期间为抵抗组织工作,并在纳粹集中营受难的勇敢女性的故事。在了解她们的故事之后,我决定将这本书献给她们。

一如既往地,我尽可能地忠于事实。我想在此说明我的一部分信息来源:

安妮·塞巴(Anne Sebba)的杰作《巴黎女人:在纳粹占领下的生死与爱情》(*Les Parisiennes: How the Women of Paris Lives, Loved in the 1940s*)为我们提供了关于战争年代巴黎生活的真知灼见。

莎拉·赫尔姆(Sarah Helm)的《如果这是一个女人:深入拉文斯布吕克——希特勒的妇女集中营》(*If This is a Woman: Inside Ravensbrück: Hitler's Concentration Camp for Women*)一书勇敢而富有洞察力,它是不可替代的提醒,揭露了纳粹犯下的暴行,同时也记录了被关在集中营里的妇女的勇气。

埃里克·利希特布劳(Eric Lichtblau)在《纽约时报》的一篇文章——"大屠杀其实还要更令人震惊"(2013年3月1日)——中提到,美国大屠杀纪念博物馆的一个研究项目记录了纳粹在整个欧洲建立的所有贫民窟、奴隶劳动场所、集中营和血汗工厂。该调研发现的事实甚至令熟悉整个大屠杀历史的学者感到震惊。研究人员记录了1933年至1945年希特勒残暴统治期间，遍布欧洲的大约42500个纳粹贫民窟和集中营，横跨从法国到俄罗斯以及德国本身的受管控区域。据他们估计，有1500万到2000万人被关在或死在这些地方。

美国大屠杀纪念博物馆的《集中营和贫民区百科全书》，1933—1945：https://encyclopedia.ushmm.org/。

法国时装博物馆加列拉宫（10, Avenue Pierre 1er de Serbie, 75016 Paris）：www.palaisgalliera.paris.fr/en/。

关于遗传性创伤的研究多年来一直是争论不休的话题。《英国卫报》（2015年8月21日）的一篇文章引用了纽约西奈山医院的一项研究："对大屠杀幸存者的研究发现，创伤会遗传给后代儿童。"然而，一些科学家仍然对基因能遗传创伤的观点持怀疑态度，到底是先天遗传还是后天养育造成了创伤，对该问题的争论仍在继续。无论真相如何，令人振奋的是，只要有正确的帮助和支持，他们的后代就有可能重建复原力，抵抗创伤的影响。"创伤恢复"和"赋权模式"是心理健康从业者广泛使用的基础康复治疗手段。通过咨询师或家庭医生，人们可以获得这方面的帮助——

如果你正在经历本书中所提到的问题或负面感受，我希望你能与朋友和家人谈谈。遭遇心理危机时，也可以通过医疗专业人士和撒玛利亚会获取更多帮助：

英国：www.samaritans.org

美国：www.samaritansusa.org 和 www.suicidepreventionlifeline.org

致 谢

非常感谢让我的书得以出版的团队成员：感谢马德琳·米尔伯恩经纪公司的所有人——玛迪、吉尔斯、海莉、乔治娅、莉安-路易丝和爱丽丝；感谢亚马逊旗下的联合湖出版团队，特别是萨米亚、劳拉、贝卡和妮可；以及帮我润色手稿的编辑们——迈克·琼斯、劳拉·杰拉德、贝卡·艾伦和西尔维娅·克伦普顿。

特别感谢我的朋友兼作家同行安·林赛，她慷慨地与我分享了她战后在巴黎一家高级定制时装店工作的经历，给了我大量的信息和细节，帮我把克莱尔、薇薇安和米蕾尔的世界变得真实。如有任何事实上的错误或夸张渲染，责任全在我一个人。

感谢伯纳姆作家协会给我的支持、鼓励和建设性的意见：德鲁·坎贝尔、蒂姆·特恩布尔、菲奥娜·里奇、莱斯利·威尔逊、简·阿彻和玛丽·麦克杜格尔；感谢伯纳姆读者书店的弗雷泽·威廉姆斯，感谢他提供了完美的聚会场地和美味的蛋糕。

像往常一样，再次衷心感谢所有鼓励我的朋友和家人，他们给了我无限的爱、杜松子酒和拥抱，尤其是阿拉斯泰尔、詹姆斯和威洛。

最后，我非常感谢所有读者的支持，如果可以，我愿意当面感谢你们，谢谢你们读我的书。如果你们喜欢《裁缝师的礼物》，可以考虑写一篇书评，我会非常感激。我喜欢别人给我反馈,也深知书评可以让更多人看到我的作品。

  谢谢,再见。[1]

菲奥娜

---

[1] 原文为法语:"Merci, et à bientôt"。